百年乡愁

中国乡土小说经典大系 7

张丽军 主编

# 蜗牛在荆棘上
——国统区乡土小说

山东城市出版传媒集团·济南出版社

图书在版编目（CIP）数据

蜗牛在荆棘上：国统区乡土小说 / 张丽军主编 . -- 济南：济南出版社, 2023.6
（百年乡愁：中国乡土小说经典大系）
ISBN 978-7-5488-5713-6

Ⅰ.①蜗… Ⅱ.①张… Ⅲ.①乡土小说 – 小说集 – 中国 – 现代 Ⅳ.① I246.7

中国国家版本馆 CIP 数据核字（2023）第 107382 号

## 蜗牛在荆棘上——国统区乡土小说
WONIU ZAI JINGJI SHANG

张丽军 / 主编

| 出 版 人 | 田俊林 |
|---|---|
| 责任编辑 | 苗静娴　胡雨薇 |
| 装帧设计 | 郝雨笙　张　倩 |

出版发行　济南出版社
地　　址　山东省济南市二环南路 1 号（250002）
编辑热线　0531-86131722
发行热线　0531-86116641　87036959　67817923
印　　刷　济南龙玺印刷有限公司
版　　次　2023 年 6 月第 1 版
印　　次　2023 年 7 月第 1 次印刷
成品尺寸　145 毫米 ×210 毫米　32 开
印　　张　11.75
字　　数　232 千
定　　价　58.00 元

（济南版图书，如有印装质量问题，请与出版社出版部联系调换。电话：0531-86131736）

# 编委会

**主　编**　张丽军

**副主编**　李君君

**编　委**（以姓氏笔画为序）

丁　帆　马　兵　王方晨　王光东　王延辉　田振华
付秀莹　丛新强　刘玉栋　刘醒龙　李　勇　李云雷
李君君　李掖平　吴义勤　何　平　张　炜　张丽军
陈文东　陈继会　赵月斌　赵德发　贺仲明　徐　勇
徐则臣　蒋述卓

本书部分文字作品稿酬已向中国文字著作权协会提存,敬请相关著作权人联系领取
电话:010-65978917,传真:010-65978926,E-mail:wenzhuxie@126.com

# 总　序

## 记录百年中国乡愁　传承千年根性文化

　　面对急剧迅猛的乡土中国城市化、现代化、高科技化浪潮，我们惊讶地发现，曾被认为千年不变、"帝力于我何有哉"的中国乡村根性文化正面临着从根源深处的整体性危机。"谁人故乡不沦陷？"千百年来，孕育和滋养乡土中国文化、文明的乡村及其根性文化正以某种加速度的方式消逝，甚至被连根拔起。这不仅是乡土中国城市化、现代化的问题，而且是一个全球化、人类性的整体危机。早在20世纪60年代，法国社会学家孟德拉斯就提出，在工业文明入口处，数十亿农民向何处去的问题。而在1948年，中国学者费孝通就在《乡土重建》中提出传统的乡土社会所面临的现代性失血危机，进而提出了"乡土重建"的深邃思考。显然，在21世纪的今天，思考乡村、乡土、农业、农民乃至整体性人类向何处去的问题，显得无比重要而迫切。

作为一个从事乡土文学研究二十多年的研究者，我在苦苦思考：中国乡土文学向何处去？乡土中国社会向何处去？乡土中国农民向何处去？新时代乡村如何振兴？……苦苦思考之后，我突然意识到，既然看不清去处，何不回顾自己的来路？未来的道路，并不是冥思苦想来的，而是从过去的来路而来。历史的来路，决定了我们未来的去处，即未来的去处正蕴藏在历史来路之中。这让我重新思考百年中国乡土文学，重新回顾晚清以来中国仁人志士的文化选择和文学审美思考，乃至从更远的历史、文学中寻找智慧和启示。正是在这样一种文化思考中，我与济南出版社不谋而合，立志从众多乡土中国文学中选编一套"中国乡土小说经典大系"，来为21世纪的新一代中国青年提供一个关于百年乡土中国心灵史的文学路线图，慰藉那些因完整意义的乡土中国乡村消逝而无从获得纯粹乡土中国体验的21世纪中国读者。此外，从中汲取智慧和灵感推进新时代中国乡村振兴，也是本套丛书的应有之义。简单归纳之，《百年乡愁：中国乡土小说经典大系》（以下简称"大系"）具有以下特点：

一是强烈的经典意识。文学、文化的传承与经典的建构是由一个个经典化的环节与步骤完成的。从古代文学的"选本"，到20世纪中国新文学大系，在中国文学经典化中，"选本"文化起到了某种极为重要的，乃至核心的作用，为经典化提供了不同时代不断接续的核心动力源。本套"大系"选编了现当代文学史中具有重要影响的作家作品，力图使"大系"具有乡土中国现代化思想史的重要功能，展现中华民族的百年心灵史。

二是浓郁的地方气息。乡土文学是最接地气的文学，是"土气息、泥滋味"的文学，是由不同地域文化包孕、滋养的文学，又是最能显现和表达乡土中国各个地方独特文化的审美形态的文学。本套"大系"就是百年中国各地民俗文化最大、最美、最迷人的表达。齐鲁、燕赵、三秦、三晋、江南、东北、西北、岭南等不同地域的文化，在本套"大系"中得到了较完整的展现。从这个意义上而言，本套"大系"既是一部百年中国民俗文化史，也是一部最精彩的地方文化志。

三是典雅的审美意识。文学是审美的艺术。言之无文，行而不远。文学性、审美性是文学的自然属性。文学应该是美的，是诗，是生命舒展的自由吟唱。正是在这个审美维度上，我们来选编百年乡土中国小说，让读者、研究者在美的文字诗意流动中获得对千年中国乡村根性文化之美的感悟，从而思考人与自然、人与大地、人与世界的精神建构问题。因此，本套"大系"是"乡土中国最后的抒情诗"，是千年乡土中国根性文化的当代吟唱，是具有深厚乡土生命体验的文化乡愁。

乡愁是感伤的，是一种甜蜜优美的感伤。不是每个人都有乡愁的。乡愁是一种深厚的文化情怀，是对大地、故乡、世界的一种深刻的生命眷恋。而《百年乡愁：中国乡土小说经典大系》就是让我们这些具有乡土中国完整经验的最后一代人，以文化传承的方式，把这种纯粹、完整、具有审美意义的文化乡愁，传递给21世纪中国青年，乃至未来的中国青年。我们曾有过这样一种乡土生活，这样一种乡土中国乡村根性文化——这就是我们的文化根基、我们的精神基因，它蕴含未来的路径和种种可能性。

我们常言，越是民族的，就越是世界的。而我想说的是，越是地方的，越是中国的，也越是世界的。中华文化是一个整体，是由一个个具有地方文化特性的地域文化组成的，是千百年来文化交融凝聚而成的。地方性文化的丰富和多样，恰恰是中华文化的活力与魅力所在。《百年乡愁：中国乡土小说经典大系》就具有鲜明的、浓郁的地方性文化特征，不同地域的读者不仅可以从中读到自己家乡的影子，而且可以由一个个乡土文化而建立起丰富、感性、美美与共的中华文化世界。

本套"大系"适合研究乡土文学文化的学者、学生阅读，也适合对中华文化、地域文化感兴趣的读者阅读。事实上，这套"大系"对于世界各国读者而言，是理解和思考千年中国根性文化、百年中国社会变迁的最佳读本，是具有世界性意义、最接中国地气、最具中国民俗文化气息的文学读本。

是为序。

张丽军

2023年7月1日凌晨于暨南园

# 导 读

  姚雪垠，中国现当代著名作家。他有许多以抗战初期知识青年从事抗日救亡活动为题材的作品，不仅表现了年轻一代高昂的救国热情，而且从侧面触及了国民党军政机构的黑暗腐败与地方封建势力的猖獗，由此揭示当时抗战阵营内部的复杂斗争。1938年在《文艺阵地》1卷3期发表的著名短篇小说《差半车麦秸》，成功地运用活泼生动的群众口语，写出了农民在抗战中的觉醒与变化。1939年起，姚雪垠在辗转鄂、皖、蜀等地的过程中，以主要精力创作中长篇小说，写有《春暖花开的时候》《戎马恋》《新苗》《重逢》等，对民族性格的反省刻画得很深刻。

  易巩，广东现当代著名作家。主要从事散文、小说创作。在中学读书时，在他的老师——共产党人龚明的影响之下，他开始阅读进步书刊，参加进步社团。经历被捕入狱之后，投身于抗日救国的宣传工作之中。其间发表了一批作品，其中影响比较大的作品《杉寮村》于1942年在王鲁彦主编的《文艺杂志》上连载。

这是他以自己在粤东地区的生活体验创作出来的一部中篇小说。

沙汀，被鲁迅誉为最优秀的"左翼"作家之一。以《兽道》《代理县长》等一批反映川西北乡镇生活的别具一格的沉实之作著称于"左翼"文坛。通过描写四川农村广大农民的悲苦命运，揭露和讽刺当时农村基层政权和恶霸势力的腐朽和猖獗，表达了对沉沦于社会底层的知识分子的同情，真实地传达了人民群众要求和平、反对内战的共同呼声。主要著作还有长篇小说《困兽记》《还乡记》，短篇小说《在其香居茶馆里》《老邬》，中篇小说《木鱼山》等。

艾芜是最早把西南边疆地区下层社会的风貌和异国人民在殖民地统治下的生活，带进现代文学创作中来的作家之一，对于开拓新文学创作的领域做出了贡献。传奇性的故事，绮丽的地方色彩，带有神秘气氛的边疆生活和人物，使他的作品具有鲜明的抒情风格和浪漫情调。这是他创作上的又一个特色。其抗战前期创作的短篇小说《秋收》和《纺车复活的时候》，反映了国民党统治区的军民关系和农村面貌的变化，在当时颇有影响。1942年前后，艾芜在创作上有比较明显的变化，长篇小说《丰饶的原野》《故乡》《山野》，中篇《乡愁》《一个女人的悲剧》，以及短篇小说《石青嫂子》等作品，仍大都以国民党统治区的农村生活为题材，较之30年代和抗战前期的小说，这时期他的作品视野更开阔，反映生活的面更广，艺术表现手法也有提高。

路翎是"七月派"中作品最多、成就最高的作家，他善于揭示社会的复杂内涵，描写人物心理的多层性，著有《洼地上的"战役"》等作品。他以《饥饿的郭素娥》写矿工和下层女性，以《财主的儿女们》写旧家族和知识分子，达到了他艺术创作的第一个巅峰。他的小说主观色彩强烈，对知识分子的心理刻画深刻、细腻。

# 目录

百年乡愁：中国乡土小说经典大系

差半车麦秸 / 姚雪垠　001

杉寮村 / 易巩　017

兽道 / 沙汀　089
丁跛公 / 沙汀　102

石青嫂子 / 艾芜　118
山峡中 / 艾芜　142
黄昏 / 艾芜　162

饥饿的郭素娥 / 路翎　174
蜗牛在荆棘上 / 路翎　310

长篇存目　361

后记　362

# 差半车麦秸

/// 姚雪垠

"瞧,这家伙,又是一个差半车麦秸!"

在我们的游击队里,近来最喜欢把别人叫"差半车麦秸"。有时我们问队长要烟吸,如果队长把烟卷藏在腰包里不肯拿出来,我们就向他叫道:"喂,队长,差半车麦秸!"当着别人面前猛不防打个喷嚏,鼻涕从鼻孔窜出来,你随手把鼻涕抹在袖子上,或擤下来抹在鞋底上,别人就会向你取笑地叫道:"差半车麦秸!"我们全队的人没有一个不长虱子。平常不论虱子在身上怎样地爬呀,咬呀,我们只隔着衣服用手搓一搓,搔一搔,至多伸手到衣服里边捏死一个两个。到我们真正休息的时候,也是说到我们能够安心睡觉的时候,我们决不放弃歼灭敌人的机会。我们的两大敌人是:鬼子和虱子。在歼灭战开始的时候,我们照例围绕着一堆烈火,把内衣脱下来在火头上烤着,搣着。我们的敌人像炒焦的芝麻似的一个个的肚子膨胀起来,落到火里。火里哔哔剥剥地响着爆裂声,腾起来一股难闻的气息。这时候我们每个人都为胜利而快活地乱蹦乱跳,互相打着,推着,还互相叫着:"差半车麦秸,咯嘣,咯嘣,用牙咬呀!"总之,我们用"差半车麦秸"这个词儿来取笑别人的机会非常多,几乎任何人都可以被我们称作"差半车麦秸"。我们把"差半车麦秸"这词儿广泛地引用着,并不顾到它是否恰当。当我们叫出这词儿的时候,并不含一点恶意,只不过觉得这样一叫就怪开心罢了。假若在我们队里没有这一个宝贝词儿,生活也许会像冬天的山色一样地枯燥无味。

虽然我们把"差半车麦秸"这绰号互相地叫着,但真正的"差半车麦秸"他本人却早就离开我们的队伍了。

他是一个顶有趣的庄稼人。从他入伍的时候起,他就开始做了我们最有趣的好同伴,一直到他昏昏迷迷地躺在担架上离开我们的时候。他走了以后,我们不断地谈着他,想念着他。队长保存他的那支小烟袋,像保存爱人的情书似的,珍惜地不肯让别人拿去。当差半车麦秸还没有挂彩的时候,一天到晚他总在噙着他的小烟袋,也不管烟袋锅里有烟没烟。有时候他一个人离开屋子,慢吞吞地走到村边,蹲在一棵小树下面,皱着眉头,眼睛茫然地望着面前的原野,噙着他的小烟袋,隔很长的时候把两片嘴唇心不在焉地吧嗒一呷,就有两缕灰色的轻烟从鼻孔里呼了出来。同志们有谁走到他的眼前问他:"嗨,差半车麦秸呀,你是不是在想你的黄脸老婆哩?"于是差半车麦秸的脸皮微微地红了起来。

"怎么不是呢？"他说，"没有听队长说俺的屋里人①跟小孩子到哪儿啦？"在差半车麦秸看来，我们的队长是一个万能的人物，无论什么事情都知道，不肯把女人和小孩子的下落告诉他，不过是怕他偷跑罢了。有时候差半车麦秸并不想念他的女人和孩子，他用一种抱怨的口气望着田里说：

"你看这地里的草呀，唉！"他大大地吸了一口烟，然后再把下边的话和着烟雾吐出来，"平稳年头，人能安安生生地做活，好好的地里哪能会长这么深的草！"

他拭去了大眼角上的白色排泄物，向前边挪了几步，从地里捏起来一小块土疙瘩，用大拇指和食指把土疙瘩捻碎，细细地看一看，拿近鼻尖闻一闻，再放一点到舌头尖上品品滋味，然后他把头垂下去轻轻地点几点，喃喃地说：

"这地是一脚踩出油的好地……"

差半车麦秸在游击队里始终连一句歌子也没有学会。有一次他只跟着唱了一句，惹得一个同志把眼泪都笑出来，以后他就永远不再开口了。当我们大家唱歌的时候，他嚼着他的小烟袋，微笑着，两只网满血丝的眼睛滴溜溜地跟随着我们的嘴巴乱动。无论在高兴或苦闷的时候，在平常的行军或放心休息的时候，他最爱用悲凉的声调，反复地唱着两句简单的戏词，这戏词是他从做小孩子时候就学会了的：

---

① 北方乡下称女人为"屋里人"，称男人为"外厢人"。

有寡人出京来多不幸，
不是呵下雨便刮风……

他的小烟袋正像他本人一样地给我们留下了深刻的印象。每次我看见了他的小烟袋，就不由得想起来一段有趣的故事。

一个寒冷的黄昏，忽然全队的弟兄们兴奋得发狂一般地呐喊着跳到天井里，把一个新捕到的汉奸同队长密密地围了起来。汉奸两只手背绑着，脸黄得没一丝血色，两条腿颤抖得几乎站立不住。他的脖颈后插一把旧镰刀，腰里插一根小烟袋，头上戴一顶古铜色的破毡帽。队长手里拿着一面从汉奸身上搜出来的太阳旗，他的表情严肃得像一尊铁人。同志们疯狂地叫着：

"他妈的打扮得多像庄稼人！"

"枪毙他！枪毙汉奸呀！"

不知谁猛地照汉奸屁股上踢了一脚，汉奸打了个前栽，像患瘫痪症似的顺势跪倒在队长面前。这意外的结果使同志们很觉失望，开始平静下来。有人低声地讥讽说：

"原来是一泡鸭子屎[①]！"

队长还是像一尊铁人似的立着不动，浓黑的眉毛下有一双冷峻可怕的眼光在汉奸身上掘发着一切秘密。

---

[①] 鸭子屎是稀的，北方人用它比喻没勇气的人。

"老爷，俺是好人呐！"汉奸战抖着替自己辩护，"我叫王哑，哑巴，人人都知道的。"

"是小名字吗？"队长问，左颊上的几根黑毛动了几动。

"是小名字，老爷。小名字是爷起的，爷不是念书人。爷说起个坏名字压压灾星吧。……"

"你的大名字叫什么？……站起来说！"

"没有，老爷。""哑巴"茫然地站立起来，打了个噎气，"爷说庄稼人一辈子不进学屋门儿，不登客房台儿，用不着大名儿。"

"有绰号没有？"

"差，差，老爷，'差半车麦秸'。"

"嗯？"队长的黑毛又动了几动，"差什么？"

"'差半车麦秸'，老爷。"

"谁差你半车麦秸？"

"人们都这样叫我。""哑巴"的脸红了起来，"这是吹糖人的王二麻子给我起的外号。他一口咬死说我不够数儿[①]……"

"嗡！"同志们都笑了起来。

队长不笑。队长一步追一步地问他的家乡居住和当汉奸的原因。

"俺是王庄人，""哑巴"说，"是大王庄不是小王庄。北军来啦，看见屋里人就糟蹋，看见外厢人就打呀，砍呀，枪毙呀。

---

① 差半车麦秸：不够数儿，不够聪明。

小狗子娘说,'小狗子爹呀,庄里人跑空啦,咱也跑吧。跑出去,唉,一天喝一碗凉水也是安生的!'俺带着俺的屋里人跟俺的小狗子跑出来啦。小狗子娘已经两天两夜水米没打牙,肚子两片塌一片。小狗子要吃奶,小狗子娘的奶瘪啦。小狗子吸不出奶来,就吱咩咩地哭着……"

被绑着的农人把头垂下去,有两行眼泪从他的鼻凹滚落到嘴角。我们的队长用低声命令说:

"说简单一点吧。你说你为什么拿着小太阳旗?"

"老爷,小狗子娘说,'小狗子爹呀,处在这兵荒马乱的年头儿,咱们死啦没要紧,可是能眼巴巴地看着小孩子饿死吗?'是的,老爷,小孩子没做过一件亏心事,凭啥饿死呢?小狗子娘说,'你回去吧,'她说我,'你回去到庄子边把咱地里的红薯挖几根拿来度度命,全当是为着救救小孩子!'大清早我回去了一趟,可是离庄子还有二里远,有几个戴铜盆帽子的北军就开枪向我打起来,我又跑回来啦。回来听着小狗子在他妈怀里吱咩咩,吱咩咩……"他开始哽咽起来,不能够再说下去了。

"不要哭!"队长低声又命令说,"因此你就当汉奸了,是不是?"

"龟孙才是汉奸呐!我要是做了汉奸,看,老爷,上有青天,日头落——我也落!"差半车麦秸耸了耸肩膀,兴奋地继续说下去,"别人告我说,要拿一个太阳旗北军就不管啦。小狗子娘自己做了个小旗交给我,她说,'小狗子爹,快走吧,快去快回来!'

我说,'混账旗子多像膏药呐,南军看见了不碍事么?'她说,'怕啥呢,我们跟南军都是中国人呐,你这二百五!'老爷,你想,我是中国人还会当汉奸吗?小狗子娘真坏事,她叫我拿他妈的倒霉的太阳旗!"他一边哽咽着,一边愤怒地咬着牙齿,一边又用恐惧的眼光看着队长。

队长又详详细细地盘问了一忽儿,渐渐松开了脸皮,不再像一尊铁人了。其实我早就想对队长说:"得啦,这家伙是个有趣的大好人,还有什么可疑呢?再盘问下去连同志们都不耐烦了。"队长终于吩咐我们把差半车麦秸手上的绳子解开。一解开绳子,差半车麦秸就擤了一把鼻涕,一弯腰抹在鞋尖上。这时我才发现他穿着一双半新的黑布鞋,鞋尖和鞋后跟涂抹着厚厚的鼻涕,干的地方微微地发亮。

"以后别再把鬼子兵叫作'北军'了,"队长和善地告他说,"现在打仗不同往年一样,现在——一边是咱们中国军队,一边是日本鬼子。你懂吗,差半车麦秸?"

"怎么不懂呢?"他点点头说,"老爷,我不是不够数儿呵!"

队长把小太阳旗还给他,吩咐说:

"你就在我们这里喝汤吧。喝了汤,你安心地去挖你的红薯去,敌人在夜间已经给我们打窜了。小太阳旗你还带着去,万一遇着鬼子时你就拿出来让他们瞧一瞧,可别说出我们在这儿。……"

吃饭的时候,同志们都争着要同差半车麦秸蹲在一块儿,几乎把他的棉袄撕破了。起初他非常拘束，后来看我们大家都对他十分亲热，渐渐地胆壮起来。他吃得又快又多，碗里边舐得干干净净的。吃毕饭，他又擤了一把鼻涕抹在鞋尖上，打了一个饱嗝，用右手食指指甲往牙上一刮，刮下来一片葱叶，又一弹，葱叶同牙花子从一个同志的头上飞了过去。

隔了一天，刚吃过午饭以后，我又看见差半车麦秸在我们的院里出现。队长告诉我们说他已经加入我们的队伍了。我们大家高兴得疯狂地叫着，跳着，高唱着我们的游击队歌。可是差半车麦秸一直老老实实地站立着，茫然地微笑着，嘴里噙着一支小烟袋。

晚上我同差半车麦秸睡在一块儿，我问他：

"你为什么要加入我们的游击队？"

"我为啥不加入呢？"他说，"你们都是好人呵。"

停一停，他大大地抽了一口烟，又加上这么一句：

"鬼子不打走，庄稼做不成！"

我忽然笑着问："你的小太阳旗子哩？"

"给小狗子做尿布了。"他仿佛毫不在意地回答说。

差半车麦秸同我悄声地谈着家常。从谈话中我知道他为着要安生地做庄稼而热烈地期望着把鬼子早日打跑，并且知道他已经决定叫他的女人和孩子在最近随着难民车逃到后方。他同我谈话的时候，眼光不断地向墙角的油灯瞟着，似乎有一种什么感触使他难以安下心去。我装着睡熟的样子偷偷地观察着他的举动。我看见他噙着小烟袋，默默地坐了半天，不时地向灯光瞟一眼，神情越发地不安起来。最后他偷偷地站起来向灯光走去，但只走了两步就折回头走出屋子，在院里撒了一泡尿，故意地咳了一声，又回到我的身边。于是他又看了我一眼，磕去烟灰，把小烟袋放到枕头的东西下面，倒下去睡了。

"这是一个多么古怪的人物，"我心里说，"而且还粗中有细哩！"

在我们游击队住下的时候，只要我们能找到灯火，我们总是要点着灯火睡觉。从差半车麦秸入伍的第二天起，连着有两夜都发生了令人很不痛快的事情。第一夜，灯火在半夜熄灭了，一个同志起来撒尿时踏破了别人的鼻子。第二夜，哨兵的枪走了火，把大家从梦中惊起来，以为是敌人来了，在黑暗中乱碰着，乱摸着，一两只手电是不济事的，有的误摸走了别人的枪支，有的摸到枪支却找不到刀子。等惊慌平息之后，大家都愤怒得像老虎似的，谩骂并追究熄灯的人。队长把同志们一个一个地问了一遍，却没有一个人承认。我心里有一点约莫，便向差半车麦秸偷看了一眼。差半车麦秸的脸色苍白得怕人，两条腿轻轻地打战。队长向他的面前走去，一切愤怒的眼光也都跟随着集中在他的身上。"糟糕，"我心里说，"他要挨骂了！"他的腿战栗得越发厉害，几乎又要跪下去。可是队长忽然笑起来，温和地问他说：

"这样的生活你能过不能过？"

"能的，队长！"差半车麦秸从腰里抽出来他的小烟袋，送到队长的胸前，"你老抽袋烟吧？"

同志们全笑了，有的笑得捧着肚子蹲了下去。队长也笑得连连地打着喷嚏。可是差半车麦秸自己却不笑。他搔了搔头皮，顺便用手往脖子里一摸，摸出来一个虱子，又用指头捻了一下，送到嘴里"咯嘣"一声咬死了。

第二天，我把差半车麦秸拖到没人的地方，悄悄地问他为什么每夜要把灯亮熄掉。他的脸色红了起来，一边微笑着，一边吞吞吐吐地咕哝说：

"香油贵得要命呐，比往年……"他忽然搔了一下脖子，"点着灯我睡不惯。呵，你抽袋烟吧？"

可是集团生活对于他渐渐地习惯了。他开始胆壮起来，对同志们的生活也会提出来不满的见解。他懂得很多北方土匪的黑话，比如他把路叫作"条子"，把河叫作"带子"，把鸡叫作"尖嘴子"，而把月亮叫作"炉子"。他批评同志们说：

"有许多话说出口来不吉利，你可不能不忌讳。你们在做铁路工人的时候马虎一点不要紧，现在是在玩枪呐，干这道生活可不能不小心！"

同志们有时也故意地说几句黑话，大部分的时候却同他抬杠，向他解释着我们是革命的游击队，既不迷信，又不是土匪，所以不能说土匪的黑话。差半车麦秸虽然心里不完全同意，却也不再坚持自己的意见。他带着讽刺的口气说："俺是庄稼人，俺不懂新规矩呐！"于是他就沉思起来。

"喂，"有一次我对他说，"你应该称别人作'同志'呐！"

他微笑着,摇摇头,擤了一把鼻涕抹在鞋尖上,喃喃地争辩说:

"二哥,咱山东人叫'二哥'是尊称呐。"

"可是咱们是革命队伍呐!"我说,"革命军人都应该按着革命的称呼才是的。"

"唏,又是新规矩!"他不满意地加了一句,"我不懂……"

"同志就是'大家一条心'的意思。"我给他解释说,"你想,咱们同生死,共患难,齐心齐力地打鬼子,不是'同志'是什么?"

"对啦,二哥,"他快活地叫道,"咱们就怕心不齐!"

在晚上出发的时候,差半车麦秸在我的肩膀上轻轻地拍了一下,用非常低的声音叫道:"同志!"随即又羞涩地、像小孩子似的笑了起来。

"同志,"一忽儿他又用膀子尖把我碰一下,"我们要去摸鬼子吗?"

我点点头:"你怕么?"

"不,"他说,"俺打过土匪……"

我同他膀靠膀地走着,听见他的心口跳得非常厉害,便忍不住吃吃地笑了起来。

"喂,你撒谎!"我小声叫道,"我听见你的心跳啦!"

他露出来慌窘的样子,把小烟袋滴溜溜地轮转着,喃喃地说:

"我一点也不怕,怕死不算好汉!以前打土匪也是这样子,才出发时总是心跳呀,腿战呀,可是走着走着就好啦。二哥,乡下人就怕官呐……"

约莫离敌人住的村庄有三四里远的光景，我们在一座小坟园里停下了。队长征求两个同志自告奋勇走在前边探路，其余的大部分跟在后面，一小部分绕到村子后面埋伏。出乎我意外地，差半车麦秸忽然从队长面前站了起来，抢着说：

"队长，我'条子'熟，让我先进村子去！"

片刻间，全队的同志都茫然了。队长愣怔了一忽儿，左颊上的黑毛动了几动，怀疑地问道：

"你是说要做探子吗？"

"是的。以前我常摸土匪呐。"

有人在队长的背后咕哝道："他不行，别让他坏事吧！"可是队长立刻不再迟疑地对差半车麦秸说：

"好吧，可是你得特别小心！"他又扭过脸来命令我说，"你得跟他一道去，千万不要大意了！"

差半车麦秸拖着我像猴子似的跳出坟园，在我们背后留下了一些悄声的埋怨。我听见是队长的声音说道：

"不碍事的，他粗中有细。"

我们走到离敌人的村子有一箭远近，便趴在地上，凭着星光向前边仔细地察看一忽儿，又侧着耳朵仔细地听一听。村子里一点动静也没有。差半车麦秸附着我的耳朵说：

"鬼子们全睡着了。你等着我……"

他把鞋子从脚上脱掉，插在腰里，弯着腰向村里走去。我非常替他担心，往前爬了十来步，伏在一株柳树的下面，把停机钮弄开,注意着周围的动静。约莫有二十分钟光景,还不见差半车麦秸出来,我心里非常地焦急,一直向前边爬去。在一座车棚前边,我发现了一个晃动的黑色影子,并且有一种东西拉在地上的微声。我的心口像马蹄般地狂跳起来。我把枪口瞄准了黑影子,用一种低而严厉的调子喝问:

"谁?"

"是我呀,同志!"是差半车麦秸的声音回答,"鬼子们早就跑光啦,咱们是白来一趟!"

一个箭步跳到他的眼前去,我不放心地问:

"全村子都看过了?"

"家家里都看过啦,连一根人毛也找不到。"

"你为什么不早咳嗽一声呢?"

"我,我……"差半车麦秸用膀子尖谄媚地贴着我的膀子尖,吞吞吐吐地说,"俺家里还少一根牛绳哩,拿回去一根碍事么?俺以前打土匪的时候拿老百姓一点东西都不算事的。"随即他把牛绳头举到我的眼前,嘻嘻地笑了起来。

"放下!"我命令说,"队长看见要枪毙你了!"

差半车麦秸眼光失望地看看我,迟疑着把围在腰里的牛绳解下来。我大声地咳嗽三声,村周围立刻有几道电光划破了黑暗,同志们从四下里跑进村来。

"二哥,"差半车麦秸用一种恐怖的、将要哭泣的低声说,"你看,我把牛绳放下啦!……"

在回去的路上，差半车麦秸一步不离地跟着我，非常沉默，非常胆怯，像一个打破茶盅等待着母亲责罚的孩子似的。我知道差半车麦秸的不安，就悄声地告他说我决不向队长报告。他轻轻地叹息一声，把小烟袋塞到我的手里。我一边抽卷烟，一边问他：

"你知道我们为什么不能拿着百姓的东西？"

"我们是革命的队伍呐。"他含糊地回答说。

又沉默一忽儿，差半车麦秸忽然擤了一把鼻涕，用一种感慨的声调问我：

"同志，干革命就得不到一点好处么？"

"革命是为着自己也为着大家的，"我向他解释说，"革命是要自己受点子苦，打下了江山，大家享福呐。我们要能把鬼子打跑，几千万人都能够过安生日子，咱们不也一样能得到好处吗？"

"自然呐，千千万万人能过好日子，咱们也……"

"到那时咱们也就有好日子过了。以后咱们的孩子，孙子，子子孙孙都能够伸直腰儿走路的了。"

"我说呢，革命同志不敬神……不敬神也能当菩萨呐！"于是他又快活地笑了起来。

从此他越发地活泼起来，工作得非常紧张，为挂念女人和孩子而苦闷的时候也不多了。他开始跟着我学习认字，每天认会一个字。不幸刚认会了三十个字，他就受了沉重的枪伤了。

一个月色苍茫的夜晚，我们二十个游击队员奉派去破坏铁道。

敌人驻扎在离铁道只有三里远的村子里。我们并没有带地雷，也没有带新的武器，只凭着我们的力气去打算把铁轨掘毁两三根，然后出其不意地袭击敌人的兵车。我们尽可能小心地进行工作，谁知终于没法使铁轨不"钢朗"地响了起来。这响声在午夜的原野上清脆地向远处飞去，立刻引回来几响比这更清脆、更尖锐的枪声，从我们的头上急速地掠过，惊得月色突然地暗了下来。

"卧倒！"

分队长的口令刚刚发出，敌人的机关枪就嗒嗒地响了起来。枪弹有时落在我们的背后，有时在我们的前面画了一道弧线，沿弧线飞腾着尘土的烟雾。机关枪响了十来分钟便忽然止住。铁轨微微地战抖着，敌人的一辆铁甲车开来了……

分队长原是胶济路工程工人，是一个非常能干的家伙。他连二赶三地把五六个炸弹绑在一块儿，放到铁轨下面去，跟着发了一道命令："快跑！"我们像飞一般地离开了铁道，躲到一座小坟园里，静静地伏在地上。差半车麦秸若无其事地拿出来他的小烟袋，预备往嘴里塞去，给分队长用枪托照他屁股上敲了一下，便又把小烟袋插进腰里了。他带着不满意的口气向我咕哝说：

"枪子儿有眼睛的。只要不做亏心事，怕啥呢？"

猛地像打了个霹雷似的，铁轨下的炸弹爆裂了。敌人的铁甲车带着一些灰尘，弹烟，破片，从地上狂跳起来，倒进路旁的矮树丛里……

"好！"二十个人的声音重新把原野震得一跳。

跟着，片刻间，一切寂静。

跟着寂静而来的是同志们的欢乐的谩骂，和迅速的、简短的、几乎不为同志们注意的、从分队长嘴里发出来的命令。在这些纷乱的声音中，有一道低哑而悲凉的歌声：

"有寡人出京来……"

我们跳出了小坟园，向铁道跑去。就在这时候，敌人的机关枪比先前更凶猛地响了起来。差半车麦秸在我的面前正跑着，叫了声"不好！"便倒了下去。但我们并不去管他，只顾拼命地前进。我们还没有到达铁道线，敌人的马蹄声已经分明地从左右临近了。于是我们只好开始退却……

我跑过差半车麦秸的身边，看见他拼命地向着马蹄响处射击。我说，"挂彩了么？能跑不能跑？""腿上呐，"他说，"我留下换他们几个吧……"我不管他的反抗挣扎，把他背起来就跑，有时跌了一跤，有时滚下沟里……枪声，马蹄声，背上的负担，仿佛对于我全不相干，我只知道拼命地跑，而且是非跑不可……

回到队里，才发现差半车麦秸的背上中途又中了一弹，他已经昏迷不醒啦。我们把他救醒过来，知道枪弹并没有射进致命的地方，便决定把他送到后方医院去医治。当把他抬上担架床的时候，他的热度高得怕人，嘴里不住地说着胡话：

"嗒嗒！咧咧！黄牛呀……嗒嗒！……"

一九三八年四月初写于武汉旅次

# 杉寮村

/// 易巩

## 前景

西方，凤淳县释迦崟的一千三百多米的主峰巍峨地雄立着，显着嶙峋的、峥嵘的面目，如像一个皱眉地苦思着什么的老人。无数错杂的、含有浓厚横蛮意味的山脉从那龙钟老人的尖削的肩膊上急峻地流泻下来，带着怒号的、浩荡的声势向东南冲去。渐渐地，缓缓地，山脉的浪涛平静了，无力地起伏着，倦怠地爬行着，迤逦地流布着，最后无声无息地沉入韩江西岸的平原里。

那广大富饶的平原，协随着从北方蜿蜒地流淌下来的韩江的雍容步伐和热情歌唱，以柔和的姿态向南铺展、伸延。在平原的广阔胸膛上，泡沫似的浮凸起海阳、彩堂、巷埠、汕头等无数繁盛的城市和乡镇，蠕动着五百万勤劳优秀的人民。

最后，平原尽头了——它变成蔚蓝峭拔的南海西岸。

就在这些绵密纵横的山脉里，隐藏着无数细小的村庄，生活着异常刻苦的客家人。虽然风淳县在行政上属于潮州的区域，甚至这里的客家男人多少被潮州人那种经商的狂热与勇敢所传染，因而厌倦那种婆婆妈妈的耕作，喜欢经营小本生意，甚至激起和潮州人同样的热望和冒险心，带着坚决的意志和美丽的憧憬，离乡别井地去海外谋生；但这两个移民长期以来仍然各自守护着自己的潮州话或客家话；不管在地理上怎么接近，他们世代沿袭自己的风俗习惯，甚至于坚持对厨房和厕所的不同布局和建筑方法；特别是客家的妇女们，她们一贯继承着"客家婆"的勤劳、倔强、朴素的优良传统，以及能够独立独行的男子气概。

这里的客家人之所以这么局促地生活在贫瘠的荒山里，据说他们和广东的北江、东江的客家人同样：当他们的祖先为着逃避灾难的追逐，带着沉重的心情踏进这肥美富饶的广东来的时候，他发觉自己来迟了。许多先来者早就把南海沿岸的肥沃平原盘占着了，只有那些偏僻荒蛮的山野还没有人烟。——而在潮州，几千年以前，潮州人便开始从河南迁移到福建，又从福建翻过五岭走进广东来，吸收着韩江平原的滋养，渐渐地繁殖起来，有的还渡过浩阔的南海，蔓延在琼州海峡的两岸。及至四五百年以前，从广东嘉应州各县分支出来的客家祖先来了。他望着这片膏腴的土地感叹了一番之后，便默默地带领他的子孙们进入被遗弃的山区里。

就这样地，客家人以惊人的忍耐和毅力在荒山里开拓着。经过了若干年月，终于在山脉平行或回绕所构成的山岬或盆谷里盖起了房子，在山坡上开出重重叠叠的梯田；巨大的岩石被凿开了，变成一条一条石板，横卧在无数激湍的韩江支流上。人们在荆棘丛里活动着，挥舞锄头和铁锹。脸孔和手脚给刺伤了，但把淙淙的鲜血揩掉后，又重新掘着。于是丛丛的榛莽被铲除了，长长的山径出现了。它穿过所有的岬谷，把许多大大小小的客家村连贯起来。——总之，他们曾经和山作过长久激烈的斗争，最后他们以智慧和血汗征服了它：把许多原来是曲线的都削成直线，把许多本来是立体的都铲为平面；并且在这里养殖了人类赖以生存的粮食和家畜。

慢慢地，他们获得自给自足，不自觉地熄灭了对平原的幻想与嫉妒，觉得山才是自然的本来面目，而平原不过是少数偶然的景象罢了。他们相信而且尊重自己的劳动，每天吃的、穿的，都是他们勤劳的成果，即使是一粒三角麦、一条番薯那么微小的东西。

他们在没有人注意的山脉里生活着，经过了悠久的历史。

一

杉寮村是凤淳县极西的一个山村，隐藏在山脉萦回的岬谷里。从五百米高的坐北向南的箭猪岗上，韩江支流的水源沿着那些巨大的、奇形怪状的岩石间潺潺地流泻下来，渐渐形成一条巉岩的山涧。激湍的水流在乱石的坑沟里旋转着，跳跃着，凶暴地撞击着丑陋的崖石。临着奔流的崖边，筑有三五间石室似的磨坊。那巨轮般的水车悠然地转动着，发出咿——呀——咿——呀的无休止的低吟。这声音是那么尖长幽婉，透过山涧的呼啸声，断断续续地，仿佛在向山下的居民申诉着它的不息的劳动。那嚣张巉岩的山涧流落到山脚下，绕过从箭猪岗右肩伸出来的好像一只长筒靴似的山坡，便完全平静了，变成一条宽阔澄清的石子河，横贯在盆谷的中间，养育着杉寮村的贫穷的人民。

这河是清浅的，河床两边袒露着，堆积着厚厚的小石卵和细砂粒。河水在中间嬉笑着，细小的浪花互相追逐。河岸上的水翁树、乌桕树、九里香、细叶榕和鸡屎果树迎着四月的温软的东南风欢欣摇曳，不时飘下一两片隔年的干叶在禾田里。和河岸平行的那条黄泥大路，是沿着释迦崟流脉里的黄寨、山阳、涧泉、崟下、黄沙坑各村蜿蜒而来的。它横穿过盆谷，又钻入左边一个山坳里，经过曲河、茅村，直达韩江西岸有名的黄流市；以后便可溯韩江北上，直通到客家人自己建设的繁盛的城市——梅县、兴宁去。

在箭猪岗的扇形山脚下，各式各样的家屋凌乱地堆置着，好像从一个性急的赌徒手里掷下来一大堆骰子似的。它们是依据山坡的高低而任意地、散漫地建筑起来的：有的隔着一片梯田吃惊地张着嘴巴，有的却傲然地凭着山坡，颤巍巍地俯瞰着脚下简陋的泥屋——它们胆怯地挤逼着，脊背抵脊背地挨紧着。几幢被烧毁的瓦屋展现在盆谷的低处，被烧焦的杉梁魔爪似的指着天空，老远便刺激行人的眼睛。

除了石子河边这条大路外,全村没有正经的平坦的街道。红黄色的泥泞小径在山坡上波浪似的起伏着,连接着如像脉络般的在家屋周围绕过的田基路。一条崎岖坎坷的鹅卵石路,从那些没有行列次序,没有按一定方向建筑的家屋、菜园、牛房、厕坑和梯田的空隙间诡谲地穿过,然后跨过一条曲折的坑沟,绕过一幢陈旧的瓦房,转一个弯,便翻过那长筒靴形的山坡去了。

这幢陈旧的房子位于岗脚下,建筑的规模看来和村中那些体面的房子一样:是两进深、三面通的;可惜它有一半不知在什么时候崩塌了,剩下的一半,原来灰白的墙壁已经黯黑了,而且有些地方已经剥落了,露出里面的黄泥砖来。四五尺高的白石墙脚,满布着苔藓,但石质还是完好的——只有它还在纪念着主人过去的富裕生活。

在这幢房子的正座大门上,用白灰塑成的横额里,写着四个楷书黑字:"张氏宗祠"。

在这幢半废的祠堂里,住着老妇人张二婆一家。

她带着五岁的孙子阿明牯①刚从梯田回来,在前厅里把洗净的衣服穿晾在一条长大的竹竿上。她大约六十岁年纪,一双被皱纹围困着的干燥的眼睛安详地藏在浮肿的皮下,泛着善良的、慈爱的光辉。她脸颊丰满的肌肉皱褶成粗大的条纹,蚯蚓似的蠕动着。嘴巴是干瘪的,下唇凹陷,老是失掉知觉似的颤动着,好像

---

① 牯:当地客家话,对男子幼称或爱称的结尾语。

咀嚼着什么。在她的颇为圆大的脑袋上,披着稀疏的花斑斑的头发。脑勺后盘结着一只鸭肾似的发髻。她上身穿一件阔大的、补绽过多的深蓝麻布衫,黑斜布裤管卷到膝盖那么高。她举着竹竿的手臂轻轻地抖动着,因为她已经撑持了许久。

她走下天井来,抬起昏花的眼睛张望。天空的黄肿的云层逐渐退净了,露出透明的青蓝色。一条美丽的长虹斜拱在高空里,彩色一时鲜明一时淡薄。到处传来山泉的淙淙声。

"明天一定晴了吧?观音菩萨有灵呵!"张二婆仰头低声祷告着。早造开耕时所受的折磨又突然袭击她。她的心窒息了一下。

去年秋天的一个早晨,驻在海阳县城里的日本鬼带着一队什么"布袋队"①打进杉寮村来,把成熟的禾谷抢割去了;而且把张二婆的一条黄牛和年青力壮的儿子张大洪也拉走了。这使今年春分过后,人们都准备开耕的时候,害得她到处奔走张罗。她朦朦胧胧地看见自己仍然站在富农朱善余的家里,伸出颤抖的两手接过半袋子谷种。

"就加三算吧,"朱善余拍拍手上的谷尘,满不在乎地说,"别人借的都是加三算利、利上起利的;不信,你问问他们去。"

"减轻点吧,大爷!"二婆请求道,"只要收成好,我一定本利清还的。就说去年晚造的租钱,天理良心说,实在也不是立心拖欠大爷的,实实在在是因为日本鬼……"

---

① 布袋队:日军在沦陷区组织的流氓匪类,在攻击乡镇时命令他们每人背大袋一个,以搜刮我方财货。

这句话还没说完，朱善余就板起脸孔来。

"你还说！你们种田亏了本，总是赖神赖鬼的。去年日本鬼打进来，我损失了千千万万，难道我要日本鬼赔给我么？我拿钱借给人家，还要求菩萨保佑人家平安大吉是不是！"

"大爷别生气，我只是……"

"你不要便算了，拿回给我吧！"

"我要，大爷，我要啊！"

种子和牛力都借到了。但比起往年来，今年开耕是多么冷淡悲惨呵！不但失掉儿子洪牯的得力帮助，就是媳妇黄青叶，自从杉寮村驻了国军后，也常常丢开田里的工作，被征去替军队挑东西去了。这么一来，犁田、播种、分秧等一切耕作，差不多都落在二婆这副老骨头上。好容易等到大秧长到五六寸长了，却又来了一场"黄瘟雨"，连绵不断地下了十八天，到前天才歇了；可是这两天来还没有出太阳。她怕得整天跑到田里放水，免得禾根给浸坏。因为人手不够，她把孙子阿明也带到田里去，不断地哄着他，教他拔杂草，捉害虫。

她把自己晚年的热情与温慰全部给予孙子阿明牯，把他当作宝贝似的爱抚着，怜惜着。这孩子有一副聪明的脸相。龙眼核般的眼珠，在润泽的眼窠里灵活地溜着，比他的牵牛花似的嘴巴更会说出使人喜爱的话语。他两足赤裸，左脚戴着一只银镯子和两个小铃铛，走起来便叮铃叮铃地响着。他蹲在天井里一心一意地用手指撬挖石缝里的螺虫玩儿。随后，他在地上拾起一根小竹，站起来乱挥乱划，口里咿咿呀呀地唱着，模仿军队的那些青年宣传队员唱歌。他蹦蹦跳跳地向祖母扑来，揽着她的两腿，撒娇地说：

"阿婆，我要你教我唱歌。"

"唱你的头！"二婆愠怒地喝他，声音是爱昵的，"你这小鬼头，长大就会学野学坏，会唱山歌勾野老婆了。"

媳妇黄青叶今早替一位军佬挑行李到黄流市去，现在还没有回来，二婆便准备自己动手烧晚饭。她匆促走过满供着祖先灵牌的正厅，推开媳妇和孙子住的房门，走进昏黑的、塞满陈旧家具的厢房里，但当她走近那个古老的大柜时，便突然呆住了。她清楚地记起：放在柜里第三格上的那个装米粮的竹篮里，只剩下两条番薯和大半升木薯粉。

因为晚造失收，而且从去年冬天，杉寮村便陆续来了几百个从海阳城里逃出来的潮州难民，接着不久又来了一支国军，所以到今年春初，本地的粮食就非常缺乏。张二婆一家，早就没有闻到米气，全是靠杂粮过日子的。眼下早造才插下大秧，杂粮也一天比一天少了。今天清早，为了将剩下的十多条番薯匀作三顿吃，二婆已经踌躇了一番。后来青叶说，与其三顿都吃不饱，不如朝晏两顿多吃些，晚顿等她替军佬挑东西到黄流去把赚得的工钱买米回来。

——这日子怎么挨下去呢？张二婆在心里叫苦。——大人少吃点不打紧，阿明牯可饿不得的。好在早造的禾苗又青又壮。只要明天出太阳，再没有大风大雨，早造一定是大熟的。观音菩萨有灵有圣啊！

她拖着明牯走出张氏宗祠的大门口，站在石级上眺望。山村里到处显现农民的身形。有的三五个聚在家屋的门口，指手画脚地谈论着什么，时不时飘过来短促的吵嚷声。孩子们在高高的、蜿蜒的山径上吆喝着驯笨的黄牛，但他们自己的两腿也在红黄的泥泞里踟蹰地踏着。从张氏宗祠望开去，那片广阔的、绿色天鹅绒似的禾田，被石子河横剖作两面。河那边，靠近山坳的一个山丘下，杉寮村最体面的人物、乡长张明达的那幢怀庆居的瓦顶上，首先升起一缕袅绕的炊烟，在低空里浮游着，凝成一条长长的白霭，横断在岬谷里不散。在怀庆居门前的打禾场上，有几十个士兵横排集合着。一个女兵挥手教他们唱歌。她尖声地唱一句，士兵们接着齐声吼起来。在山丘背后，刚沉下去的日影，反射出一抹淡红的霞光。而在山坳的大路口，这时正有一个头戴笠帽、手拿扁担的女人走出来。

——这个是叶玛①吧？二婆眨着眼睛问自己，不自觉地踮起脚跟来，脸上的皱纹时松时紧。

那个女人沿着大路从怀庆居前绕出石子河来，她一步一步走下河去，直到完全看不见她的笠帽的尖顶。

——不错，她是过河到这边来的。

---

① 玛：当地客家话，对妇女的幼称或爱称的结尾语。

但是，当那妇人逐步踏上河岸的这边，张二婆才认出这不是她的叶玛，而是住在山坡后的潮州难民贞姑。她不禁长长地叹了一口气。

"怎么妈妈还不回来呢？阿婆，我饿了……煮饭啦！"阿明扭着祖母的粗茧的手指，颤声说。

"等等吧，你妈妈去黄流买大把米回来呢！"二婆用甜蜜的话哄着孙子，但心里却愤愤地骂道：真是鬼勾魂魄的！哼，回来非骂她不可！只管在外面闲逛开心，不顾家里死活，不理孩子，自从阿洪牯……她心里一酸，眼泪差点儿没迸出来。

"妈妈给长官挑什么东西呀？"

"鬼知道！"二婆没好气地答。

"她可以赚很多很多钱吧？"

"望菩萨保佑。"

"可以买大袋大袋白米吧？"

"你妙想天开！"

"她现在走到什么地方呢？"

"过了五里亭了。"二婆随口应道，心里却在胡思乱想。

"她会在那里歇歇脚，买碗茶解渴才赶路吧？"

"唔……"

她恍惚真的看见叶玛坐在五里亭的石凳上，用围裙揩着雀斑脸上的汗水。接着便站起来，拿起扁担步步尺七地赶回家来。在她的肩膊上掮着一个沉重的麻布袋。

——她快回来了。二婆高兴地想，抚着明牯的头说："我们到厨房去洗净大锅，烧好开水，等你妈妈回来下米吧！"

片刻间，在破旧的张氏宗祠的屋顶上，飞出一阵缥缈的炊烟，渐渐地，混融在那长长的白霭中。

## 二

暗晡时分，洪嫂黄青叶回来了，带着满脸屈气和周身疲倦。她一声不响地把扁担摔在墙角里，便坐在厢房门口的石槛上发呆。她浮肿的大眼凶狠地瞪着，闪着青光。她鼓着腮帮，本来灰黑的雀斑变得有点紫红。二婆谙知她又在发什么脾气了，便故意不理睬她，只在房里暗暗窥伺着。她瞧见扔在床里的那个麻布米袋大半截是瘫软的，里面的白米显然不多。

——那骚货将工钱都吃光了，在外面还不快活么？二婆暗中骂着，正想探询媳妇今天赚了多少钱，买了多少升米，却不防青叶转过身来没头没脑地说：

"阿妈，黄流市给封锁了！"

"嘎，什么'封锁'？"

"不准船艇通过呀，什么'封锁'！"青叶没好气地顶了一句，接着又解释道，"从今天起，凡是从梅县松口驶下来的货船，一律只准驶到黄流市为止，黄流以下便不准放行了，说是防备人家将米粮偷运给海阳县里的日本鬼。"

她这么开始排泄积郁在心里的愤懑，正如揭开满盛开水的瓦锅盖子似的,灼人的蒸气便腾出来了。她激动地描叙黄流市今天怎样乱哄哄的:几百人挤着看一张告示;黄流河面,被几十只小艇横排封锁着;士兵们立在船头,用枪指吓着几条大船,不准放行;市内的三间大米店都挤满了人,大家抢着买米。她亲眼看见,在不到两点钟内,米价就变了三次——当她刚到的时候,还是卖八十五元一石的,到午昼便要九十一元了,但转头来,又突涨到九十五元了。人们还是争着抢购。

"米一贵,什么都跟着起价了!火柴都要一角子一盒;早上还是卖一角两盒的。真是凭空起价!"她从衫袋里掏出一盒火柴塞给张二婆。

二婆掂起放在床上的那一小袋白米,心里盘算着:

——九十五只花边①一石,九只半花边一斗,九角半花边一升——唉,一只花边只买得升把米!惨绝呵!冤枉呵!

她打开大柜,在第三格的竹篮里摸出两条手臂粗的番薯来,跑到厨房去,用清水洗净,用菜刀切成方形的小粒。

——用两抓白米煮稀饭,——她在心里计划着——多放点水,把番薯粒加进去,今晚总得吃顿饱的。

吃过晚饭,洗过热水澡,一家人便坐在宗祠的门口憩息。这时,对河山岗背后紫棠色的晚霞已经退净,苍灰的暮色从岬谷上慢慢地弥漫下来。二婆双手拥着明牯,把他夹在自己的两腿中间。

---

① 花边:客家话,原指价值一元大洋的银币,引申为泛指一块钱。

她瘪陷的嘴巴依然微微地翕动着。两颗黄浊的眼珠定定地、没有目标地凝视着——她并不是沉思什么,只是习惯地这么静坐着,呆望着,享受一天中最悠闲自在的时刻。孙子阿明抚弄着祖母的斑发,用手指缠绕着一绺头发玩儿。只有青叶还是闷闷地坐着。她心里的委屈还没有消除,但又找不到发气的对手。她没由来地厌恶婆婆和孩子,觉得他们好像预先约定了,要和她捣蛋,虽然大家坐得这么近,但都不理她,仿佛互不相识似的。

一个军佬从右边石路拐过来,肩上搭着几件白色的内衣裤,手里捏着一个红色的肥皂盒子。他走近来,笑嘻嘻地对青叶说:

"阿嫂,你们有热水没有?给我一桶洗澡吧。"

"没有!"青叶瞥了他一眼。

"替我烧一桶吧!我给你钱。"

"谁要你的钱!你的钱很馨香吗!吃饱饭等屙屎!我没闲心!"

军官有点愕然,搭讪地走了。

"烧一桶热水费什么事呢,烧几把狼萁草便得了,你真是……"二婆忍不住喃喃自语道。

"你去烧哇!"青叶的两撇眉毛高高地抬起来。接着她便一连串地骂道:"军队都是没良心的!他们有什么理由规定只给人家两角子一堂路①的工钱?到黄流六堂路,他就给你一块两角钱,

---

① 一堂路:十华里。

不管这些钱能买多少米,不管你死活。我说过,我发誓,我今后死也不替他们挑东西了,除非他多给钱!那个死鬼乡长,见我们好欺负,就专门来张氏宗祠派人。屙痢肚!死绝种!"

"不挑便不挑吧,用不着啰里啰唆,用毒口咒这个咒那个呵!"张二婆幽幽地告诫媳妇。

"我啰唆?"青叶大声驳嘴。她登时认真起来,仿佛一堆暗燃着的火炭遇着风势吹拨便马上抢起烈焰来。"挑了一整天东西,赚不到两升米!我啰唆?是的,又不是你去挑,又不是你肩膊痛。你看吧,我说过不挑便不挑,没得吃,大家饿!"

在后面一段话里,二婆听出媳妇的自恃自大;而且显然讽刺她只会吃、不会做。这一气她如何受得!她决定将这泼悍的妇娘骂个透彻。干瘪的嘴唇剧烈地抽搐着:

"你有什么了不起哇!"她跳起来用手指戳着青叶的雀斑脸,"你不干我便要饿死了是不是?你说,开耕到现在,你下过几天田?你去做挑夫赚钱?哼,说得好听呵!我问你赚过多少钱回来?到黄流六堂路,人家贞姑早回来了;可你从天未光到天黑,不知死到哪里去了。你不顾家,不顾孩子,在外边昏了,记不起回来!……"

青叶气得蹦蹦跳,她突起大眼,扬起眉毛,左手叉腰,挥动戴着竹节形银镯子右手,摇着头上梳成雄鸡似的发髻,摆好吵架的姿势,张大喉咙,抛出毒辣的词句。

"嗄,你说什么鬼话!孙子不是你的么!是我野老公生的不是？你不该领领他么！自从他阿爸走后，抵着人家笑骂赶牛犁田①的是谁？你说，他是不是剩下十万八万给我？我空身进你们张家又怎么样，但我的两手和肩膊还没废啊！做生做死，自问没白吃你们张家的！哼，嘴巴放屁不馨香啊！"

激烈的吵架就这样开始了，照例要持续几个钟头，有时甚至整天整夜。在每次争吵中，不论谁先发动，青叶总占上风。她气雄声大，婆婆说一句，她抢着说十句，使婆婆没她的办法。她吵到起劲的时候，便双手叉腰，站在石阶上，或者索性找一张矮凳坐在厢房门口，做长期吵下去的模样。但张二婆总是在祠堂里来回地走着，有时躲进厨房去，但立刻又走出来，在正厅里瞧这瞧那，摸这摸那，好像要做什么似的，但又什么都没有做。等到媳妇的声音沙哑，无礼的叫嚣告一段落，起身想走的时候，她才幽幽地、狠狠地正古正经地回敬三几句，使青叶又像癫婆似的叫起来。

她们这样声势汹汹地吵骂着，浪费大量的唇舌，滥用许多恶言秽语，消耗过多的细胞，谁也不愿让步。直吵到大家都疲惫不堪，大家都沙着嗓子在明明白白地申诉着生活的忧郁和不幸。大家的眼睛都饱含泪水，大家都发觉到亲爱的阿明牯滚在地上哭喊着没有人理的时候，婆媳俩才走开来抱起他，一场风波便在互相怜爱的气氛中平息了。

---

① 这里的客家妇女承担着一切苦工，但赶牛犁田一项必须让男人来干。这是一种不良风俗习惯。

## 三

自从黄流市给封锁，韩江上游的物资不能接济下游各乡镇的饥荒，白米卖到一块钱三两，人民生活一天比一天困苦以后，黄青叶便开始了空前的行动。她不知怎地断定了这次的苦难是短时的，认为只要挨过青黄不接的期间便会好转过来。她对那些被杉寮村穷人当作财主佬的军官们采取了近乎苛索的手段。

有一个黄昏，怀庆居营部里的一个军需佐来到张氏宗祠，要青叶烧一桶热水给他洗澡。他洗完澡后，发觉自己的"千里马"的缚带断了，便顺手在洗澡间的板壁上扯了几条麻皮，用手搓作小绳当鞋带。他临走时给了主妇一角钱的大洋票。

"怎么，一角子？"青叶瞪着眼不肯收。

"难道热水也起价了么？"年轻的步兵军需佐松了松鼻子，笑吟吟地反问道。

"采樵艰难呵，先生。"青叶严正地说，"一大桶热水要烧大半捆樵呢，两角子不多要你的。再说，那几条麻绳也该给我两角钱。你怎么乱拿我的东西哇！"

军需佐慌忙看了看自己的"千里马"，失惊地叫：

"几条麻皮也要两角子？"

"嘎，我的东西是天上掉下来的吗？麻皮是很宝贵的呀！比米还贵呀，先生！现在火柴也卖一角子一盒呀，先生！"

"唉——呀，算了，算了！"军需佐摆着手，从搭在臂上的青色军服口袋里,摸出一个肿胀得好像笑口枣似的黄皮钱包来。

青叶眼灼灼地盯着他打开钱包,拣出一叠叠钞票来,都是新簇簇的、花绿绿的。她忍不住扑近他身边去。

"看看,看看,唉呀,这张多漂亮呀!"她伸手要拿钞票,"这张呀,这张呀!给这张红色的我!"

"这是五块钱的……喂喂,你别动手!丢那妈,喂喂,你……"军需佐紧张起来了。他一手握着那个"笑口枣",高高地举起来,一只手狼狈地抽住将要滑跌的军装,把它搭在肩膊上。他扭歪腰身,躲闪着这客家婆贪婪的手势,一面忙乱地翻检着钱包。"你别动手,我会给你的……哼,唔,都是五块、一块的,还有些零票呢?……"

最后,他拣出一张五角的钞票来,要青叶将那张一角子的和他交换。青叶嘴里答应,但接过了五角钞票后,却没有践约。她把两张钞票都塞在怀里。

"都给我吧,先生!算作预先给我的洗澡钱吧!你明天暗晡来,我一定烧好热水等你。就这样吧,让我们多得点钱买米吧!"

她又和村里的妇人家约好:当军队雇她们做短夫时,大家便一齐要求增加工钱;要不,大家都不干。于是第一次由两角子一堂路增加到三角子,接着要求到四角、四角半。后来,因看见挑的多是"军米",青叶又想到别个花样来。

"先生,"她对营部的副官说,"我不要钱了,你给米我吧。我只要一升米一堂路。"上回那个军需佐恰巧在旁边,认得青叶,听她这么说，登时怒得跳起来大骂：

"丢那妈，你又来了！你最多计，最没餍足的！你'得上床便想扯被盖'——唔，副官，你当心，这个客家婆见钱不眨眼的。上回我的钱包差点儿给她抢掉了。"

"哎哟，我抢了你什么？多要了几角子，是你预支的洗澡钱嘛！这几天我每晚都烧好热水等你，谁叫你不来。"青叶别转脸，不理他，只管对副官说："你们的军米不是一块钱四五斤么？你给我一升米，即是两三角钱罢了；可是我们到市上买，一升米却要只多花边呢！"

"这个……这个……好是好的，"副官心动了，但立刻又惶恐地摇头，"不行，不行，上头有命令，禁止军队私卖军米给民众，查出要杀头的！"

"不是要你卖给我呀！"青叶抢着叫，"我是叫你用军米抵上钱罢了。这是大家都便宜的呀！"

"那么，那么，让我先问问营长吧。"

在这个"大家便宜"的办法吸引下，青叶当然是成功的。于是辛辛苦苦地挑了一整天，才换得了几升白米。她慎重地、满心欢喜地捧回家去，分作两三天吃。她每顿严谨地量出四五合米来，羼杂一些番薯叶、苦麦菜，煮一大锅子稀饭全家人吃。

没有军米挑的时候，她只得替商人挑木炭、香粉、菠萝、山竹和别的货物，在黄流、塘坑、天洞几个大圩市奔跑着，两个肩膊整天被沉重的东西压着。她觉得头晕眼花，心脏跳得仿佛要吐出来似的。她鼻尖冒出冷汗，肩膊被磨到红肿溃烂，脚跟里的骨头给砂石压伤了。

她警惕得像头猎狗似的，整天睁大眼睛，竖起耳朵，到处探询可以赚钱的门路。可是，常常一连几天里都找不到活路。遇到这样不幸的日子，张氏宗祠里的吵闹声和孩子的哭喊声便整天不停。青叶被饥饿的烈火煎熬得忍耐不住，便无端地发脾气，用最肮脏的字眼咒骂一切。但当她和二婆吵了一场，或打了阿明一顿之后，慢慢地平静下来了，开始憎恨自己，觉得耗费这么多力气而对全家的肚子全无补益；并且随着太阳的西移，亟待解决的晚饭又迫近了，自己还待在家里等待什么呢！于是，她觉得全身冰冷了，连呼吸都困难了。她无力地站起来，随手拿起锄头，茫茫然踱出门外去。

她爬上箭猪岗的胸膛上，来到一块新开拓的番薯地里，便气喘喘地瘫坐下来，仿佛失掉均衡似的，不得不用两只颤抖的手臂支撑着仰躺的身体。有一口冷涩的痰涎涌上喉咙；但喉咙是干燥的，不便把它吐出来。她眼睛炯炯地向四周流转，不知不觉地停在面前那些开着喇叭形紫色小花的番薯畦上。

——种下秧藤十多天了，长出番薯了吧？

她举起锄头掘下去，蔓长错乱的根藤给翻出来了。她蹲下去，用手在泥土里把一串手指那么粗的番薯仔挖出来。

——唉，太小了，还不够日子呢！

她失望地抬起头，两条腿不自觉地往山坡下走。山下面，在贝壳似的家屋上，升起几缕炊烟，渐渐融化，变成迷蒙一片。军队的晚餐号音从盆谷的深处悠扬地飘上来，那最后的两长声将青叶吓了一跳。她定定神，饥饿马上在肚子里苏醒了，难堪地啮咬着她。她记起自己必须赶快在山上找些什么可吃的东西回家营救饿瘪了肚子的婆婆和明牯。

她荷着锄头，大步爬上箭猪岗顶上那丛野木林里。她像一头饿狼似的在榛莽里钻着，嗅着。比人还高的茅草割划她的手臂和脸孔，荆棘袭击她的脚板。但她全无惧色，不知痛楚，用手掩护着额头和眼睛，认真分辨各种草木的形状。突然，她在一丛杂树中发现一棵长着卷曲嫩叶的野树来。

——这是"黄狗头"①？

她呆了一刻，便狂喜地用锄头掘下去。在四五寸深的泥土里，粗大的、满粘着金黄色茸毛的树头露出来了。

"不错，是黄狗头呀！"她失声叫起来。

她挖了五条黄狗头，又拗了些软嫩细小的箣竹笋，摘了一大把番薯叶和野葛菜，见天已暗黑了便赶着下山回家去。

她们一家人，首先把那些苦涩的箣竹笋和番薯叶做了晚餐。然后动手刮去黄狗头的茸毛，把它切成一片片，放在大锅里熬出牛尿似的秽水和刺鼻的臭味后，用竹篮盛着浸在坑沟里，让湍激的山水把它漂净了，才捞起来，晒干，准备当饭吃。

---

① 黄狗头：一种羊齿类的野生植物，头部含有淀粉质。

## 四

张二婆从开始便不满意媳妇叶玛迎受灾难的方法和态度——这么一点都不能忍耐，饿一天半天便捶台拍凳，大发脾气；像疯狗似的乱咬乱吠。

"哼，有这样的人的！穷便穷了，可做人也不是这样子做法啊！"

她常常这样谴责媳妇。她宁愿把自己的银簪银钗押给人家，宁愿到处求人家借"贵利"，却不愿向人家打主意。没得吃时，她便默默地躲在房里挨忍着。她觉得躁暴叫嚣是空劳无用的。当她听到本村里有人出来组织平粜会救济贫民的时候，就感动得掉下泪来。

有一天，她从村口那间最近被改作杉寮乡公所和潮州义民自治办事处的关帝庙门前走过，无意中发现在庙门口白墙上挂着的许多长条招牌中，新近又增多了一个白漆底写蓝字的。有五六个男人正聚在门口热烈地谈论着什么。她好奇地走近去，向一个长着红色酒糟鼻子的男人探询消息。

"这个么？"那男人用手指敲了敲白漆招牌对二婆说，"不关我们客家人的事，是潮州义民救济会挂出来的。——可不是么，人家一挂起招牌，就马上做出事来了。回头看看我们的平粜会吧，不是已经成立半个月了么？真是锣鼓敲得响，没戏子上台！"

有一个年老的农民提示他：

"人家齐心呀，人家有个财主佬陈瑞庭呀！只要他肯出头，什么事情办不来。"

"哦，"红鼻子不平地叫，"我们不是也有个乡长张明达么？哦，我们全村张朱两姓的祖尝不是通通拨出来了么？乡公所不知搅什么鬼的，几时看见有人在里面办公的？"

在以后的几天中，村里流行着一个秘密运动：许多客家人都拿出三块钱，暗中求托和自己有点亲谊的潮州义民，设法替自己顶冒一个义民的名额，向救济会购买一斗平粜米。二婆探到这个消息后，便立刻把积蓄的军队给她的洗澡钱和洗衣服的钱提出来，又设法向别人挪借一点，凑足三块钱这个数目，等到挨晚，便一个人悄悄地走出张氏宗祠，绕过低矮的山坡，到义民区去找一个名分上是她的堂表侄但她常常也跟着全村人一样把他尊称作叔辈的潮州人李庆材。

在宽阔的田基路上，初夏的晚风飘飘地吹拂她稀薄的斑发。她衰老的眼睛洋溢着愉快的光辉，暗笑地浏览着田基两边碧绿的、涌荡的禾海：从远处的义民区那边起，一望都是这么青壮的禾苗，刚刚爆发着繁盛的禾花。一种醉人的清香弥漫着整个广阔的田野——这正是罕见的大熟征兆呵！

一群两寸那么小的禾花雀突然呼一声从路边的禾丛里跃出来，但一下子又一齐跌落在田中心的一丛禾苗里，吱吱喳喳地争啄着喷香的禾花。

"呼——！呼——！嚟——！"二婆扬手呼喊着，做出驱逐的姿势,"嗬——!走呀!呼——!"

成群的禾花雀给吓得惊叫着跳出来,在低空中曲折地飞跃着;突然又全队投入更远的禾海中,在深绿的"海水"里放纵地蹿跳着,快乐地追逐着。

"呼——!嗬——!"但这一回再吓不到那群小窃贼了。她弯腰拾起一块泥头,用力掷开去。"呼——!"

泥头无力地落在三四丈远的禾田里,惊起一只蚱蜢。它扇着紫色的翅膀向二婆飞来,而且贴在她的衫襟上。她用手指捉住它,看看原来是一只专门吃禾花蕊的、体内充满脂肪的"禾虾蜢"。她扭掉它的翅膀和两腿,放在衫袋里,准备带回家去用炭火煨香给明牯吃。

她的眼睛蒙眬地笑着,仿佛看到无数片段的生活美景在眼前闪过。她带着隐秘的欢愉沉迷地踱着,好像一片落叶似的掉在涌动的大海里,这么轻盈地、惬意地漂浮着。……突然,前面一个高耸的碧浪把她吓醒了。定神一看:原来这是盘踞在义民区进口处的那棵巨大的细叶榕树。

在大榕树的右后方,沿着一条狭长的山坡,盖搭起无数大大小小的茅寮、竹棚、草舍和杉皮房子。一些涂脂抹粉的、剪发的、穿着旗袍的妇女们炫目地走来走去。棚寮的对面,一列长长的篱笆隔着外面的禾田。从矮檐下伸出来的竹竿或绳索,穿着五颜六色的衣服缚在篱笆上,横跨过五六尺宽的泥路,在晚风的吹荡中好像彩旗似的招展着。有些过分低垂的衫披裤管常常触着行人的额头和眼睛，使人不得不用手把它拨开。沉睡在黄澄澄的斜晖里的泥路，被每个人家随意泼出来的污水弄得泥泞潺滑。他们仿佛有意赌气地弄糟了它，用以妨碍外来者或邻居的探访似的。来往行人都踮高脚跟，拣择干硬的路走，常常要大步跨过污秽的水洼。在每个人家的门口，一边是经常发散臭气的粪桶或尿缸，一边是用泥砖砌成的简单的炉灶，上面搁着瓦煲、铁锅和洋铁罐子等炊具。——其实，现在正该是煮饭的时候啦！但生火的只有几家，而且没有肉类被煎炒的浓郁香味，没有烘热钻鼻的饭气，只有开水在咕咕地幽咽着，浓烈刺眼的火烟在焦黑的矮檐下徒然翻卷着。

张二婆无目的地走着。她蹒跚的脚步并不是顾忌泥泞和污水——她是这么满不在乎地把黑褐皱茧的大脚板踹进污泥里的——而是一种荒疏的感觉使她怯懦起来。她好几次想问问人：庆材叔住在哪里？她要找他商量点事情。但她明明知道，自己和那些人言语不通，问也是白搭。于是，她竭力镇定自己，竭力装成一个惯来的熟客似的。她希望用自己的眼睛在那些迎面而来的，或者从房舍里低头钻出来的居民中发现李庆材。她焦灼不安，但还是装成闲散地踱着，若无其事地东张西望。她走过许多棚寮房舍，看看快到路尾了。只见前面一个横跨过街道的瓜棚下面，一大堆人挤拥着，正在乱嚷嚷的。

——这么多人挤着干什么呢？

二婆走近去。原来在一间精致的杉皮房子门口，那荫凉的方横一丈的瓜棚下面，有几十个人围拢着、阻塞着去路。不晓得为什么，他们会这样热烈和紧张。站在外围的人都踮起脚、挺长脖子地向人丛窥望，并且抛出短促的问话，但一下子又缩下来，回头向身边的人诉说着，互相唏嘘地慨叹着，愤激地咒骂着。

"喂喂，阿婶，阿叔，让让路呵！"二婆轻轻地拍着人家，一面侧着肩膊挤进重围里。

她的鼻尖擦过男人们的整洁的衫襟和女人们的油滑的头发，呼吸着浓腻的人气。慢慢地她挤到中间来了。——原来大家正在围绕着一个十五六岁的瘦骨棱棱的孩子。他坐在矮凳上，正据着一张小方桌吃着番薯叶和苦麦菜。二婆看见他的模样不禁吓了一跳。

这孩子整体给人以一只干瘪的青蛙似的印象。两个眼眶深深地凹陷，周围黯黑。眼珠在阴暗里疲怠地移行着：这是一双多么暗哑、无神、饥饿的眼睛呀！他的胛骨过分突出，而两颊却陷得很深，只剩一层薄皮粘连着下颚。又长又瘦的脖子支撑着沉重的脑袋，摆下摆下，似乎很容易便会折断。他满身长着疥癞，花斑斑的，好像青蛙皮。此刻，他正在贪婪地狂吞食物，人们可以从他的喉头的搐动而察觉食物被急促地咽下的形状。他伸着枯柴似的左臂，用霉烂的灰色单衣抹拭脸颊和胸膛上因为饱食和烘热的人气蒸发出来的汗水。同样枯瘦的拿着竹筷的右手，不能控制地颤抖着，以至筷子常常错戳在桌面上，或者刚夹着菜叶又掉下来。他一边翕动苍白的嘴唇，用简短的语句回答人群杂乱的探询，一边眼定定地死盯着那只想攫取但又不听指挥的右手。

"哎哟，这是人还是鬼呀！"张二婆见这孩子的形相和动作禁不住惊叫起来，"怎么饿成这个样子啊！真是惨绝呵！有哪个善心人给碗饭他吃吧！"

她孤独的呼吁显然被繁杂的人声淹没。人们对于这个不幸的孩子只管奢侈地发泄个人的兴趣，仿佛要从他贫瘠的躯体里苛求一些什么来满足自己的欲望，甚或要连这孩子的干脆的骨头都咀嚼出味道来似的，而对于桌上的两只碗里已经渐渐空了，应该给他再添点什么却没有人注意。这使二婆越瞧越悲伤起来。

——要是阿明牯也饿成这样子……二婆想着，心里忽然像给刀子捅了一下，鼻孔酸酸的，眼睛给泪水糊住了。

她用发抖的手碰了碰身边一个戴玉扣耳环的妇人，哽咽着说："大嫂，你做件好事，回家拿几条番薯给他吧！"

那妇人厌恶地横了她一眼。

这一眼，使二婆意识到自己的唐突，同时猛然记起自己是外来人；他们——连这个孩子在内——都是潮州人，而自己是一个土婆，是这一群中特异的一个。当她想到不但自己的话语为全体不懂，而自己连这个孩子的来历也不清楚的时候，便对刚才的举动感到羞赧和忸怩，连一刻前的悲伤也忘记了。

正当那孩子呷完碗里的菜汁，抬起饿眼向观众乞求，人们骚动地打算散开的时候，在重围外面，有一个得意的叫声飞扬起来。所有的人都回头张望，而且纷纷让出一条路来。

一个长着鹦哥鼻子，最多不过三十二三岁，穿黑色竹纱衫，敞开衫襟的矮小汉子从杉皮房子里欢快地跳出来。他一手高擎着一只热气腾腾海碗,一手排开众人闯进来。

"庆材叔!庆材叔呀!"二婆大声喊他,扬手招他。

但李庆材现在多么得意忘形。他把手里的大碗故意夸耀地在众人的眼前打了一转,然后端端正正地摆在孩子的面前:原来碗里盛着三条热烘烘的大番薯!他拍拍孩子的脑勺,用一种和蔼的态度和长者的口吻安慰他,鼓动他放量吃。才后便改用一种谦抑稳重但又慷慨激昂的腔调对观众吱吱喳喳,不知说些什么。

二婆第二次想扬手喊他,却瞥见身旁那个阔气的妇人又厌恶地横了她一眼。她恼怒地在心里骂道:

——你管我什么!我是来找他的呀!他是我的堂表侄呀!

还是李庆材眼利,在兴高采烈、口讲指划的当儿发现人群中有个张二婆。他立刻改用不大准确但却十分流畅的客家话招呼她,并且非常有礼地把她从无数诧异的眼光中引了出来。

这李庆材是义民办事处的总务股长,兼义民救济会采办员,又是办事处主任陈瑞庭大爷的表弟,为人精明能干,一张嘴很会说话。陈大爷很倚重他,许多事情都交由他办理。他在杉寮村里已经成为"陈大爷第二"了。因此不论男女老少当面都尊称他作庆材叔,不敢直叫他作李庆材。

当他察知这衰老的远亲是特意来找自己商量什么的时候,便满意地眨着一双兔眼,伸出舌头舐着薄薄的嘴唇,而且准备一颗安静心来接纳意外的收获。但张二婆一开口并不是说出他心里喜欢的事情,却只管追问他那孩子的来历。

"他是刚从海阳城里逃出来的。"李庆材冷冷地答。

"哦,是从日本鬼那里逃出来的!他怎么瘦成这样子?多难看呵!冤枉呵!"

"一个人饿便瘦了,有什么稀奇的。"堂表侄没好气地说,"亏你长到头发都白了,连这个道理还不懂!"他翘翘嘴唇,搔搔鹦哥鼻——他正在集中全部机智,要把这离题万丈的谈话巧妙带回预定的中心来。

"那孩子真好胆量!一个人怎敢逃出来,不怕日本鬼抓他么?"

"不见得是真胆吧?我说最近逃出来的人都是饿胆的,因为现在海阳城已经给日本鬼弄得不堪设想了。老实说,"他庄重而且低声地说,一点笑容都没有,"在这里总比城里好。且不说政府有救济,就说吧,这里有一个自治办事处,专门救济义民;又有一个乐善好施的陈大爷,又有——咳,咳,嘻嘻,当着亲戚不怕说,又有一个'姜太公封神'——只顾别人不顾自己的傻瓜李庆材!可不是吗,连这个孩子算在内,这十天里就有七个人逃到这儿来。二婶娘,刚才你亲眼看到的,我亲自送了三条大番薯给他吃。人家都说办事处怎么好,谁知道我李庆材的苦处呢?我在办事处又不是揽大权的人,不过陈大爷对我好,信赖我,有什么事情都说:'阿材,你看着办吧!'你说有什么办法!"

——哎哟,该死啦,我怎么忘记了!张二婆差点儿没叫出来。

这一下她才记起来找李庆材的目的，急忙伸手摸着衫袋里的三块钱，但又怕这样做太突兀。她的心扑扑地跳，很想搭讪一下，嘴巴又很笨拙。她不能决定在什么时机才好开口。她按着钞票的手在衫襟里痉挛地跳动着，好几次要抽出来。

两个人沉默着，大家的脚步都踟蹰起来——原来他们已经踱到义民区的尽头了。这一带丛生着蔓草和荆棘，几株瘦长的山竹迎着晚风簌簌地摇曳着。在山竹林的右方，一条蜿蜒地伸出去的田塍，成了禾田的边缘。它从箭猪岗的右臂后绕出，可以通到石子河边的关帝庙去。这时，落日的余晖快要收尽了，整个山村渐渐晕眩在苍灰的烟霭里。有两团草蚊在李庆材和张二婆头顶上盘旋着。李庆材厌恶地挥着衫袖驱赶它们。它们散开了，接着又嗡嗡地飞拢来。他心里充满懊恼的感情，睨着二婆惶惑的神色。他想到刚才冗长的谈话对自己没丁点好处，便觉得受了无辜的损害。他愤愤地射了二婆一眼，却恰好碰着她怯弱欲哭的眼睛。

就在这难堪的瞬间，张二婆突然拔出藏在衫襟里的手，把一团钞票塞在李庆材的手里，气喘喘地，用充满泪水的颤声说：

"庆材叔，我求你，求你替我顶个义民的名额买斗米！"

"噢，噢，这个我不能做主的！"李庆材失措地叫，"这不是我个人的事情，我不能……"

"能的，我晓得你暗中……"她想这话不妥当，便改口道，"我晓得你暗中做好事不让人家知道的，我才一个人悄悄地来找你商量。"

李庆材推让了一阵。二婆抵死把钞票塞在他手里。他看可以趁势收场了,便故意放软手接住那团钞票;不料一眼瞥见远处禾田的边缘上,有个穿长衫的人正向这边走来。他眼快,认得来人正是陈瑞庭!他要卖弄一下,又把那团钞票塞回张二婆,说:

"这件事重大得很,我李庆材无论如何担当不起。我表哥现在回来了,你当面求他老人家吧。"

张二婆浑身哆嗦,最后把钞票猛塞在李庆材的衫袋里。

"表侄,这点小事你担当得起的!"

## 五

陈瑞庭是海阳县人,五十来岁,身材高大,气魄雄壮。他前额光光的,两边额角直伸入脑顶。脸颊是丰满的,皮肤略呈赭色。鼻子肥大而轩昂,和圆突的两颧十分相称。厚肉的上唇微微突出。——这上唇是富于表情的。深知他的人可以从它的松弛抑或紧缩、翘起抑或抽搐而测出他的内心是和平抑或愤怒、沉思抑或悲伤。要是你想从那掩饰在浓眉下的眼睛来观察他的心情变化,就一定使你失望了。他的眼皮整天都好像睡觉似的垂下,听人家说话时也不愿张开。他习惯地微微点着头,用粗重的鼻音应着:
"唔……不错……我知道……好的……"

他出身微贱,小时候给人拐到新加坡去,卖给一个矿山的包工做"猪仔";后来找机会逃出来。从此立下大志,要找大把的钱。他真正发迹是在三十岁那年。那时他和一个日本人合作制造假钞票，一个机会捞了很多钱。后来见当局缉捕得紧，便逃回故乡。他对乡下人说，自己是在南洋开采金矿兴家的。他出钱重修彩堂乡的祖祠，倡办修桥整路等公益事业。在城里筑了一幢华丽堂皇的大房子；接着又在汕头市开设一间资本雄厚、规模宏大的"龙泉茶庄"，运销台湾、南洋各埠，每年赚几万块钱——就这样，陈瑞庭很快便成为当地一个有名的豪绅了。

想不到去年六月二十一日，日本军队突然在汕头登陆，而且长驱直进。他怕得带着细软和姨太太直逃到梅县去。他眼看自己手创的基业毁碎，感到无限痛心。后来，他见日军占领海阳后便不再前进了，给国军控制在韩江西岸的狭长地区里。他又打听得从海阳县逃出来的难民许多都流落在凤淳县第二区所属各村中，许多潮州商人都集中在黄流、塘坑、天洞等圩镇里继续做生意；又想到杉寮村的乡长张明达是自己的襟兄，到那儿去可和他团结合作，慢慢恢复自己的家业。经过几番考虑之后，他便毅然把大量的财富和宠爱的如夫人带进这穷僻的客家村来。

因为他原是汕头有名的茶商，和当地乡长又是亲戚，所以义民们都信任他，凡有公众事情或和本地人发生什么交涉，大家便推他出来办理，让他做几百义民的代表。但是陈瑞庭心里是非常明白的，他的襟兄张明达——杉寮村的乡长却是自己的敌手。这位乡长常常故意捣蛋，破坏自己的计划，而且阴谋争夺自己的群众，要把几百义民都统治在乡公所之下。于是陈瑞庭急忙和几个有力量的义民商议，马上成立潮州义民自治办事处，他自己做了主任，和乡公所对抗。

他开始结交当地的军人政客。一面把自己的现款大批放给各圩镇的商人，一面又在黄流、天洞开设几间富于广州风味的茶居，吸收那些爱饮爱吃的军官的现钞。同时，他在义民方面又做了一番工作：他首先用办事处的名义，向县政府请准了在凡有义民居留的各村里划出地段来做义民区。他垫出钱来在荒地上盖起竹棚茅舍，命令义民搬进去，他按月收回租钱；同时又加强办事处的组织，制定许多自治条例要全体义民遵守。这一切计划，凭他个人的魄力和表弟李庆材的辅助，竟能逐步实现。半年以后，他就相信确实能掌握几百义民，自己的财势已不在张明达之下了。

但是，正当陈瑞庭的势力逐渐牢固、发展的时候，他的对手却变换了另一种战术。自从黄流以下的河道给封锁后，陈瑞庭便看见乡公所挂出平粜委员会的招牌。后来李庆材报告他，说他探悉张明达最近有两条米船特准放行通过黄流驶下来。陈瑞庭认定这是张明达对他的致命袭击。他想到自己虽然有财有势，但没田地和谷米；如果没有新奇的策略，一定被操纵在对方手里。他把自己关在房子里，不吃不睡，苦思了三天，竟然想出一条妙计来：他马上发动风淳县二区大小一百三十多间商号和六七百义民，以"顾虑民生"为理由，联合向当局吁请开放黄流河道。他到处奔走呼号，宣传鼓动。

这一炮发出去，果然有效。第三天，张明达便派人请他去怀庆居吃饭。谈判的结果非常完满：陈瑞庭答允停止由他主使的请愿运动，但要以在平粜委员会中多设一名义民代表做交换条件，而且因为情况特殊，在杉寮村的潮州义民，可以成立一个粮食救济会。这些张明达都答应了。

第二天，陈瑞庭便亲自去拜见一位高级军官。回来便和张明达商议，把义民自治办事处搬到关帝庙去，和乡公所成立联合办公厅；又把义民救济会的招牌和平粜委员会的招牌并排挂在一起，表示和张明达团结合作。

## 六

现在，陈瑞庭刚从关帝庙回义民区，在田基上优悠地走着，心里正在被一个不愉快的消息所烦扰。他偶然抬起头来，远远地望见表弟李庆材正和一个土婆在那里推推让让，发现自己来了，两人才慌忙散开。他晓得李庆材的根底不正，常常假借他的名义招摇撞骗。当他走近来，看见李庆材局促地站在路旁，笑嘻嘻地闪着眼睛，便怒气冲冲地问道：

"那客家婆来干什么的？"

"没……没什么。"李庆材开头有点惊慌，有点口吃，但第二句话便完全镇定了，"那个客家婆是来要求报名买米的。嘻嘻，消息一传出去，大家都争着来了。"

陈大爷这才宽容和气地问：

"到今天为止，报名的总共有多少人？"他垂下眼皮，慢慢地踱向瓜棚那边。

这时天色已经入黑了，瓜棚下的人群早已散去，街道静悄悄的。

李庆材抢前一步，低声禀告他：除了七百多个实有的义民之外，各村的客家人暗中要求报名的也有三百多；连原定虚报的一百个名额，总共算起来有一千二百多人。

"钱都收足了么？"

"都收足了的！都收足了的！"李庆材连声嚷，"我每收足三块钱才把他的姓名写在报名册里。决不会漏记或赊欠的。——表哥，这笔款你要用么？"

他试问着，一面偷看陈大爷的脸色；见他摇了摇头，便趁势报告他：近来现款非常支绌。前天又有人来追缴两次特准放行的船费；而且张乡长那边，三天之内已经差过两遍人来催收分款了。至于最近脱手的东西，都是以货换货的，运回来后，都批发给各村各圩的商号里。昨天去收账，他们都说要过了端午节后才能清数。

"为了最近周转不灵，我决定今晚便来请示表哥的了。"李庆材持重地说，"前天来的那个人，口气很不好，说我们有意拖延。张乡长那边催得这样紧也是难怪的，因为他不晓得我们的苦衷；而且又见东西确实脱手了……"他瞧见陈大爷只是垂着眼皮，用鼻孔"唔……唔……唔"地应着，便不敢再往下说了。

陈瑞庭垂着眼睛，好像一心一意地鉴赏着身穿的那件华丝葛长衫。他肥嫩的两手反扣在背后，手指扭拗得噼啪地响。李庆材焦灼地跟着他后面，时不时要赶上一步瞄瞄他厚肿的嘴唇，只见

它微微地翘起,便大胆献议道:

"表哥,不晓得这样好不好?我们现在不是还有三四千块钱么,好不好派人先送一千五百块去;所差的一半,请求过了五月节清缴。我想,那位先生会宽限的。至于张乡长那里,也送一千块去。然后……"他假装思索了一下,又瞄了瞄那厚肿的嘴唇,"然后把剩下的千多块用救济会的名义向东江粮食调剂局购买平粜米。等这帮米一到,便立刻发给这次报名买米的人;同时向众人宣布:这只是第一批,以后还有第二批、第三批源源运到。现在大家饿得发慌,都心急要米,一定要这么和缓一下群情,以后再想办法便容易了。这个计划不算顶好,但总算各方面都兼顾到了。你说是不是呢,表哥?"

李庆材虽说得这么委婉谦恭,但心里却异常得意自傲。他摸准陈瑞庭一定被上面的问题苦恼着,因此相信他的计策是非常中肯的,一定惊到这个自负深谋远虑的表哥。于是他傲然地抬起头,却看见陈瑞庭的嘴唇还是微微地翘起,脸孔死板板的,眼睛老是垂着。看样子,他好像完全无动于衷似的,而且想不到他竟然会这样凭空地问:

"你看从今天起,到早造收割,还有没有大风雨呢?"

"没有吧?不过,这很难说,或者……不过,上个月已经一连下了十八天大雨了;再下,除非有人担水上天啦!可是,'天有不测之风云',也和'人有旦夕之祸福'一样,下一阵'白撞雨',吹半天东北风,也总算是风调雨顺吧?……不过……可能……"

李庆材光着兔眼,支吾着,心里却说:见鬼,他问这个干吗?

两人慢慢走着,来到杉皮房子门口。从瓜棚上降下的黑暗蒙盖着他们的脸孔。四野的蛰虫和青蛙合奏着夏夜的烦噪的音乐。陈瑞庭伸手想推开涂着黄色"士沥"釉的大门,忽然又停住,回过头来决然盼咐李庆材道:

"你明天亲自送三千块钱去!"

"嗯,那么张乡长那儿呢?"

"这个你别管,我自有办法。你把以后收到的钱全部给我买禾花①!这事要小心些,切不可张扬——懂吗?"

"我懂!我懂!"

陈瑞庭推门走进屋里,反手掩了门,暴戾地大声喊:

"喂!人来!拿手电筒来!"

绵密的黑暗封闭着他的眼睛。他定了定神,心里狠狠地想:

——张明达真是老奸巨猾!原来他已向县平粜会领了一百石米,却瞒着我,故意不拿出来,不举办平粜,叫大家都死死盯着我;还派人向我催收分款,使我周转不灵:这计策好毒辣!哼,其实你蠢到连一只猪都不如!一百石米,怎能一口吞没呢?

## 七

农历五月初五端午节。早晨,杉寮村的平粜委员会举办第一

---

① 禾花:当禾稻开花时,穷苦的耕户因急需用钱,便以低贱的价钱把禾稻卖给人家,叫作"卖禾花",以后收成多少,都是买主的事。

次平粜。当张二婆来到关帝庙的时候,广场上早已乱糟糟地挤满了人。有五六个人争着爬上庙门口的旗杆夹上,吱吱喳喳地嚷着,好像一群争食麻雀。

"唉唷,这么多人呀!"

她竭力向庙门口挤去,要占一个优先的位置。但人们的脊背和手肘有力地阻挡着她。她挤了半天,才挨着大门口右边的石壁站稳了脚步。待喘息平定了,便转身跷高脚跟向庙里窥望:里面空无一人。

——难道改期了么?二婆想——但人都到齐了啊!

"啊哈!来了!来了!"有谁神经质地叫了一声。

爬在旗杆夹上的那些人纷纷扑下来。广场上的人群突然涌动了。大家都发狂争着挤进大门口去。二婆死命用脊背抵着墙壁,一只手举起准备盛米的竹篮,一只手猛力推开向自己压过来的人体。

"你们狂什么?"她叫,"手里拿着钱,你愁买不到米吗?"

但后面的人体还是以波涛似的姿态淹过来。无数苍白的眼睛在波浪里闪动着。这些恐怖的眼睛好像全都凝聚在她身上,而且正向自己扑过来,使她感到彷徨害怕。终于,她被淹没在人海里,不由自主地给人推进门口去。她的竹篮紧紧地压着一个男人的屁股。那人好像给谁踩着尾巴的公狗似的,突然转脸大声吼道:

"喂喂,挤什么?挤死人啦!你们见鬼么?这是个什差罢了。书记还没有抽够鸦片烟呢!"

烦躁的等待继续了很久。终于，有两个乡卫队的队员首先出现了。他们分站在大门口的两边，用步枪将拥挤在前面的人群稍稍赶开。有几个杂差开始将一袋一袋白米从里面搬出来，戽在中门的前面。接着，乡公所的书记和事务员陆续出场了。书记指挥两个杂差将一把长大的针秤悬挂起来。事务员挽起一面铜锣，站在石槛上，密密地连续鼓了几分钟：向全杉寮村的人民宣布第一次平粜开始了！

在异常庞杂震动的声浪中，一个女人的尖厉的叫声扬起来：

"卖给我，卖给我！我是最先来的哇！"

"哎哟，我比你先呀！"张二婆跳起抢着叫。

她拼命冲前几步，挤近横摆在门口里的铺着蓝布的桌子旁，又机智地预先将两张五角子的钞票放在篮里，然后举起来，从那个女人的头顶上递出去。她瞧见书记只顾伏在桌上写字，便踮高脚跟，将篮子推近他眼前。

"这里，这里，先生，我是最先来的。"

竹篮的挽手，碰着书记的光头。他抬起眼睛吃惊地叫：

"什么？什么？"

二婆忙堆着笑容说：

"先生，求你先秤给我吧！我站到脚软了。我全家都饿瘪了，都在等着我买了米回去煮饭呢！"

书记用含恨的眼睛瞟瞟二婆一眼，用手掌抚摸着受了冒犯的光头，许久才问：

"买米证呢？"

二婆以为他问自己要钱，便指着桌上的篮子说：

"在篮底里呀，是两张五角的票子呢！每人只准买一升吗？"

"买米证呀！拿你的买米证来！"书记生气地叫。

"嘎，什么？你说的什么证？"

她问了几声，见书记不睬自己，有点惊慌失措，以为篮里的钱失掉了，便挺长脖子瞄了瞄：两张钞票好好地躺在篮里。

"怎么不卖给我，现钱交易，又不是赊账，我的钞票假的么？"

想不到书记脸色骤变，霍地站起，一手推倒竹篮，大声喝道："你走走走走走！不懂手续，扰乱秩序！走！走！"

张二婆给两个乡卫队扯了开来，陷在人堆里，又急又气，浑身冒出热汗来。她呼吸着浓烈的人气，心里的愤恨与不平便更加炽热了。她感到前头那些买了米的人好像故意向她夸耀似的，都将沉重的米袋或竹篮高高地举起，而且觉得他们喝人家让路的胜利的叫声都仿佛存心刺激她似的。她想不通自己不但买不到米而且还会被人驱逐出场的理由。她越想越不心甘，又再拼命挤前去。但前面的脊背好像铁门似的抵御着她的脚步，四周的人群如同木桩一样也夹迫着她。最后，她出尽全身力气，简直以一只麻鹰扑鸡的姿态直扑到桌边来，气咻咻地把竹篮摔在书记面前。

"我买米！"她喘促地喊，一面用衫袖揩着额上的汗，"买米呀！——你为什么不卖给我？我有钱给你哇！"

"哼，你……"书记正要发作，却瞧见朱善余的老婆挤进来，便笑嘻嘻地掉头对她说,"哦,大嫂!干吗要你自己来呢?要多少呢?哦,买多少张证呢?怎么这几天不见朱大哥出来逛逛呢?"

梳着一只时髦的圆髻,穿着浅蓝色阴丹士林布衫裤的女人笑眯眯地对书记点点头,将一个荸荠形的精致格篮放在桌上,从怀里摸出三张巴掌大的纸片和三张农民银行的一元票来,一齐交给书记。书记忽然醒起,便故意把纸片塞近张二婆的眼前:

"你睁大眼睛瞧瞧吧,这就是买米证!不管谁,都要有买米证才可以买米的;这是平粜会的规例!你吵什么?你有没有这张东西呢?"

张二婆哑口无言,只好认真地端详着这张比钞票还贵重的买米证:在巴掌大的白纸上印着几行字,当中盖着一个长方形的红朱图章。朱善余的老婆在旁边睥睨着她:

"有什么好看的!谁叫你不预先向乡公所领呢?走开吧,别阻碍人家啦!"

二婆没奈何,只好恳求书记临时给她一张买米证。书记不理她,冷笑一声。他提笔在登记簿上写下买米人的名字,然后将那荸荠形的格篮转身交给司秤的事务员,低声嘱咐:

"三升。秤头足些!"

二婆继续央求道:

"不就这样吧,你收了我这块钱,就秤一升米给我吧!你只要收足钱,我有没有米证,上头哪里知道呢?"

书记听到这里,瞪着眼睛望了望众人;突然脸色一沉,拍台大骂：

"你胡说！你闭嘴！你教我私卖平粜米么？你教我们平粜会营私舞弊么？你斗胆！你构陷平粜会！你这老虔婆，还不给我滚！"

平粜米很快便卖完了。大半数人买不到米。有许多人和张二婆一样，几次挤到大门口，都因为没有买米证给赶开来。大家失望地互相看着，谁都不愿出声，只在石阶上逡巡着，徘徊着，不愿马上离开这个富于诱惑性的地方。庙里面，办理平粜的人员随着逐件收去的蓝布桌子、大针秤以及干瘪的米袋渐渐失踪了；只有挂在中门两边的"公所重地""闲人免进"的木牌庄严宁静地监视着每一个观望者。人们垂头丧气地向四周的田塍散去，只剩下几个有耐性的妇女和那些大胆的麻雀争拾着遗弃在地上的米粒。

## 八

张二婆空手回来，在石子河岸的大路上碰见她的堂表侄李庆材。他今天打扮得很齐整：穿一套靛青色的纺纱衫裤，上口袋插着一支墨水笔。一条银白的表链从口袋垂下来，挂在纽结上。他趿着一双圆头黄漆皮拖鞋，像个绅士。须发刚刚理过，显得容光焕发。他左手夹着一大叠册子，右手夹着香烟，频频地吸啜着。他告诉张二婆，他近日在关帝庙的联合办公厅忙着，忙得一塌糊涂，差不多连拉屎吃饭都没空；现在又赶着去找陈大爷商量公事。他说时两腿不时挪动，好像连再多讲几句都没有时间。

但张二婆一见到他,便记起几天前的事,立刻追问那一斗米什么时候才有得领。

"快了!快了!"李庆材点头连声应着,但没有再接下去,却很关切地反问道,"哦,是了!你刚才买到平粜米了吧?你们贵乡的平粜会今天不是举办第一次平粜么?听说以后还会有第二次……"

二婆摊开两手,失意地说,她刚去过关帝庙,买不到米。

"怎么!"李庆材失惊地叫,"有钱都买不到米?布告上不是明明写着每人可买一升么——哼,这是什么道理?是不是有人欺负你呢?是不是你年纪老了,没气力和人家挤呢?"

"不,谁敢欺我?是我没有领到买米证。"

"唔,对了!"他很有意思地叹了一声。一面在心里说:好,已经推开她的追讨了。

他抽搐着胀热的鹦哥鼻子,手指不停地弹着烟灰。他眼睛攒聚着,很神秘很深意地睨着张二婆。他瞧四周没人,便走近她,很信任地向她告密:这次张明达向县粮管会领了一百石平粜米,他在布告说,要将半数留作乡公所职员及团队贮粮之用——这无疑是巧立名目,其中定有古怪。至于那几百张米证,张明达和几个委员们都预先扣起一部分,暗中发给自己的亲戚朋友和村中有体面的人物。这几天他都在关帝庙办公,看见他们这种做法,十分愤激,十分为杉寮村的贫民抱不平;不过自己是外来人,俗话说"河水不犯井水",自己不便出声罢了。

"不怕说，"李庆材摇头叹惜，"你们贵乡的乡长真是……实在有点……——总而言之：做事不大公道就是！"

"是呀，真是不公道呀！"二婆赞同地叫，"事先又没说要什么证的；到时便骂人，赶人……"

她没说完，李庆材就暴跳如雷：

"他们竟敢骂你么？竟敢赶你么——真真岂有此理！这些办事人员真可恶！真该枪毙！他们不敢打你吧？要是他们敢动你一条毛，单是我李庆材便不肯干休！老实说，如果这一百石米由我们义民救济会负责办理，我敢用脑袋担保，决没有这样黑、黑暗的！这不是夸口，表婶娘你几时见过我们办事这么糊、糊涂，这么黑、黑暗的？"

他说得激动，不料后面一句话又提醒张二婆。她立刻又问：

"材叔，那一斗米过几天有得领了吧？你们办事一定很快的。"

"这个……快！很快很快！"他肚里失悔地叫——糟糕，说错话了！他急忙将话头兜转来："不过，如果真的由我们出头办理，那时你们又会说我们'反宾为主'了。唉，办公众事真难啊！"

这时，有一个年青的客家妇女担着两桶粪水，从躺在灿烂的阳光下的田野里走近荫凉的大路来。李庆材慌忙跳开路边，摸出手帕掩着鼻子，两颗眼睛却只顾在那妇人的脸蛋和胸脯上猛溜。等她走远了以后，便很关切地问二婆：

"这位阿嫂是谁的老婆呢？噢，她力气真够！我看那两桶肥料起码有八十斤重。"

二婆这回没上他的当,只管追问他那斗米。李庆材没办法,眨着兔眼,使出从前做"讼棍"的本事来。他打开手里的册子,很确实地指给二婆看——他明知这客家婆不识字——他说这本册子里都登记着所有报名买米的人名,现在只等救济会的全体委员签名盖章,和义民自治办事处主任陈瑞庭大爷审核过,又盖上大印,便写一份公文将这本册子呈给县政府;等县政府派人来调查过没有作弊之后,县长便在公文上批了"照准发给"四个大字,然后发交县粮管会办理;粮管会核算过人数和米数没有错……

"要这样费事的吗?"张二婆截断他的话,"不如就发买米证吧!只要材叔你预先通知我……"

"不行!不行!我们救济会办事哪比得你们平枭会这样马虎,可以由三几人暗中把持的么?"李庆材严重抗议,而且提出警告,"如果上头派人来调查,二婆你千万个当心呀!你最好先学会几句潮州话,要不然到时露出马脚来——哼,虚报名额!不但我李庆材要杀头,连陈大爷都要坐监呀!唉,你还不知我替你做了这件事担多大惊恐!"

张二婆给吓得慌了神,千谢万谢地感激他。李庆材心里很高兴,觉得自己临时编造的理由很充分,一定能同样推搪其他追问的人。他侧仰着脸,眨着眼睛,在短促的瞬间回忆一下刚才说的那一套繁琐的手续和几个机关的名称,觉得一句都没有忘记,便非常安心。但为严密起见,他又着重地加说道:

"这些手续很简单,只是例行公事;只要接到粮管会通知我们领米的公函,便很快的。"

"六七天可以了吧?"

"很快的,很快的,我尽力替你们赶办就是,有多快便多快!"他一面说一面提示自己:——快走吧!于是他轻轻地移着脚步,准备转身走了。

张二婆再制止不住自己的惶急和悲哀了。她全身颤抖,模糊的老眼迸出泪水,干瘪的嘴巴因要急于吐出久已郁结在心里的惨痛而痉挛地抽搐着。她抓着堂表侄的衫袖,低扼地呜咽道:

"唉,庆材叔!你要我等到什么时候呢?我快饿死了。我的明牯和叶玛饿到眼睛都陷了。我们吃黄狗头吃到脚肿啦!就快连观音泥也要吃了。唉唉,你瞧,你瞧!他们现在还等着我买米回家煮饭呢。唉,那个卖米的该死呀!死后给打落十八重地狱呀!唉,你救救我吧!我没得吃呵!灾难呵!惨绝呵!冤枉呵!"

李庆材沉静地听着。他本待要走,见二婆这个样子,忽然灵机一动,立刻非常感动地用好言安慰她,委委婉婉地游说她:何不出卖几亩禾花,得点钱暂时维持一下。但张二婆毫不动容,而且凌厉声明:她决不卖禾花!因为今年早造的禾花是几十年罕见的盛开,一造的收成可以抵得上往年三造。只要挨到割禾以后,她便可以清偿所有的债务,从下半年起,每天三顿都可对付过去。

"能收现谷当然好。"李庆材说,"不过现在到收割的日期还遥遥长,难保没有风雨……"

"哎哟，你别说……"张二婆急忙用手掩住他的嘴巴，"你们后生哥的口舌真是……"

"哈，你说得真好笑！这是天老爷的事情呀！耕种人哪个不是'望天打卦'的？五、六月天搅风搅雨，是常有的；你说哪一年没有？所以，我说卖禾花的人都是头等的精仔；收成虽不算十足，但总先抓住个实数呀！"

"我不卖！"二婆第二次叫。她渐渐察觉出这个堂表侄正在打自己的主意，便不由得生气起来。

李庆材诈作没听到，沉定地从上口袋里掏出一只银壳表来，看了看，把它拧得沥沥地响；然后又整理一下纽结，夹好那叠册子，拍了拍刚才给二婆扯皱了的衫袖，才不紧不慢地说：

"卖不卖由你。我不过临时想起，随便说说罢了。如果表婶你想清楚了，我可以负责替你向人要高点价钱的……"他见二婆没反应，便掉转身——但眼睛却没有离开她——再迫一句道："你又不是没办法找钱的，何必要一家人饿到半生不死呢？"他瞟见她态度坚决，知道没希望了，心里一气，便决然说："好，我走了！"

——只差二十多天都挨不过来么？张二婆在走向张氏宗祠的田基路上想着——听说村里很多人已经卖禾花了。他们笨呵！叶玛也说要卖一亩。哼，我宁愿死挨！我要翻身！

她这样下了最后的决心，心绪便完全安静了。她瘦弱的身体浸在中午热辣的阳光里。干涸的鼻子愉快地呼吸着清沁的稻香。她的浮肿得像蟹背似的两脚，轻快地撩拨着田基两旁浑身戴着金饰向行人献媚的禾稻。

## 九

有一天,黄青叶得到李庆材的特别雇请,订明两块大洋一堂路的价钱,替他挑东西到接近沦陷区的击壤城去。

清早,月亮早已沉没,黎明前的黑暗浓重地降下来。在杉寮村外一间荒废的祖祠里,黑压压地挤满了人。四五簇斜插在墙壁上的篱火哔哔剥剥地燃烧着,火光在攒动的人头上跳跃。魔鬼似的人影在墙上闪闪缩缩。在正厅里,乡公所自卫队的班长李少阶,穿着黑胶绸短打,正在暴躁地指挥一群拿着扁担和绳索的人逐个走进厢房去。李庆材站在厢房门口,严密监视房里的人将一包一包白米搬出来。他分配给每个挑夫两包,叫他们用绳索捆扎好,放在廊下等候着。

黄青叶坐在泥地上,脊背挨着一条石柱,两手围抱着膝头。她抬起两只大而无神的眼睛,透过廊瓦的破洞,凝视着抖动的晨星。

——九堂多路,今晚转不回了。她想着——在城里过一夜,第二天清早到街上逛逛,看看米价怎样。这回,我要买它七八升回来,叫阿妈阿明欢喜得跳起来……唔,要记得买两盒火柴;有便宜的花布也剪几尺——这个慢一点才说吧,现在还谈得上造新衫么?我要……"喂喂喂!你干么!走路不带眼睛的!"她给人踩了一脚,失魂地跳起来,气愤愤大声骂。

一个挑着米包的女人,在青叶面前踉跄跌倒。沉重的米包掉下来,差点儿没压断青叶的扁担。那女人一面狼狈地整顿米包,一面懊丧地连声说:

"靠啤①!靠啤!"

青叶立刻认得这个是懂得客家话的贫穷的潮州难民阿贞姑。——她因为不愿记起年青守寡的悲哀,便不让人家按习惯称她作陈大嫂,而硬要全村人叫她作阿贞或贞姑——青叶连忙站起来,帮她缚扎好米包,招呼她坐在自己旁边,而且抱歉地笑着说:

"你也来么?猜不到是你呢!唉,骂错人了。"

"工钱好呵!什么时候见过两块大洋一堂路呢!"

贞姑风骚地笑着,闪着浅露的大眼。她抹去地上的鸟粪和泥尘,用笠帽垫着屁股,和青叶并肩地坐下来,问道:"你这两包重不重?我的重得要命。我怕挨不起呢。"

青叶忽然记起什么,将嘴巴贴近贞姑耳朵,低声问:

"这些米是陈大爷的吗?他什么时候放在这里的?"

"鬼知道!有钱人家,哪里没他的钱。他们在厨房厕所里都会埋着金银财宝的。"

天色已经大亮了。三十几个人吃过一顿丰富的咸菜白米饭,李庆材便催着大家起程。他拉着李少阶耳语了一阵,叫他领头走在前面;然后又分派两个潮州汉子插在挑夫的中间。等队伍开始

---

① 靠啤:潮州话"哭爸"的音译,倒霉、糟糕的意思。

行动了,他便敞开那件淡蓝色的米通纱衫襟,露出贴身的雪白内衣和紧缠着腰围的蔗青色绉纱腰带来。他足蹬薄底黑帆布鞋,臂上挂一把黑缎雨伞,迎着早晨的凉风,大踏步跟在队伍的后面。

挑米队在晨光熹微中行进,绕过一个大丛林,从黄坑村的背后通过,便渐渐爬上巉岩的山径里。队伍的行进是迅速的,但李庆材还在后面频频命令:

"快呀!快呀!走过四堂半路才准休息呀!"

他本来也不惯走得这么快,特别是崎岖的山路;但他明明知道,这么六十包白米,在这附近一带是随时都可能发生不幸的。他必须以最迅速的行动通过这四堂多路,顺利地到达可以畅行无阻的地方。

李庆材有这样的才干并不是偶然的。他父亲曾做过一任县长。他自小在衙门长大,娇生惯养,贪威识食,炼精学懒,没认真读过多少书;但因熟透官场的门路,谙通做呈作状的秘诀,长大起来便成为一个以拆案、加案闻名的讼棍。只要他得到钱,他能够将一个"用"斧伤人的重案,改作"甩"斧伤人,使凶犯无罪释放;同样地,他又可以将一个偷割禾稻的小偷,改用偷割谷种的罪名而加重他的徒刑。后来,他觉得这样做终无出头之日,也很难找大把的钱,便依从一个赞赏他的天才的朋友劝告,决心改行做"老迁"①。他和几个同道跑到广州混了几年。那时,他钱虽然捞得多,

---

① 老迁:一种排场阔绰、出手大方、手段高明的骗子。

但都是左手来右手去；而嫖、赌、饮、荡、吹各种玩意反而愈染愈深，无法戒掉。到西历一九三六年，政府下令禁赌，李庆材便宣布失业；接着不久便沦为在长堤西濠口一带讨生活的"阿泡"①。有一次做生意失手，给警察捉到公安局去，被判了三个月的徒刑，并且在他的左腿上刺了一个蓝色的、铜板大的、永不褪色的窃犯印。

三个月的徒刑满后，李庆材恢复了自由。当他从南石头的惩戒场回到西濠口的时候，又碰见从前的道友，他们都怂恿他再次合作。他怕得连夜搭快车逃到香港去。他想到自己本来是官宦人家，书香子弟，不想竟然沦落到这个田地；而大腿上的那个蓝印，更是奇耻大辱！他严厉警告自己，不要越陷越深，应及早回头，重新做个上等人。于是他暗叫医生割掉那不名誉的记号，决然搭船回汕头来。那时，刚巧陈瑞庭从南洋发财回来不久，他便以表弟的名义去投靠他。起初，他在陈瑞庭开设的龙泉茶庄当一名三手掌柜。因他已立心做好人，做事勤谨精细，待人谦恭有礼，便渐渐被主人赏识。况且李庆材又是个心思精巧、诡计多端的人，常常看准时机，向主人出谋献策，使陈瑞庭越发重用他。

不过，他的天才的充分显露和发展，还是在跟陈瑞庭到了杉寮村之后。真的，陈瑞庭能有今天东山再起，大半是李庆材从中策划的功劳。就说这回六十包白米的脱手吧，也是他李庆材在陈瑞庭面前极力怂恿和主张的。他觉得陈瑞庭和张明达之流虽有资

---

① 阿泡：小偷、扒手之流。

本与雄心，但做事毫无思考和计划。昨天，明明看到日军炮轰天洞圩，但他们还是死抓粮食和货物不放手；也不顾虑驻在杉寮村的国军到底有多少；更没想到今年早造丰收大势已定，只要有一箩新谷登场，米价便一定回跌。……

——你陈瑞庭有什么本领？运气好罢了——李庆材自负地想——你有什么计划？有什么想头？要是让我李庆材来，哼，我就不是这么干法！你瞧吧，我李庆材只要有三千块钱，便会生龙活虎般飞跑了，还在这里当你陈瑞庭的走狗么！

他这样想着，便有点功高压主的思想，连陈大爷也不放在眼内了；而且抬头一望：只见前面这支在自己统辖下的队伍，此刻正像一条长龙似的翻过山坳去，便更加觉得自己的伟大了。于是，他又昂奋地叫起来：

"快呀！快呀！赶到横溪才大休息呀！"

十

队伍在路边一间茶寮的门口歇脚。李庆材很慷慨地拿出五块钱请大家喝茶食饼。他看着他们分享着他的布施，便欢快得眉飞色舞。他现在无疑是这一群人中的主人或领袖，自己有权力指挥和役使每一个人：班长李少阶不过是个副手，有什么意见都要预先商得自己的同意才敢实行；那两个中年汉子，只是两名喽啰，他们没有什么意见，也不敢提出什么意见；至于那三十名短夫，就更不在话下了，都是他李庆材治下的民众和奴隶。

队伍又开始行进。李庆材更加高兴了。他想着这六十包白米,很快就完完全全脱离险地,以后就沿着平安无事的大路到达目的地了。于是,一半是为了舒展一下刚才紧张的神经,一半是他下意地要领略一下作为主人的威福,便快乐地大声叫:

"喂!你们这些客家婆呀!为什么不唱山歌呢?唱吧,唱山歌开开心呵!"

"唱你的头!"青叶骂道,"人家挑到累死了,谁有你这么快活!"她夹在队伍的中间,故意歪戴着笠帽,遮挡从侧面射来的酷热的太阳,鼻尖和额头冒出汗珠。她虽然觉得累了,时不时要将沉重的扁担从这边肩膊转移到那边肩膊,但她还竭力坚持着挺直的腰肢和均匀的步伐。

"大家不是吃饱饭、食够饼、饮足茶了么?唱支歌又不用花力气的。你们怕羞是不是?来,来,来,让我先唱个开头吧!我唱的是正宗梅县山歌,唱不好,不收钱。"李庆材只管开玩笑。

"好呀!好呀!让我们听听潮州佬唱山歌呀!"

十几个客家婆齐声和起来。她们嘻嘻哈哈地揶揄李庆材,要他走上队伍的中间唱。李庆材只是躲在尾后,按住肚子嬉笑了一阵,便吐了一口痰,又打了一回咳嗽,笑了笑,才正正经经地唱了一句;但唱到第二句,就忍不住漏出笑声来了。他唱道:

买对灯笼——拜祖宗呵,
灯笼——不好挂当中呀;

恁好灯笼——没蜡烛呵，

恁好姑娘——没老公哦！

　　他的放纵大笑，被十多个女人的笑骂和诅咒淹没了。其中寡妇贞姑认定李庆材是有意借题挑拨她、嘲讽她的。她给气得脸红耳热，便伸手拨了拨黄青叶的雄鸡尾巴似的髻尾，说：

　　"洪嫂，他这个死人头该杀！你替我唱歌骂他！唱吧！懂得唱的怕什么！"

　　黄青叶想了想，突然将一串嘹亮的歌声抛上空中：

山歌唱来——得恁差呀；

山歌——原属我客家唉呀；

山歌——若是不识唱呢，

不好学人——口花花啰！

　　歌声过后，哄然的欢笑跟着飞起来，大家七嘴八舌地怂恿李庆材唱对答。可惜李庆材的山歌并不是自己创作出来的，唱了一支便没有第二支了。青叶见他没答过来，便又纵声唱道：

山歌唱来——骂阿哥呀，

山歌——何用唱太多唉呀；

山歌——若是撩得妹心动呢，

耕田——不使用牛拖啰。

"好呀！好呀！骂得好呀！"贞姑得意地大声喊。

"呵呵！庆材叔唱输了！呵呵！不懂唱对答就不好口花花啰！"

李庆材在后面只是笑，做鬼脸掩饰自己的羞赧，一面嬉皮笑脸地说：

"我替你们开头了，你们唱吧！"

他的发动果然得到意外的响应。在队伍的前头，有一个少女尖着喉咙唱起来了——她唱的是一首流传广泛的著名情歌——

出山——只见藤缠树哇！
入山——又见树缠藤唉呀；
树死藤生——缠到死呵，
藤死树生——死也缠哦！

"唱得好，唱得妙，唱得呱呱叫，唱得够味道！"李庆材在后面拍手大叫。

大家正在吵吵嚷嚷，嘻哈大笑的当儿，前头的队伍突然停住。黄青叶只顾低头走路，不提防前面的同伴骤然住脚，一个踉跄，扁担差点儿没撞着那人的脊背。她抬头一望：只见前头岔路口，一个士兵正横着上了刺刀的步枪，拦阻着穿黑胶绸衫裤的班长李少阶。

"糟糕,检查呀!"一句话从队伍中低低地传出来。

## 十一

半点钟以后,挑米队被两个士兵押解到附近一个富庶的村庄里,在一间大祠堂的门口停住了。李庆材跟着刚才一定要检查的那个士兵走进里面去,其余的三十三个留在灰沙地堂上,被一个荷枪的士兵在地堂的边缘外监守着。短夫们无声放下扁担,沉郁地坐在烫热的地上。疑惧和不安浓重地掠过每个人的心。忧虑的眼睛互相提示着。但片刻的沉默过后,吱吱切切的私语声又渐渐高涨起来。

"我们挑的米正当的吧?"

"刚才庆材叔不是拿出证明来了么?"

"可为什么还要把我们带到这里来呢?"

贞姑想不通。青叶低声询问身边的几个同伴们,但他们也正在探讨着。有几个人挤在一堆交头接耳,一瞥见士兵踱过来,便立刻敛容分开。青叶焦躁地左顾右盼:看见班长李少阶蹲在墙脚下,那两个潮州汉子脸白唇青地对他说着什么。他俩抵死要和班长挤在一起;但班长猛摆手,向他们使眼色,赶他们远离自己。

青叶走过去问他:

"李班长,这些米正当不正当的呀?不要连累我们呵!"

李少阶没想到有人竟这样不懂事,在此时此地猝然喊出他的官衔来。他失魂地跳起来,吃吃地说:

"正,正当的!正正当当的!大概正当的吧?"

"怎么又不准……"

班长立刻用手制止她,用脚拨了拨她,而且用眼睛喝走她。荷枪的士兵走近来,横了青叶一眼,喝道:

"走开!你们开会议么?"

人声立刻沉息了。大家在毒辣的太阳煎烤下闷闷地坐着。从照壁上反射下来的一派不可迫视的阳光,混合着从灰沙地堂上升起来的热气,把这几十个人好像放在烘炉里的面包似的。一只壮大的黄狗从祠堂里踱出来,嘴里挂着湿漉漉的舌头,错愕地窥察着这群人,翕动鼻子嗅了一阵,仿佛没发现敌情,便懒洋洋走回祠堂里。

黄青叶窒闷地坐在一个米包上。她的心被忧疑蛀蚀着。她萦萦回回地想着刚才李庆材怎样拿出放行条和一叠钞票来;那士兵怎样板起脸孔,什么"奸商""走私"地大骂一顿;以及后来怎样硬要把李庆材带到这里来……

——他们为什么这样凶呢?庆材叔为什么要送钱给那个士兵呢?哼!她抬头又瞧见李少阶先生慌瑟瑟地蹲在墙下,被太阳烤红了的脸孔满布着愁云——哼,庆材叔一定给国军抓去了……

"热死人啦!脑袋都给晒爆了!"有人烦躁地叫起来。

"李庆材这死鬼头不知死到哪里去了!究竟怎么搅的?我们

走吧，难道要将我们晒人干么！"

正当大家发气地乱叫的时候，李庆材出现了。他脸颊红润，眉梢眼角都洋溢着喜悦的颜色。他笑嘻嘻地站在石级上，搓着手。李班长连忙走过去和他说话。人群的骚动停止了，几十双惊异的眼睛盯着他们两个的神情：只见班长脸上的愁云很快退净了，而且泛出明朗的愉快气色。他们两个叽咕了一阵，李少阶便精神奕奕地跳开来，催促大家起程。

"起膊啦！起膊啦！"

青叶和贞姑因去找厕所，回来时队伍已经开始行进了。她们连忙赶上前去。李庆材转身看见她们，便睁着醉红的兔眼吃惊地叫：

"嗄，你两个怎么走在后边的？"

"你阻住人家呀！"青叶说，一面掉直扁担，从李庆材面前闪过。她嗅到一阵醉醺醺的酒气，使她几乎作呕。

"快赶上去！还有四五堂路呀！"李庆材喝道，一面撑开黑缎雨伞。

## 十二

太阳在田野的边缘缓缓沉下，映射出扇形的豪光。天空是橙黄色的，但很快便变成金红色了。无数镶着金边的云霞好像火球似的烧得满天通红。成千上万的蜻蜓在低空旋舞，大胆地在人们的头上或身边掠过。它们一时密集，一时散开，一时互相追逐，一时全体停在空中；但立刻又乱糟糟地翻腾起来。

不久，红霞熄灭了，天空幻成美丽的紫棠色；接着，又慢慢暗下去。苍灰的暮色从四野升起，吞蚀着整个宇宙。飘渺的东风不怀好意地偷偷窜来了。开头，它轻柔地吹拂着劳动者的疲累胀热的躯体；但不久，便愈来愈无礼了，竟然将他们的衣服撕扯得悉索发响。

挑米队无声地走着。从每个人肩膊两边伸出来的扁担，使这个队伍越发像一条巨长的蜈蚣。他们已经疲惫不堪，但因为知道目的地快到了，脚步反而加速起来。这时，天色完全昏暗了。远远地，看见击壤城的灯光疏疏落落的，好像神庙里的香烛；当中有一颗雪白的灯光在刺眼地闪耀着。

"到了！你看，这不是城里大兴茶楼的汽油灯么！"黑暗中有一个兴奋的叫声扬起来。

队伍隐没在黑暗里，只有杂沓的脚步声证明它仍在急速赶路。人们的两条腿只管盲目地、机械地搬动着。每个人都定睛地认着前面同伴的帽影作行进的指标。——帽影突然不动了！黄青叶这回直撞在一个同伴的脊背上，差点倒下来。

"见鬼！"她咒道，"怎么不走呀？又是检查么？"

一阵风，将前头一个女人和李少阶的争吵声吹过来：

"这边走呀！"女的叫，"这条大路才是进城去的呀！"

"不！直走没错！"班长坚决地叫。

在队伍的后面，马上飞出李庆材更有力的呼喊：

"跟小路直走呀！不是进城呵！大家跟李班长走没错！"

"庆材叔！"青叶回头叫道，"你不是叫我们挑到击壤城去的么，怎么又说不进城呢？你要我们挑到哪里去呀？"

"快到了！还有五里，五里……太夜了，进城不方便呀！"

她心里充满了疑惑和愤懑，无端地憎恨李庆材，对他的油嘴滑舌以及支吾鬼祟的态度，萌动了一种本能的戒备。她忍不住回头对贞姑说：

"阿贞，你用潮州话问问他，这些米究竟挑到什么地方去的？"

"问他干么？他这人没点正经，鬼头鬼脑的！"贞姑愤愤地说，又关切地问道，"你冷吗？起风了。"

当青叶仿佛要寻找嫌疑犯的证据似的竭力回忆李庆材白天的各种神态和行动的时候，便越来越觉得古怪可疑了，越发不能平息对日间所发生的各种事象进行蒙昧的推测和判断。但这些事象是错综复杂的，好像毫不相关的；而且似乎可以互相解释的：这使她难于找出认为绝对准确的结论来。

直到黑夜八点钟左右，挑米队像幽灵似的通过一个寂静的圩场，钻入圩后一个阴黑的、被风吹得骚闹不安的柑园去，来到一幢四周被柑树围绕着的、中西混合的楼房门前完全停顿下来。原来这里早已有四五个人在等候着。一个穿白色长衫的、浑身乡绅气派的大个子用剑光似的手电筒照射着挑夫们。李庆材一到，便连忙赶前去和乡绅握手，很抱歉地向他咕噜着天晓得的潮州话。

接着，他命令李少阶监管着那六十包白米，便和乡绅一起走进屋里去。

屋里面，被一盏放在桌上的汽油灯照得如同白昼，几条人影在白墙上跳舞。从铁格子玻璃窗透射出来的雪白灯光，如像探照灯似的冲开园里的黑暗，直照着频繁地摇舞着的柑树林和几个站起来的短夫的苍白脸孔。短夫们缩瑟地坐在柑树下面，每人都感到身上的衣服太单薄了。

班长发命令了：他要短夫按先后次序将米挑进屋里去。第十一个轮到黄青叶。她刚挑到大厅去，一个小伙子又指挥她挑上二楼。她满肚子狐疑挑上后楼来，只见前楼两边都重重叠叠地戤满了米包，中间只空出一条小巷来。她侧身来到前楼，又见满地堆放着米包，那两个押运的潮州汉子和另外几个人，正急忙地叠置着。青叶将米包放下，便找李庆材要工钱。她瞥见他在右边的一个小房里，和刚才那个乡绅一起，正在向一个坐在酸枝公座椅上的穿白衫白裤的男人说着什么。桌上的火油灯被窗外灌进来的风吹得明暗不定。只见那男人向李庆材做了一个拒绝的手势。李庆材急忙从腰带里摸出一封信来呈给他，又回头对乡绅说了几句。那乡绅便向那人咕噜了一会儿。

"庆材叔，给工钱啦！"青叶挨着门边，大声说；一面偷眼观察那人——他穿一身白绒番衣服，黄色的鸭舌帽低低地遮掩着一双觊觎的眼睛，脸色油润，颧骨和颚骨突出。

"噢，噢！你别进来！去找李班长嘛！"李庆材慌忙跳开来拦住她。

青叶收了钱，拿着扁担和绳索走出来。她觉得刚才那个男人很古怪：不像潮州人，不像客家人，不像"白话佬"①。他的服装神态有点像刚发财回来的"南洋伯"或"金山丁"；也有点像下乡视察的官吏，或放暑假从城里回乡的学生哥；但他两手交抱胸前、手指夹着香烟颠下颠下那种轻佻下流的动静，却十足像个流氓；然而认真推测起来，又仿佛什么都不像了。

"哼，古怪！他是什么人呢？"

## 十三

没有月亮和星星，没有色彩和形象，仿佛宇宙原是这么空洞的、无涯无尽的黑暗似的，只有大风的暴戾奔窜和纵情叫喊证明它的存在。深夜，风越刮越大了，在杉寮村的岬谷里呼啸着，摇撼着山岳、树林和一切。箭猪岗上的松林，一面以嶙峋的肢体和劲风扭缠着，一面癫痫地摇着蓬头，向山下的人民发出凄惶的警告。

六月的东南沿海区的台风摧毁着杉寮村。

住在义民区那幢精致的杉皮房子里的陈瑞庭正在焦躁地在小厅里踱方步。他在天黑前查问过几个善于观测气象的农民后，知道这一场飓风必然要来的。他想马上下令叫那些卖了禾花给自己的耕户立刻割谷。但是，糟糕！他连人名和数量都不知道。他想

---

① 白话佬：广州人。

找李庆材经手的登记本也找不到。李庆材今早执行特殊任务去了，现在还没回来。这使陈瑞庭急得脑门爆裂，嘴唇痉挛，大鼻子嗞嗞叫着。他垂头丧气地踱着方步，频频眨着眼睛。每当一阵飓风滚来，他恍惚觉得是从自己心里发出来的呼吼，使他登时昏聩了一阵。他痛恨自己眼巴巴地看着大量的财富毁灭而无法挽救。他想过请张明达帮助，叫他责令全村动手抢割；但他又深知这个狡狯的襟兄原是自己的劲敌，彼此向来都是明和暗斗的，现在去乞求他援助，等于示弱投降，任他宰割。

陈瑞庭一向瞧不起自己的劲敌，常常自负能将杉寮村几个一二等领袖掌握在手里。他和张明达几个合伙做生意，手段确比他们高一筹。他瞒着他们，几次将私运出口的白米暗中卖给一个从前在汕头办茶庄时认识的台湾人；并从他那里换来一大批日货，发售给各大圩市的商店，已经赚了不少钱——他有这么一个理想：要在一两年内，将杉寮村附近几个圩镇的财富集中到自己手里，并吞朱善余、张明达以及黄流市的几个大财主。这计划开头无疑是困难的。他必须首先垫出一笔现款来应付他的同伙和有关方面，后来经过苦心经营、东拉西扯，总算将经济上的困难初步克服了。为了填补那一千二百多个义民购买的平粜米，他决然将手上的二千五百块钱以低价买入约占杉寮村三分之一的禾花。他对早造丰收是怀着无穷希望的，它将促进他的理想更快实现。但是，天啊！正当早造即将收割时，却突然来了一场摇天撼地、惊心动魄的台风！

孩子和妾侍都睡熟了。他一个人还在厅里踱来踱去。他亢奋、激动，没有半点睡意。厅中央，在漆黑的小圆桌上的洋油灯被吹得时明时暗，偶然风静了，便照见陈瑞庭的紫涨的肥脸和厅里的精致摆设，但立刻又模糊了。他痛楚地倾听着屋外瓜棚上潇沙潇沙的风声，便幻想着自己的谷粒、银币和钞票被无辜地吹落地上发出的悲鸣。他突然又理智地想到这已经是无可挽救的事实了，现在摆在面前的急切问题，是怎样填补那一批很难拖欠的义民平粜米。但立刻又非常庆幸自己仿佛得到神灵预兆似的，这回要求那个台湾商人将六十包米价以现金支付；虽然以前是订明以货准钱的，但已经亲笔写了一封情词恳切的信交李庆材办了。……想到这里，他便无端地憎恨李庆材，斥责他不该忘记禾花这件事，应该看到起风后便立刻赶回来。但这该死的李庆材此时此刻竟连鬼影都不见！他不禁判定他并不是真心辅助自己的，甚至疑惧这个除了善事便什么都干得出来的好表弟会乘机将整批米款夹带私逃。

——哼，那家伙……我要剥你的皮！

他摇着拳，想发恶大骂，但没有对象。他气冲冲闯出去，想抓李庆材回来，但刚开开门，便给猛然袭来的阵风吹得站不住脚，吓得急忙用手死顶着木门。街外边，尾随着风声的是整座瓜棚被吹塌的蓦然巨响。一根飞起来的竹竿打中屋顶上的明瓦，乒乓一声，一片破碎的玻璃正落在陈瑞庭大爷头上。

## 十四

在张氏宗祠偏间的小房里,张二婆好像石人似的挺立着。戆丧的眼睛在摇晃不定的篝火映照下好像两颗闪烁的磷火。她懵懵懂懂地谛听着沿释迦峇的流脉驰骋而来的大风。从耳朵里灌进来的呼呼声残酷地轰击着她的神经。她心惊胆战,仿佛一下子就会全身爆炸。

"唉——哟,打风飓呀!"她低扼地喊,又痛切地听到一团大风从箭猪岗上滚下盆谷来,发狂咆哮着……远处有大树被吹折的拍历声,正厅屋顶上有几块瓦片给吹下天井来,砰砰地响……哎——哟,风——飓——呀!

她挺立了许久,好像失去知觉;但忽然抖擞起来,打开房门,直冲出去。她摇摇摆摆,两手遮着额头,挡住迎面卷来的大风。阔大的衫袖贴着她的眼睛,她打个趔趄,倒退儿步,企图挨靠着什么支持自己,但却没有摸着,便索性弯着腰,拼命冲前去。

她颤巍巍地摸上张氏宗祠背后的山坡,爬到自己的梯田旁边。一阵大风扫过来,梯田立刻掀起汹涌的波澜,禾稻发昏似的摇曳着,乱糟糟偃伏着,发出嘶——沙、嘶——沙的惨叫。张二婆打了个寒噤,接着便好像一个慈爱的祖母见到受难的孩子那样张开两手,又好像一个虔诚悔罪的教徒似的跪在田里,紧紧地搂抱着那些战栗的禾稻。

"天呀!观音菩萨呀!"她悲怆地叫,"你定定风吧!只要你定住……"她哽咽着,用烘热的皱脸温存着怀抱里那些受惊的禾稻。

整个世界好像一个疟疾病人在急促地喘气、颤抖。黑蒙蒙的树林像无数山精妖怪似的扑来扑去,发出使人毛骨悚然的噪叫。飓风一阵接一阵在岬谷里旋转。软弱的禾稻完全倒伏了。金粒般的谷子纷纷地飘下来。细小的谷芒刺着张二婆的脸孔,但她全无痛痒的感觉,仍然跪在田里,搂抱着一大把禾秆低低地啜泣着。

## 十五

天亮了,台风仍然刮着。盘踞在义民区进口处的那棵百年大榕树被昨夜的大风吹倒了,好像一条巨蟒似的横卧在禾田里,一条粗大的树干直挺挺地竖起来,指着黄肿、低沉的天空。山顶上的松林还不停地叹息。石河两岸的禾田完全被糟蹋了。两岸的杂树扭歪着身子,树叶伴随稀疏的雨点满空飞扬。在波浪似的山径上和蜿蜒的田基上,时不时出现佝偻的人类——他们全身倾前如像拉缆的船夫。

这一场台风不但带给杉寮的人民以深重的灾难,而且在他们长期平滞的生活中激起罕有的波澜。下午四点钟左右,三十个挑米的短夫冒着大风雨奔回来了。黄青叶咬牙切齿地将昨天的事向全体揭露出来。

第二天早上,杉寮村的全体客家人和潮州难民不约而同地涌向村外的关帝庙。开头,这两伙移民互相惊讶着对方的行动;但不久就完全理解他们彼此都同样地被一条灾难的黑线牵连着,大家都在同一的精神和意志之下行动。

张二婆和黄青叶夹在缓缓地涌去的人流中,好像送殡似的哑默着。大家的心情是悲愤的,都跃跃欲动地等待时机和暴风竞赛呼喊。

——我看你李庆材这死鬼头今天还有什么话说?张二婆想——我要你立刻给我一斗米。我死抓着你要你立刻给!隔夜都嫌迟!哼,我不怕你一张嘴有七十二变化……

"丢他妈的,张明达逃走了!"

一个惊人的叫喊早雷似的滚过天空,把张二婆吓了一跳。抬头看见关帝庙好像一只螃蟹似的浮游在波浪似的人头上,两扇大门无望地张开,里面空洞无人,连自卫班的影子也不见。无数饥饿、忍抑的脸孔突然狰狞起来。几百个喉咙发出绝望的怒吼。

青叶扯了扯二婆的衫袖,将嘴巴凑近她耳朵:

"对了!他知道自己身上有屎,便连夜逃走了呀!"

张二婆没感应地瞪着眼睛。四周的叫喊杂乱地飞起来。

"张明达变卖平粜米呀!张明达走私呀!"

"派人追他呀!别给他逃脱呀!"

庞大错杂的呼喊渐渐扭结在一起,变成一个单纯的巨响,仿佛一条巨大的风柱似的摇荡着天空,将整座联合办公厅震得摇摇欲坠。正当血液都沸腾起来,浑身的愤恨无处发泄,恶毒的嘴巴徒然叫嚷，人头的扰攘更加紊乱的时候，从潮州义民的群队中，又传出陈瑞庭失踪的消息！

"怎么，你们陈大爷也走了？"张二婆直冲进义民的群队去，好像松毛的母鸡似的扑来扑去，睁圆的眼睛射出绿焰，两手鹰爪似的张开。

"你们的陈瑞庭呢？嗄，你们的李庆材呢？嗄，你说！嗄，你说！"

她心里又恶又恨，仿佛看见李庆材在前后左右出现，而且嬉皮笑脸地说着什么；她正想扑过去抓住他，他又诡谲地溜走了。

她乱闯乱撞，在关帝庙左边的小巷口碰见寡妇贞姑。

"你见到我的堂表侄吗？"二婆死抓住贞姑的手臂，一面伸出勾曲的手指威吓地摇着，"他为什么不出来见人呀？嗄？"

"你表侄？……"贞姑迟迟疑疑地问。

"李庆材呀，他收了我三块钱买米的呀！"

"他呀，我们昨朝离开击壤城时就不见他了，听说他有事和李少阶抄近路赶去黄流市。这精灵鬼，眼下还会回来么！"

张二婆忽然反常地两手拍着大腿，连声说：

"好呀！好呀！好呀！都走了！都走了！一粒米都不用给，半个铜板都没留下，发大财了，还记得这灾瘟的杉寮村么！"接着，她又忽然全身萎软地呻吟道，"哎哟哟，我要死了！我等米等到要死了！我的稻谷都给大风吹掉了！哎哟，哎哟，那些死鬼头哪里去了？你说，你说呀！"

她又举起勾曲的手指戳近贞姑的眼睛,张大嘴巴,好像怪兽似的磨着崩缺的牙齿。贞姑给吓得倒退几步,两颗瞳仁一时收缩一时扩大。她尖叫一声,推开二婆,掩面狂奔。

张二婆颤颤了一下,猛然站定,好像石头似的不动。过了一阵,她猝然大踏步走起来,两手向前平伸,撑开那些障碍她去路的人群。——这动作是机械般的,没灵魂的。

她离开密挤的人群和重叠的声浪,孤独地在田基上走着。两手仍然平伸。花斑的头发在脑后飘扬。眼睛是戆丧的,死寂的。瘪陷的嘴巴松弛地张开,"哎哟哎哟"地不停低叫。她这种可怕的神态,配合"风飔尾"带来的横风骤雨和飞沙走石的场景,使人联想起在荒野中披发夜行的女鬼。

她眼里的一切都是旋转的、簸荡的。田基两旁的禾稻被风雨打得东歪西倒。被吹落的谷粒沙沙发响。她蓦然用衫袖掩脸,发出磔磔的笑声,发疯似的奔回张氏宗祠去。

## 尾声

台风过去了。太阳在高空炫耀着,以千百万条辐射的金线赐给大地以光和热,使大地的一切感到自己内在的热腾腾的生命力。错杂的峰峦在晴朗的天气下好像波涛汹涌的大海。释迦崒的主峰远远地雄踞西方,显得这么玲珑剔透,它仿佛一个道貌岸然的仙人俯视下界受劫的苍生似的遥瞰着惨淡苦难的杉寮村。岬谷里到处洋溢着凉爽的南风。箭猪岗上的松林肃穆地向天边瞭望,把蓬松的绿发浸在金色的阳光里。山岭上有许多采樵的女人,淡红色的头帕点缀在万绿丛中宛如一些会移动的野花。石子河两边的杂树林恬静地站着,似乎为了排遣无聊和寂寞,它们隔河互相以柔软的枝叶惹弄飘渺的南风嬉戏。广阔的禾田和一层一层的梯田完全袒露着,挺起褐色的胸脯。

在广阔的田野上,只有疏疏落落的几个人在忙碌着。他们挥舞的锄头或五齿耙闪烁着炫目的寒光。在一块半月形的梯田里。黄青叶和三四个妇人家紧张地耕作着。她们跨开脚步,一字儿排开,大家举起锄头发狠地掘下去。青叶从心底里升起一种朦胧的慰藉和隐秘的激情。她亲切地感觉到同伴们那颗诚挚的跳跃的心以及因沉重的劳动而抒发出来的热烈的呼吸。

她横了心将田泥分作一畦一畦的长列,实行改种番薯、芋头,不再种禾稻了。开头她不敢将这计划告诉别人,后来她发觉村里不少人家也这样干了,便更加立定主意,并且和她们合伙干起来。有个女伴放下锄头,站着喘气,用衫袖揩抹额上的臭汗,一面向青叶和别的伙伴探询:

"种番薯、芋头比种稻谷实在些,抓得紧,还可望有两次收成;可用什么来交租呢?人家要收谷租呀!"

"我管他!"青叶大声吼,"他有命收租,我可没命交租呀!人都快饿死了!"她忽然神色不安地说:"听说昨天早上从西面传来的隆隆声,是日本鬼炮轰击壤城。哼,要是像去年秋天那样,日本鬼再打进杉寮村来,稻谷长得再好又怎样,不都是喂饱那些灾神的骡马么！"

几个伙伴其实都和青叶想到一块，听青叶这么说，就更加齐心了。

"好吧，你帮我，我帮你，赶快把番薯、芋头种下，大家好去黄流市做短夫呀！"

田野上还有点人声，但住宅区却是荒凉的、死寂的。新近又有几间屋倒塌了，有些杉梁从废墟里横伸出来。许多家屋的瓦面被大风揭开，露出肋骨似的桁桷，灿烂的阳光故意对准那些破洞直射进阴暗零落的屋里去。一群瘫软的饿狗躺在家屋的门口和街上，当行人跨过它们时也懒得爬起来；但它们的嗅觉和听觉却发展到极度，只要一嗅到人类在什么地方拉屎，一听到附近的厕坑门的响声，它们便触电似的跳起，一齐奔去。

街上静悄悄的，四周阒寂无声，只有张氏宗祠里还有人类的软弱活动。阿明牯赤身躺在天井里，沙哑地、无休止地哭着。他两眼无光，肋骨凸露，瘦瘪的肚子微微起伏。

"阿婆呀，我要番薯呀！阿妈呀，我要番薯呀！"他重复地哭叫着一句话，渐渐连字音也叫不清楚了，变成单纯的、含糊的"人"声。他叫到无力了，便不自觉地停了口，两颗眼核呆呆地瞪着天空，下意识地舐吮着自己的咸臭手指玩儿。但当他发觉没有自己的声音，这么孤单绝望，于是又"呀呀"地哭叫起来。

张二婆木头似的坐在正厅的泥地上，看着阿明在天井哭泣。在她的眼睛里，这个并不是她的亲爱的明牯，而是从前在义民区见到的那个可怕的孩子。她的神经已错乱失常,干瘪的嘴巴整天喃喃自语,仿佛老是跟人家理论着什么。她实在只有一副躯壳在现实环境中游荡,全部心神已陷在鬼蜮般的世界里。这个世界确曾存在过的,其中生着主任陈瑞庭、乡长张明达、富农朱善余、表侄李庆材、几个凶神恶煞般的日本鬼,以及年青力壮的儿子张大洪和那头纯黄的公牛。这些人物都是她所熟悉的,而且在恍惚之间自己和他们还保持着原来的关系和纠葛。他们有时成群地显现在她眼前,有时却个别走进她的心魂里。她生活在那些离奇怪诞的场景中,常常朦朦胧胧地觉得自己在义民区和李庆材说话,自己明明将三块钱塞在他口袋里……但转眼间,又恍惚站在梯田上,看着禾稻迎风摇摆着……她大声呼喊……但不知怎么一来,呼喊变成风飓的轰鸣,撕裂自己的脑筋。

她发起疯来便乱跳乱叫,眼珠闪着绿光。她有时披头散发,一边哭一边用脑袋猛撞在墙上;有时却脱掉上衣,横躺在街上。如果有谁走近看她,她会突然跳起来,追着那个人大叫:"还我钱来!还我谷来!"

此刻,她定眼地看着摆在墙角的那台破旧的谷磨。许久许久,在她的绿色的眼睛里,便幻象出那头纯黄的公牛,同时叠映着儿子张大洪魁梧的体格。她带着碟碟的怪笑,移动着虔诚的脚步,在距离三四尺远的地方,突开两手直扑下去。她紧握着谷磨的摇柄,亲切得好像握着黄牛的头角,又好像儿子的手臂似的。她老泪纵横,号啕大哭。

但四周是这么寂静,不知道谁人能听到张二婆疯狂的号哭声和阿明牯饥饿的"呀呀"声!

一九四〇年八月一日开始于岭东黄沙田<br>
一九四一年二月八日完成于桂林施家园

# 兽道

/// 沙汀

是一个风雨夹杂的秋天，因为时局吃紧，我给姑父纪显模叫进城住下了。市面上的情形确也不大对劲，随处都可以看见头戴熨斗帽子的丘八，以及各种穿着便服的袍哥土匪队伍。而在士绅、地主方面，自从红军进入涪江流域的消息证实以后，名气大一点的，如像毛金牛之类乡绅，早走掉了。没有走的也都架起要走的势子，养着大批夫役，穿了衣服睡觉，恰像给吓慌了的兔子一样。总之，一切都乱糟糟的，真像翻天覆地的变动就快要临头了。

我的姑父是一个廪生，在女学校教国文，声望还好，他随常一个人关在书房里很响地打着喷嚏。家里人口简单，只有姑母和他自己；此外就是一个半老的女仆，叫魏老婆子。我在城里前后住了三个多月，结果红军并没有来，而那些口口声声宣称红军一来就会共产共妻的各式各样部队，倒确确实实给人们制造了些不可磨灭的惊心动魄的变动。

　　单说我们贴身的几个人吧。姑父的头发白了大半，就是打起喷嚏来也没有从前响了。长期为支气管炎所苦的姑母更加衰弱下去，一提到她损失掉的碗盏被盖便要哭诉一遍，直到咳喘起来才会住嘴。至于魏老婆子，那个可怜的女仆，后来竟发狂了。她成天在街上游荡着，赤裸了下身，使得我们那劫后的城市更加荒凉起来。

　　魏老婆子原来自然是好好的。在我进城那天，也还有说有笑，和平日差不多。比起那些时刻都在准备逃命的人来，她倒反而显得十分平静，好像那一切的谣言、恐慌，独独对于她毫无关系。她在姑父家里佣工，已经有十年之久了。

　　魏老婆子身体矮小，有人叫她作朝天椒，实际上她的性情却极和善，还带点孩子气。虽然她是多话的，碰着喝了酒总要没头没脑地哭骂，以为有谁对她存着恶意，时常想陷害她。但她终于活出来了，靠着自己一双手把儿子养大了，而且还讨了媳妇。早寡的生活，大约曾经使她遭受过比一般穷人更多的苦难。她是本地人，一向在西门城墙边的破巷子里住家。她的丈夫干过打更匠的职务。

　　魏老婆子的媳妇是庄稼人家庭出身，吃苦耐劳。她的儿子在当脚夫，经常帮城里一些小商人去省城买办杂货。有时也自己做点生意，担了盐巴上小河一带去卖，从那里贩些药材回来。在那些动荡的日子里，因为路上不易通行，她的儿子魏大，给在成都阻留住了。媳妇呢，又恰恰不久才生了小孩。因此，为了产妇母子的方便、安全，魏老婆子向姑母求得通融，每天夜间歇宿在自己家里照料。但在我进城的第一夜，我还以为她的回去，是为着便于逃难呢。

所以当我问起她的时候，老婆子竟十分得意似的笑了。

"呵哟，"她惊叫道，"我们怕什么哇！吃的在肚里，穿的在身上。"

她把那真正的原因告诉了我，随后又添说道：

"一个脾气大，一个不懂事，若是有了一差二误，没把我这个老婆子骂死了哩！"

她很高兴地噘一噘她那打皱的小嘴，于是照燃亮"油壶子"，走向人马杂沓的街上去了。我跟她出去帮姑父拴了大门。次晨，她来得很早，以后几天也少有赶不上烧早饭的时候。她工作起来比较以前爽快，似乎她不是在工作，倒是在玩着一种什么游戏一样。可是同时，她的嘴巴也比以前更啰唆了。而话题呢，又老是离不开她的孙儿，她的媳妇。

"现在的年轻人顶啥事啦！"她用力刷着灶头说，"奶娃的屁股快给尿水捂烂了！"

"你就咬着一句话尽说么！"姑母有时阻止她说下去。

"怎么尽说？"老婆子带点惊怪地回嘴道，"你去看一看吧，硬懒得烧虱吃哩！常言说，人穷水不穷，多洗一块尿布会犯天煞？"

间或她也告诉我们一些外面听来的消息,如像江麻子的媳妇被兵们蹂躏了,陈三老爷在石梯子遭了抢劫,诸如此类。但是一天早上,就连多病的姑母都起床了,我们却还没有看见魏老婆子的影子。本来,如果是在平日,姑母自己原也可以勉强弄好一顿饭的,但是,因为一连熬了几天的夜,她的精神更加差了。并且家里还养着五六名夫役,要动大锅大灶,她的身体更吃不消。所以等了一会儿以后,大家都不免着急了。

姑父终于生气了,他嚷叫道:

"看你把这些不识抬举的东西将就得好吧!"

"你就是吵,"姑母不平地叫唤道,"叫人去看一看呀!"

然而,姑父自己是不高兴出门的,又不好轻易让那些夫役在街上露面,恐怕军队拉夫,或者给别的人家用更多的钱钞运动起去;虽然他们当中有一半人知道魏老婆子的住处。于是,经过一番期待、忍耐,套上壮丁队的臂章,我被分派出去找魏老婆子去了。

大门口喂养着的军马,已经牵到城外放牧去了。街道上散乱着屎尿和谷草。长顺号的檐灯还在燃着,惨淡得好像鬼火一样。城门只打开半扇,一边城门角落里燃着柴堆,有几个兵士正围着它在尽情享受。我没有发现魏老婆子,她的破旧门扇给谁倒扣着了。

我叫喊了几声,并且用拳头擂着门板。好一会儿,才从隔壁门首探出一个戴着金黄色毡窝的头来,叽咕道:

"你再擂起些吧,别人家里昨晚上天都闹红了哩!……"

这是一个独眼龙老头子，满脸堆着粗大的皱纹，他很仔细地望了我一回，于是擤一擤鼻涕，然后摩擦着手掌，懒拖拖地告诉我说：魏老婆子的媳妇在天亮时上吊死了！而魏老婆子本人准备前去衙门口"喊冤"，想要告发那一群轮奸一个产妇的大兵。这是件骇人听闻的事，我摸着后脑勺子大吃一惊，赶紧跑回姑父家里去了。

我在姑父堂屋门边辨认出那个神态狼狈的女仆。她看来好像比原先更矮小了，满脸泪水，怀里抱着她的孙儿。她很悲伤地站在阶沿脚下，姑父姑母和夫役们四面围绕着她。她正在向他们叙述事件的经过。夹着哭声，有时又顿着脚咒骂几句。她的发髻已经散巴巴地落在背心上了。

当她埋下头去安抚那个在她怀里尖声哭叫着的婴儿时，姑母突然拉长了脸，插嘴道：

"你也是唶，你该给他们说，她在月子里呀！"

"我还要怎样说呀！"老婆子叫喊了，好像受了极大的冤屈似的，"我说，'她身上不干净，她才生了娃儿，'我说，'我跟你们来哩！'……"姑母惊叫了一声，老婆子于是突然感到失口似的不响了，但她随即又哭骂道：

"这些塞炮眼的呀！……"

然而，好像一下子失掉了记忆似的，她并没有照习惯一连串骂下去；她哭泣起来了。

她哭得很长久，十分伤心，使我一时不相信这站在我们面前的就是那个性情开朗的老太婆。但一想到"我跟你们来哩"这句话，以及她说这句话时流露出来的极为痛苦复杂的心情，我立刻又相信了，并且还为她那绝望的眼泪感到难受。我们默默地望着她，谁也找不到一句适当的安慰话来。

姑父深深地叹息了，大发感慨：

"这样伤天害理的事情都有，这叫啥世道呵！……"

姑父不赞成她去喊冤，但是老婆子不肯甘心。结果证明姑父的判断是正确的，政府始终不肯接受她的状纸，他们仅仅命令保长向施材局帮她讨了一副棺材。并且还用一篇大道理开通她，叫她不要随便制造谣言来败坏风俗。她隔了三天才来上工。她把孙儿寄养到别人家里去了。

可是魏老婆子并没有就此忘掉了她的侮辱，她的损害。虽然她的腰背好像比从前弯曲了，她的眼光显得慌耗，看人时好像直对着强烈的阳光一样。但是她的嘴巴还是很啰唆的，而且和以前一样硬朗。她一有空闲就要咒骂一通，从军队一直咒骂到县大老爷。

然而末了，她却又往往会突地颓唐下来，淌着眼泪哭道：

"这些砍脑壳的叫我怎么样报账哟！……"

魏老婆子最担心的是她的儿子和亲家母，她不知道将来她该怎样对付他们。一天晌午，姑父正在堂屋里怄气，他的谷仓被县政府查封了，准备拨给一支土匪队伍。几个夫役坐在阶沿上晒太阳。那个肥大的麻脸脚夫，一面吹着烟筒，一面在讲故事：在缯子场,一个少女被丘八们拖在苕田里糟蹋了,于是半个月后,那少女竟自养了三个娃儿,只有两寸多长,一个红的,一个黑的,一个白的,头上都戴熨斗帽……

　　我正很上劲地倾听着那种乡下人充满复仇思想的怪诞传说,忽然,一个脚胫上缠着绿布裹腿的半老女人,打从耳门边进来了。体格高大,身后跟着三个缩头缩脑的同伴。魏老婆子拖着湿漉漉的两手站立起来。她已经看见她们,吃了一惊,立刻停止了洗浆衣服。

　　"亲家母好呀!"魏老婆子胆怯地首先打着招呼。

　　但是,那一个走过去揪住她就朝大门外拖,嚷叫道:

　　"走!我们不要在别人家里吵!"

　　"大家有话好好说呀!"夫役中有人站起来劝解。

　　"我们没有说的!"绿布裹腿叫道,"就是把人给我煮起吃了,也该还我一根骨头!"

　　"吓,亲家母,你怎么耍横呵!"魏老婆子说,显然有点生气。

　　"你还有脸骂我耍横吗?你个恶鸡婆!……"

　　魏老婆子吃了那亲家母一巴掌,她们互相揪打起来了,但那可怜的女用人很少还击,她只能用手肘去掩护她的头部。跟那亲家母同来的三个乡下妇女在敷敷衍衍劝解,没有参加进去。大约已经认清了这不过是一种多余而招非议的举动。她们哭闹了半顿饭时间才被姑父赶了出去。然后,一出大门,那种气急败坏的瞎打瞎骂又开始了。

那时候，聚集起来的闲人已经多了，他们认真地鉴赏着，有的还拍着手掌来表示自己的满意。随后人们又纷纷赞成她们去吃讲茶。我没有挤进茶堂里去，我站立在人堆外面。她们争扯了很久这才说到本题，虽然魏老婆子的解说不时遭遇到那亲家母顽固的打岔。

她现在正在描绘那几个大兵的蛮相，绿裹腿忽地向她扑过去，哭号道：

"那你怎么不向他们说呀！你的嘴巴是屁股吗？！"

"我什么好话没有说呀！"魏老婆子不平地嚎叫了，因为冤屈而瞪着眼睛，"我说，'她身上不干净！'我说，'我跟你们来哩！'……"

这时观众中突地掀起一阵惊呼，我转身跑回姑父家里去了。姑父在门口问起我讲理的情形，我只摇了摇手，便一直走进房间里去。魏老婆子挨黑时才回来，她的衣领给扯破了，额头上带着几搭伤痕。她默默地走向灶门前去，也不张理我们的询问。她弯着腰杆，看来好像一团影子一样。

自从这一天起，我们很少听见她那种泼辣的咒骂了，仅仅有时红着眼圈子咕哝几句：

"倒活出怪来了呢！我的男人都没有打过我……"

能够使她感到安慰的似乎只有她的孙儿。她一有空闲便要跑出去看他，但她回来时却总哭丧着脸。有时闷声不响，有时一面走过通到灶房去的阶沿，一面微微摊开两手，没头没脑地哽咽道：

"这就是没有娘的娃儿呀！"那孙儿的情况似乎非常叫她担心。

她有一次径自走到姑母面前，诉苦道：

"简直瘦得来只剩一张皮了！"

"那你另自换一个人养哩？"姑母劝告她说。

"这样兵荒马乱的，你说得好容易呵！"

那个小小的生命不久就完结了。在他生病的几天中，魏老婆子几乎没有一刻安静，她一弄好饭食就匆匆忙忙地跑出去，而对于我们关于病况的询问呢，照例是含着眼泪摆手。

那孙儿死在一天早上。这消息立刻把她打击昏了，她呆呆地从灶门口站起来，颤声道：

"这拿来怎么做呵……"

她说这话时脸上毫无表情，好像在说梦话一样。但她随即哭出声来，而且仿佛发了狂的那样，满头柴灰地跑去看那孙子去了。好像她能够从死亡里把他抢救出来。

然而，命运并不就此满足，当她下午回来的时候，它更把一点小小的意外，给她添搭上了。原来恰好姑父对门住着一个连长太太，身体肥大，头发是截短了的，随常一个人叉开腿坐在门槛上"看街"，嘴里不停嗑着瓜子。她一看见魏老婆子走过，总要设法娱乐一下自己。

她是这样恶毒，竟然支使她的小儿子两手撩开裤裆，缠着魏老婆子奔跑，不住地嚷叫道：

"吓，我跟你来哩！……"

魏老婆子平常总是勾着头走过的，不敢沾惹，这一天，她突地忍不住了。

"这个褡裢子装的短命鬼呵！……"

她哭骂着，反身追奔上去，但那小孩子十分灵活地溜上了阶沿。而同时，那个护短的母亲赶过来了，她逼视着魏老婆子大肆咆哮：

"你是个什么东西？个老子！你敢骂他？"

"我每回走过，他都讲我的怪话……"

"他讲你什么怪话？"

老婆子嗫嚅着，没有回答出来；兵太太阴险地暗笑了，而且赶紧追问一句：

"你快告诉我呀！他究竟讲你什么怪话？"

"这些天杀的没有好昌盛呀！——你们欺负我吧！……"

魏老婆子忽然尽情地哭嚷出来；但是她的发髻，却立刻就被兵太太揪住了，随即一连狠狠吃了几个耳光。……

这天以后，老婆子变得畏缩而沉默了。她随常做错事情，而姑母才一责骂，她便又立刻赌哑气，一个人坐在角落里哭泣。姑父几次吵着要开销她，直到她的儿子跑来把她接了回去。这时候市面上已经平静，因为所有的各色各样部队，早开到别的地区堵"剿"去了。

时间是一天下午，天在落雨。我们大家都在堂屋里清检什物，看有些什么东西掉了，急于要用的，应该从扎好的包裹里检取出来。随地都摆满着箩筐、包袱，堂屋里零乱得好像轮船码头。姑母不时地叹气着，间或又咒骂几句，因为许多没有料到的损失，都被她陆续发觉出来了，越来越加感觉不平。

她一面翻腾着一个粘满尘土的包袱，一面叽叽咕咕抱怨：

"认真是给'共'了我还想得过些！"

"怎么站着就不动了哟！"姑父责骂着魏老婆子，"你再到夹墙里去找一下呀！"

于是那个可怜的女仆怔了怔，向着堂屋门口走去。她的头上顶着一块蓝布帕子，脸上蒙着灰尘，看来好像一个叫花婆子一样。她行动迂缓，才一跨出门槛，却又忽地停下来了：她的儿子魏大出现在阶沿上。我们大家都吃了一惊，立刻情不自禁地静悄悄停止了工作。

那个粗大的脚夫走近堂屋门口来了，他闷声闷气地说道：

"走呀！我们回去。"他并不看谁，也不摘下他的斗笠。

魏老婆子忽然用围裙遮了脸，哽咽起来。

"你不要气我，"她脱声脱气地说，"我就只有两只眼睛在转了。"

"我气你做什么呀！"魏大回答，也脱声脱气地。

"魏大哩！"姑母怜惜地劝解道，"事情都过去了，哪个又愿得么？不是我说的话，为了养活你们，你妈也苦过一节呵。……"

魏大没有回答，仅只古怪地笑了笑。

"别人家里有忌讳哇！"隔了一会儿，魏大最后生气似的说了,"要哭,回自己家里去哭吧。你看我都不伤心哩。快去收拾东西呀!……"

在一种迫人的静肃里,老婆子呜呜咽咽地走进厨房隔壁的小屋子里去了。我们大家觉得十分拘束,好像进了天主教堂一样。魏大转过脸去对了天井。雨还在淅淅沥沥地挥洒着,天空异常低暗。姑父的脸孔忽然皱缩起来,但是他的喷嚏没打成功,完全地失败了。

那个可怜的女仆好一会儿才出来,腋下挟着一个臃肿不堪的包袱。她也不告辞,连头都不回转一下,便勾着脑袋走出去了。魏大紧紧跟在她的身后。我想问她需不需要雨具,但是我没有说出来,好像喉头有什么东西哽住。我们大家都望着细密的雨脚叹息了。……

隔了两天,我便离开了姑父家里。等我正月间进城时,魏老婆子已经发狂了好久了。我一天在西街上碰见她。她穿着一件大镶大滚的衣服,下身是赤裸了的,披散着头发。街上十分冷落,几个站在门口看街的女人,老远就焦眉皱眼,随即退进门槛内面去了。

魏老婆子正摇摇摆摆地游荡过来,一只手拿着她的裤子,一只手舞着一根破竹篙。她走不上十多步,便又忽然地停下来了,闪着梦幻一般的奇异眼光四下张望。

而末了,她拿竹篙敲击着街道上的铺石,一面拖长了声调叫道:

"嗨！给你们说她身上不干净！——我跟你们来呀！……"

我当时呆了一下，赶紧埋着头跑开了，为的不要让自己狂叫出来。

一九三六年五月

# 丁跛公

/// 沙汀

丁跛公是穆家沟的乡约。还是一个青年的时候,他便跟着老丁跛公,见习这惹人嫌厌的职务了。他父亲才是一个名副其实的跛子,拐了右腿,走起路来脑袋一点一点的,仿佛一匹被重载磨坏了的驮马。他像尾巴一样跟着父亲,肩头上搭着蓝布褡裢,"扫荡"似的在这山沟里穿梭着,整整有七年之久。直到老头儿的眼睛闭了,他就接替了父亲的职务,并把他那响当当的诨号,也都一同继承过来。

在起初一些日子里,因为正当同志会变乱不久,自己又不是习惯于板着面孔说话的人,一到收款或者派款,他的灾难就临头了。因为不但那些稍有势力的地主会揶揄他,就是一个毫没眉眼的农夫,也不把他当成一个上头派下来的角色看待。"什么,"有一次他十分愤怒了,嚷叫道,"什么,唱小旦也是人干的呀!"

可是当他送上几两银子，叩了一些"响头"，求得泡水大爷①承认他是一个哥老会的会员以后，情势就全然两样了。至少那些泥脚杆再也不敢多和他啰唆了，他们只是斜起眼睛想道："好哇，你现在当了光棍了哩！"

从那时起，他在职已经十多年了。在这漫长的岁月中，他凡事都办来很顺手。他十分乐观，身体又好，虽说是四十六七的人了，看来却还只四十岁的光景。而在同旁人开玩笑的时候，甚至显得连四十岁也不到了。他对人也很和气，不管怎样的玩笑，他那松弛而宽大的嘴唇，总是嘻开着的。仅仅是到那些捉弄太野蛮了，或者许多人对付他一个人时，他才会生起气来。但即使这样，也无非瞪了眼睛，嘟着嘴喝道："龟儿子！我要毛脸了哇……"接着可又忍不住笑起来。

那些对他开玩笑的人，范围是颇为宽广的。起先不过是几个同沟居住的光棍和赌徒，不多久，竟连县城里的一阔人，也发觉这小丁跛公是一个浑身有趣的人物了。待到后来，就是两三个时常跟父亲登茶馆的孩子，一望见他那老是半张开着，留神着什么似的阔嘴，也会做出一种告哀的神情，乳声乳气哼道："您老人家怎么咯……"

这句话包含着一个如下的故事：在一回春天的夜里，那个住在沟口的屠夫老王，用了他的屠刀，把一个从城里跑来的逃兵干了。

---
① 泡水大爷：形容一个人做事虚浮，或身体不结实，就像"泡水豆腐"一样，水分过多。

次晨，乡约一面扣着纽扣，一面跳到那大汉子的面前追究道："枪哩？枪哩！"他出了十元钱，把那军火携带回家，在苕窖里藏起了。但是不久明白了这事的团总，却也并不生气，仅只是冷笑道："好哇，你藏起好了哇。"于是丁跛公立刻软了半边，后来自动地把那凶器献上去了，还连连地赔笑着，说话格格不吐；直到背过身时，这才相当连贯地嘟哝了一句："我们是听水响①的啦。"

"什么？"团总周三扯皮立刻十分火了，喊叫道，"你说清楚来！"他接着宣言说，公事已经放在他荷包里了，上头正在追究这件案子。他不让丁跛公插嘴，也不想再从他身上找出一点趣味，他老是挥着手道："你把它带转去！你把它带转去！"这时候，那位可怜人竭力地微笑着，好容易才吐出一句十分重要的话来："您老人家怎样咯！"于是他得救了。……

但是这件事足足有一个月使得他不舒服。他一点也提不起精神来应付玩笑，即或碰见过火的捉弄，他也只好袖统了手走开。自然，到了最后，他也终于把它想通泰了。然而，不知道怎样，自此以后，每当他独自一人时，他老是会不知不觉地惦念起他的景况来，想到和他同齐出世的几个人，他们差不多都翻身了！几乎只有他，还依旧住在一排长五间的破瓦屋里面，穷得来和下台后的木偶一样。他脸上立刻罩着一层黑气，自语道："入的，还有人讲我吃肥哩！"他突然感觉到人世间的不平和没趣了。

---

① 听水响：意谓一个人对一件事尽管也出过力，结果却得不到报偿、实利。

然而，同着一九二八年的春天一道，丁跛公的运气好像来了，随时都在向他显露着转机。二月里，仗着团总周三扯皮的情面，他把他的独生子小丁，送到一位驻防外县的同乡那里，当马弁去了。这青年人烂酒烂赌，放荡得像一条野马。但去后不久，似乎另外变过了一次人，他时常请人写信回来，说是那位营长很信任他，不过要做大事，总得随时寄点钱去，联络一批朋友。乡约常常把这信搁在褡裢里，碰见熟人就拿出来传观。并且，一点也不脸红，他让人们称他作老太爷了。

到了收鸦片烟的时候，运气也待他不错。他很便宜地收买了八分地的烟苗，出浆很多，一个"肉桃子"①也没有碰。但最使他感到"运气像来了呀"的，却是那件三月尾边奉命勒派奖券的差事。这些奖券，是州里驻军司令部发行的。当他把自己区域里的一份领下来时，还说："又给我们大蜡坐呀！"因为十多年中，在这奇怪的省份里，他仅仅勒销过两次烟土；劝人发财的事，却是做梦也未曾梦见过的。然而，靠了他的经验、历史，那结果，竟连乡约本人也觉得太意外了。

所有的农民，在起首一律都咬定说："我们不想发财呀！"后来看出强他不过，便大多自愿放弃发财的机会，宁肯白出一条奖券的半价。奖券只有五个号码，一共二十多条，而这沟里的住户却有六七十家。因此，他不但到手一笔现款，并把那些发财的

---

① 肉桃子：皮厚、不出浆的罂粟果实。

机会全叫他捞住了。事后跛公对这经过是秘密得很紧的；见了人还故意抱怨这差事的繁重，希望不会再有。但不多久，从团总到摇单双宝的老八，都气骂他道："这龟儿，就是中了头奖，什么人还想沾你一文钱的光么？！"于是他只好戆笑着，把自己的运气向他们承认了。

然而扫兴的是，奖券并没有依照规定的日期开奖。到现在已是冬天，消息反而更沉寂了。倒是认识跛公的一批朋友识趣，只要他们一瞟见他那用白线密钉过的蓝布裯裢，就会提起这事来谈，似乎非常关心。这当中有三四个光棍，甚至还冷不防抓去他茶碗边的一柱铜圆，买了烧酒和落花生来，预祝过两次他的中奖。第一次他是很高兴的，在吵嚷的打趣中，快乐和害羞得来像一个新郎一样。但在最近一次，当大家有了几分醉意时，他却突然横了眼睛喝道："我要毛脸了哇！"于是把刚才举起的酒碗，又搁在茶桌上了。……

这一天丁跛公起身得很迟。因为昨天在一家买卖田地的酒席上，一个不提防，给两三个熟人，灌醉来躺下了。他坐在被窝里大大打了个呵欠，便披起衣服，向着堂屋里走去。两个雇来给烟田耘草的短工，早已下田工作去了。乡约娘子在灶屋里搅猪和食。那个诨号干黄鳝的青年人，站在柱子边干嗝着，还不时抓搔下颈脖子。他是乡约的内弟，细眉细眼，鼻梁瘦来和刀背一样，穿着一件油污的单衣。他在这屋里算是一个跑腿的用人。当跛公走近门槛边时，他忽然讨好地笑起来。

"听说已经开奖了哩！"他说，偷着瞟了姐夫一眼。

"又是从八娃子嘴里听来的吧？"

"不是老八，"干黄鳝胆怯地回答道，"是邓布客说的哩。昨下午进城打油，我在烧房边碰见他。他才从州里办货回来，他说，'干黄鳝……'"

第一分钟，跛公几乎是相信了，但一想到布客和老八是好朋友，而且和他自己新近也有了玩笑的往来，便立刻松一口气，截断干黄鳝道："见你娘的鬼呵！邓，布，客，说的！……"

随又狠狠瞪了他的内弟一眼，重新扣着纽扣，慢腾腾地回转堂屋去了。但他随即又走出来，指责了一番干黄鳝那可怜的装束、相貌，说是他不知道在城里损伤了乡约多少的脸面。他对外人虽然和气，可一回到家里，他总立刻记起自己的身份来了。他觉得又无聊，又不耐烦。吃过饭，到地里看了一会儿烟苗，还是不能把一些杂乱的想头忘掉。从烟田边走回时，他又横了干黄鳝一眼，奚落似的说道："邓布客说的哩！"

可是一眼看见那藏着奖券的板箱，他又觉得内弟的话，或许有几分可靠也说不定。他叹了口气，掏出钥匙，把那些红红绿绿的花纸头取了出来，借着从亮瓦上漏下来的光亮欣赏了一会儿。他在屋子里转来转去，一时间不知道怎么办才好了。

干黄鳝还在柱子面前站着，像要数清那上面的虫伤一样。乡约走近他去，做出一副恶心的神情，用眼角扫着那个无家可归的可怜人，沉吟道：

"你看你那烂眉烂眼的样子呵！——他是不是才从州里回来的，你都没带得有眼睛么？！"

"是吧，我看见他穿的草鞋哩。他说，'干黄鳝，已经开奖了呀！你还不赶快回去……'"

话还没听完，乡约嘘一口气，半气半笑地嚷道："玩笑开多了真不好！"

他随即把雪帽往眉毛边一掀，晃晃下巴，跑进房里去了。他从床架上拖下条项巾，向颈子上几绕，决心上城去探问一下。这里离城只有七八里远近，除了快近市街时有一片沙坝，其余是山沟路。路上行人很少，冬田里的积水明亮得像镜子样。有的屋顶上，已经在冒着炊烟了。在木牌坊，一个肩着捆松树杆的农夫，一瞟见他那矮而肥扁的身体，笑道："老太爷！上城？"此外便再没有碰见一个活人，一直上城去了。

这城是很小的，只有两条大街。并且小得来正如那些刻薄嘴所形容的，立在南门城楼上撒泡尿，就会撒进北门城边的茅坑。但它却有着十个以上的茶铺，其中有名的是"者者轩"，以及那没有牌号的半边茶铺。前一个是所谓正派人的巢穴，后一个位置在南门城边，茶客的分子复杂，也有绅士，也有歪戴帽子的赌徒。当跛公走上半边茶铺的阶沿时，五六个茶客，全都忍不住哧的一声笑出来了。

"把屁股亮在外面了哇，笑什么？！"乡约笑嚷着，一面红着脸掏荷包。

"笑什么？"老八反答道，"昨天下午，我们就煨起烂肉等你哩！"这人面孔白净，嘴角上有两个艾火疤。

"呸！"跛公啐一口佯笑道，"你以为我是听了邓矮子的话才上城哇？哎呀，笑话！……"

"好吧，邓矮哥，你就不要给他说吧！"

"哪个龟儿子才想问他什么！"

乡约仰着身子大笑一会儿，随即埋下脑袋喝茶去了。他一气喝了五六口；每喝一口，就拿眼角扫一下前后左右的茶客，发出一声干笑，好像他是给滚茶烫痛了的一样。别的人也停了嘴，但都带点笑意，挤眉弄眼地注视着他的一举一动，仿佛是说："看你这宝贝今天怎样？"当一仰起头来，接触着这些眼势的时候，他又忍不住发出一串不自然的笑声，挣起身来，向老八肩头上打了一掌，骂道："碰见你龟儿就不吉利！"

他抓起自己的钱柱，在一片笑声里，摆开肩头进城去了。他设想，如果真开了奖，三扯皮总会知道得更清楚。但那坐在公馆门口的奶母告诉他说，团总上衙门搓早麻将去了，同时那顽皮的小少爷，一只手抱了柱子，挖苦他道："您老人家怎样咯！"在别处，他也没有嗅出关于开奖的真实消息。于是在衙门口读了几张告示，他又依还转到半边茶铺去。茶客们都已经吃过了午饭了，但结果他们还是摆布他买了两个大铜板的糖食。等到快只剩下一张包糖的草纸时，老八抢去最后一片"米花"，笑骂道："宝贝！想发财看想疯了！"

乡约转到家里，短工们已经吃过了晚饭了。他在场坝上踢了一脚那只瞎嗥着的黑狗，骂了一句，便一直朝堂屋里的油灯走去。他坐上椅子，又立起来笑一声，骂道："我早就料到了吧！"干黄鳝把夜饭搬进来，乡约娘子叹了口气，一屁股坐在门槛上面。她瘦得来像干柴丫一样，贴着两枚太阳膏，时常淌着眼泪，并且叹气。当丈夫琢磨干黄鳝时，她总是叹息出这一句老话来："你一点也不给人争口气呀。"

　　现在，她又为她的兄弟伤心了，一面包缠着黑头巾，一面嘟哝道："还要怎样说呀，自己没娘没老子的，多争一口气……"

　　乡约搁下饭碗喝道："城隍庙的鬼给你说，你也会相信哇？"

　　"他是那样讲的……"

　　"'他是那样讲的！'——看看你自己那烂眉烂眼的样子呵！"

　　乡约十分闷气地离开了食桌，在一张圈椅上坐下。他长长嘘一口气，拿一只脚勾来张板凳，搁上腿杆，于是躺倒在靠背上了。乡约娘子还在淌着眼泪，从远处不时飘来一两响步枪的响声。狗懒懒地狂吠着，好像出于无聊。跛公忽而挣起身来，叫屈起："人的，旁人都摆正了！"他又想起他的景况来了，他老是问他自己："我的命就这样坏么？！"许多连他不如的人，在这动乱的岁月中，都早已经走上正路了，他们建筑起了"四水到堂"①的住宅。

---

① 四水到堂：过去一般中小地主住宅的规格，正屋为堂屋、前厅，左右厢房，中间天井花坛。

有的还讨了小老婆。只有他依旧穿着粗布大褂，守着一个贴着太阳膏的女人。他有一个"拜弟"，早前还不过是一个捏锄把的，但是现在却腆着肚子，在"者者轩"进出了。……

而当那些奖券跳上他的意识的时候，他就耐不住生气道："我真想几爪撕掉它！"

但一眨眼，提前预征的粮票又下来了，他兼了两个粮会的粮董，每到下粮的时候，他就没有工夫想心思了。他只是不停息地瞎跑、争嚷，逼得小粮户上吊。他得隔一天上一次城，缴掉那些零碎收来的粮款，因为时候已经是土匪出世的季节了。在这带点习惯性的忙乱中，他只有一个机会对他的运气发过牢骚。这是在一个教书匠家里。不知怎地，那位老先生忽而感慨起省城里男女同校的新闻来了。不过谈到文化，对手又是个正经人，乡约是只会"是呀，是呀！"地应声的。然而，当蓝布褡裢搭上肩头的时候，丁跛公却也很明白地拿出他的意见来了，他红着脸嚷叫道："老先生！中华民国的事情都闹得好呀？——一点不顾信用！……"

可是当他第二天上城时，要是他记性好，他一定会为他的胡说八道不好受的。因为一走进栅栏子，那个烧房的胖老板，在路上拦住他，用吊在纽扣上的手巾揩揩胡子，说道："嘻，怎么说哩？"于是他告诉乡约，奖券的号单已经在前一天寄来了。此后没走上十家铺面，一个剃头司务又给了他一次同样的报告，在半边茶铺门口，那些朋友们的通知，要算是来得顶认真的一次了，他们直到他重新承认了万一中奖后的应酬，方才让他通过。他们没有骗他。而且高兴的是,他竟有半张奖券碰上了尾奖了。在征收局的大门外,在那张红底粉字的号单面前,他呆立着,反复地默读着那一串幸福的号码;有一次还不知不觉地读出声来。要不是一个司书的出现,突然使他红起脸来,他简直会连缴款的事也忘掉了。

退出征收局的时候,他又看了它们两遍。他打算立刻回去,赶一点路,把奖券取来兑现。但八娃子们在南门口把他拦住了。"中个屁!"他很失望地回答他们。可是因为性格关系,同时也经不住人们的逗引和逼迫,他终于把他的幸运向他们承认了。但他随即叹了口气,向那些道贺者捏造出一篇开销。他拍着衣兜嚷道:"过胖子年?连还账都不够哩!"

"我们没有人借你的,狗宝!"人们骂他。

"呀,我骗你们么?!单是张寡母一笔账……"

"你不是说连本带利都还清了么?!"老八指着他的鼻子追问。

乡约红着张脸笑起来了,他忸怩地笑道:

"好好好,我不同你们拌嘴……我们去喝两杯吧,——我会账!……"

他一直胡闹到夜里才回家。这天晚上,他再也不像平常那样地严厉了。只是当干黄鳝给他送上酸汤的时候,他却例外地要他从床上扶他起来,并且像喂孩子一样地喂他;虽然他醉得并不厉害。喝了两口,他忽而带着同情扫那内弟一眼,沉吟道:"你看你那个烂样子呵!"于是对他那黑布头帕缠得很低、坐在油灯边的老婆说,她早该把他那件棉短袄取出来,交给她的兄弟穿了。他随即又和她开玩笑,问她可不可以让他给他的儿子讨一个"小妈"。对这问话,乡约娘子充满爱娇地回答道:"只要你养得起,我怕你讨十个来摆起哩!"

她也不叹气了,仿佛突然间变胆大了似的;她老是谈着儿子的亲事,谈着家庭里的亏损和添补。"不管你答不答应,"她说,"开了年,我借债也要买一槽猪来喂。培养房子?这样的年岁,还讲究啥外表呵,又不是住在露天坝里的。……"

但她停了一会儿,忽而胆怯地问道:"明天该还领得到奖么?"

乡约拍着大腿笑道:"你一开口就笨得撒牛屎!"

因为夜里太做多了好梦,当乡约醒来时,太阳已经上阶沿了。但他出门时还和那两个短工开了几句玩笑。他把奖券在那老的一个胡子边摇晃着,笑道:"花纸头?换成铜板,你一个人还驮不回来哩!"于是做了一个鬼脸,嘻开嘴上城去了。这一天正当集期,时候又近年终,街面上显得十分拥挤。那些债权人大声恐吓着债户。在一色蓝布套头的人群上面,已经飘荡着各色各样的喜神壳①了。丁跛公还没挤进城门,就给几个"中间人"拖住密谈过两次。但他都很巧妙地把他们回复了,心想:"年终岁尾的,三分息我还要借呢!"他以为不如把运气搁在买卖烟土上好些。于是,为了避免熟人的眼睛,当走过城门时,他把身子向着一挑

---

① 喜神壳:小孩玩的面具。

稻草担子旁边一闪,溜进一条僻静的巷道里去了。他决心由背街转到征收局去领奖。

他一个人走着,竟有三次忍不住笑出声来,自言自语道:"现在倒请求我哩。"他只碰见过三四个提着篮子上市的老妈子,但他把她们看成空气一样,一点也不因此检点一下自己的行迹。然而,当他正要穿出孝子巷的巷口时,后面突然来了一声招呼,把他留下来了。因为这正是团总的声音。周三扯皮是一个三板子人①,满脸骨头,门齿突出,好像老鼠一样。他是举人的兄弟。而在反正以后,他又兼上一个"大爷"的头衔了。他正在走出自己的大门。他冷声冷气地问乡约道:"你是到征收局领奖的哇?"

乡约的嘴唇嘻开起来。

"哼,好哇,你进去等我一下再说。领奖,——嘻!……"

团总看也不正看他一眼,就把跛公剩下在大门上了。

乡约一时间失神了。他伸出颈子张望了好一会儿,然后才定着眼睛嘟哝道:"这才怪!……"但是他的脚杆已经把他带进周三扯皮的大厅里面去了。在那里面,只有那个生着两撇长胡子,长就一副马脸的账房在着。这人抱着水烟袋,一看见他就笑弯了腰。于是,在吹了几次纸枚全都失败了之后,他忽而停下来,腾出右手,抹了一把胡子,闪着眼睛,笑问道:"你是来领奖的哇?"

乡约动了几下嘴唇,然后低下视线,叹息道:"我又没有得

---

① 三板子人:中等身材的人。

罪过什么人……"

"快算了,这笔钱你都吃得下来呀!"

于是账房向他指明,这件事早就有人向县里控告了,奖款征收局已经扣留起来。

"那三老爷早就该说一声呀!"乡约叫了出来。

"'早就该说!'像你这样讲,还是三老爷的错哩,——那才怪!想一想吧,钱是全县人出,你一个人得奖,三老爷不说话,别人也都不说话么?我给你说!缝不缝①得好,还要看三老爷上衙门回来才清楚哩。"

"我清楚!我们是听水响的……"

"好好好,我不同你讲:我两个讲不通!"

可是,等三扯皮搓过十六圈麻将回来时,丁跛公终于算给他讲"通"了。"我一辈子就给人家变牛!"乡约十分阴暗地肯定了自己的命运,但他嘴里却连连赔着不是,强装出笑脸。他有气没力地退出来了。这时已是夜间,有几家人已经关上了大门了,城门只有半扇是敞开的。在半边茶铺里,老八正在大声地骂道:"这龟儿,一发了财,就连人影子也看不见了!"乡约忽而清醒起来,他嘟哝了一句:"见鬼!"于是赶紧背转身子,从茶铺的侧面,顺着城墙溜了。

失望和饥饿,已经打击得他十分疲倦了。因为在长久的守候

---

① 缝:弥补、疏通的意思。

中,那账房催了他三次吃饭,他都推说:"我不饿。"而他的脑筋却很兴奋,充满着种种幻想。这是一大堆亮晶晶的银圆!他又看见鸦片烟和新房子了,他的女人正在挽起袖子喂猪。当一想起"小妈",他真的几乎快要哭出来了。带点羞愧,也带点忏悔。但是当那张有着老鼠门齿的瘦脸,忽而在他面前显现出来的时候,他又很振作了,叫屈道:"唉,就是一条猎狗,也得有一副肠肚吃呀!"

"倒是做土匪好些!"当走近木牌坊时,他突然向自己这样地叫出来。他又想起几个早年的朋友,特别他那"拜弟"来了。那是一个土匪出身的绅士。他起初路劫,后来抢多了就"打门"。待到有了号召能力,又做上司令官了。不久虽然被军阀缴了械,但他现在却拥有四五个老婆,留着一撮胡子,就是那个以正绅自命的周三扯皮,也和他打上儿女亲家。

乡约越来越加觉得这是一条正路,最后,他挽挽袖头叫道:"就是当裤子,我也要买两条枪来干他一场!"

一听见狗嗥,干黄鳝便赶急把煤油照子,由堂屋里照出来了。他已经穿上那件短袄,虽是臃肿得不成人形,但很暖和。他笑嘻嘻地拿着灯向场坝上走。然而,他却没料到他的姐夫会向他喝道:"走开!——你在喜欢啥哇?!"

"我又没有啥哩……"

"你穿暖了是不是?你给我脱下来!——我宁肯几爪撕掉它!……"

"叫你争口气呀！"乡约娘子十分懊丧地插嘴说。

"这年岁只有做土匪好！"乡约的声调有一点悲哽了……

乡约整整有两天没有进城，也没有继续去扫解剩余的"粮尾"。他几乎把所有的时间，都花在那条静僻的干堰沟上，想着倒不如做一个匪徒有望一些。但在第三天夜里，他忽然听见狗嗥，场坝上亮出火把，随即是打门声和叫喊声。他赶快跳下床，可是，还没等他穿好衣服，十多个脸上涂着锅烟，头上插着油纸枚子的汉子，冲进来了。"兄弟们，都是自家人呵！"他嚷着江湖话。随即又恳求道："我没有带过什么人的过呵！"因为他已经被缚在柱子上了。末后他更吞着眼泪叫屈："什么奖呵？我一文钱也没有到手呀！……"

这一夜乡约没有失掉什么银钱，虽然连茅坑也被搅捞过三次，可是匪徒们临去时，却用石块把他右脚的踝骨给砸碎了。这使得他成了个货真价实的丁跛公。也许原因就在这里，他并没有去做土匪，依旧肩上他那只用白线密钉过的蓝布褡裢，而且突然间变得很严肃了。但在半年以后，他可又自己在半边茶铺里找着人开玩笑了，而且比那些流氓还要粗野。

然而，虽是这样，要是有谁提起奖券的事情来打趣他，他便立刻连颈项也气粗了，凶神恶煞地喝道："你另外说点什么哇！——你就入我七祖八代都行！"他又喘着气加上一句。

一九三五年一月

# 石青嫂子

/// 艾芜

早上太阳仍像往天一样,把晴美的阳光,抹上满峡的树林,叫带露的树叶草叶都亮得耀人的眼睛。只是石青嫂子的心上,却阴暗极了,阴暗得像夏季乌云满布的天空一样,随时都会雨点似的落下泪来。看见屋里踢倒的板凳,打烂的灯,再看见门前地里一片乱踏的足迹:菠菜的叶子,踩来变成烂泥;番茄踩成一摊一摊的红浆。那些红浆很使石青嫂子疑心,怕是夜来扭扯的时候,她身上流出来的血。

对河山腰上的汽车公路,一乘长途汽车驰过以后,便比平日还要静寂,简直静寂得可怕。满山秃露的乱石,在阳光下面更加显得苍老丑陋,仿佛一些生癞疤的秃头似的。人工凿过的公路,隐藏在乱石里面,一种原始的荒凉的氛围气,越发强烈地流露出来。

有石青的时候,她从来没有感到过她这间山峡中唯一的茅屋是孤独的、寂寞的、可怕的。她只觉得面临小河、背靠山岭的一片斜坡，给予她无限的繁忙和劳碌。她终天头上包着一张蓝布帕子，不是拿锄头挖地、镰刀割草，就是手腕上挂个篮子，采摘什么东西。晚上星子都现在山峡的高空了，树林茅屋全隐藏在轻雾里面，小的孩子，坐在门前哭着喊妈的时候，她还在地里摘着苦瓜豇豆或是茄子辣椒，准备明天一早挑到五里以外的镇上去卖，好换点米回来。

现在当家人没有了，恐怕永远回不来了，她夜来大声号过，捶过她的胸口，扯过她的头发，白天则痴痴地在河边站过，伸手摸过可以挂索子的树枝，都因了五个孩子的影子，掩映在眼前，各样娇小幼稚的声音，萦绕在耳边，使她一时忍不下心来。她得为他们幼小的人儿活起。虽然她的手臂挨过一下拳头，但只消扯点草药来揉揉就可以好了的。她觉得只要手还能活动，挨小河这一片斜坡，一定能够养活他们，把他们盘大。这八九年来的岁月，早已使她看清楚了，石青在学校里面做小工的那点工钱，一点也不能养活她一家人的。全靠她在这片斜坡上面长年锄草灌水，把汗珠滴进泥土里面，才将茅屋顶上的炊烟，终年不断地升上峡里天空，使对面山腰上驰过的汽车旅客，感到这儿还不是一个寂无人烟的地方。她决心活下去，把一些荒起的泥土也完全开垦出来，扩大她的种植范围。希望天有眼睛，三年五载之后，他又好好地走了回来！日子就放在勤劳和希望里，一天天过了下去，只是她那张太阳晒黑的胖脸，慢慢地瘦了。嘴角上再没有笑纹，眼睛也分外阴凄。早上到镇上卖菜,很容易为点小小的事情就同人家吵架。

她住的这一带地方,八九年前是非常荒凉的,全长着带刺的荆棘、弯曲的灌木和些牛羊也不吃的野草。砍柴的、放牛的,都以地方太偏僻不肯到来,终年只有鸟子在那里飞翔。打猎的偶然到过几次,却因猎获物落进荆棘,不易寻找,而且还拿给刺藤划破了裤子,便也不再感到兴趣了。但一所大的官家学校,为了避免敌人的轰炸迁建在山那边的空地以来,做校工的石青,便在这边峡谷地方搭个简单的茅棚,安顿下他的老母和妻子。校地是征用的,连带这边的山峡,也仿佛成为学校所有的了。每日黄昏时候,学生在河边散步,歌声响彻整个峡谷。夏天则在河里划着小艇,白制服的影子常常在青色的芦苇丛中晃动。峡谷一点也不显得静僻寂寞了。

石青两口子都不是跟随学校迁来的外省人,只是家乡离学校有几天路程罢了。他们原本是租田种地过日的,仅因这家官办学校可以永远受不到保甲长的麻烦,便放下锄头,跑来学校,把平素伺候禾稻麦苗的粗手,变来伺候教员和学生了。但以旧性难改,看见斜坡的泥土肥得发黑,便不禁得眼睛红了起来。再加物价天天涨得吓人,只靠一点工和米贴绝难过活的,于是石青便在挨晚边的闲暇时间,以及整个的星期日,用斧头锄头镰刀把斜坡的灌木荆棘野草一一地除去。石青嫂子更是勤快,老是将打补丁的袖子挽到手肘以上,除了回家煮两顿饭而外,终天都拿旧蓝布衣裳包着的粗壮身子,点缀在斜坡上头。手腕常常现出划破的血迹,衣上裤上则粘着野草的种子和叶片。就是怀孕了,她还肚子挺挺的，擦进长着胡豆麦苗的菜地里去，一点也不坐在茅屋里休息。地里一大半的工作，可以说是石青嫂子一个人做的，她的能干，简直使那些散步到来的教授太太一迭连声地赞叹不已。

斜坡上的土地，也真不辜负他们两夫妇，冬天春天的菜蔬，夏天的菜子麦子，秋天的毛豆瓜果，都给他们换来不少的口粮。猪喂起了，鸡喂起了，孩子隔两年就添一个，茅屋里渐渐变成一个热闹的家族。有一年母亲害病死了，便葬在岭脚斜坡尽头，让她老人家的阴灵永远守在近边，佑护这个兴旺的家庭。每年清明、冬至的日子，两人便带起孩子，去到墓上做番很有礼仪的拜扫。从没有人到来干涉查问，也没人到来收捐取租，俨然这个峡谷就全是他们的了。即使有保甲长走到探视，但听见回答"我们是学校的"，就也再不打麻烦了。

他们稍有余钱的时候，便把茅屋加以改造、扩大，使它牢实、变成能够长远住人的地方。茅屋外边种上了橘子枇杷，河边上还种了桃子和李子。春天树上开出各色的花朵，秋天枝头结起红红的果实，总使对面山腰上经过的旅客，要从长途汽车的窗上射出怡悦的眼光，表示一刹那的欣赏。

在这些日子里，石青嫂子常常是很满足的，听见对河山腰上的长途汽车，用轰轰隆隆的响声震动这个峡谷的时候，她在这面斜坡上，偶然望见那些塞在车厢里的人们以及捆在汽车顶上的箱子被盖，会忍不住奇异地想：

"为什么人要这样不停地跑来跑去？像我们这样静静地住

着，多好去了！"

可是到了抗战胜利，这个官家学校很快复原东下，石青因为是四川人，不愿带起家眷远行，同时也舍不得离开七八年来亲手开垦过的地方，便只好孤单地留在峡谷里边了。学校遗下的房屋，全由地主无条件地接收，以作为土地使用后的报酬。砖砌的洋房，地主搬进去住起，校长室的廊下，挂起了鸟笼，办公室的门口，则有鸡呀鹅呀走了出来。学生住过的寝室教室，因为建筑简单，年成久远，好些地方石灰泥土剥落了，篾条编成的壁头，便全然现了出来，就由它空起，让蜘蛛去张网捕虫。

石青失掉了职业，也失掉了庇护，首先是保甲长走来打麻烦，继后便在夜里拿给拳头恫吓起走，远离他的茅屋和亲人。石青嫂子慢慢习惯于她的孤独了，但还望着对河山腰上经过的汽车，凄切地想：

"要哪年哪月，他才能坐着汽车回来呀？"

再没有歌声缭绕在树间了，黄昏的河边上，也再没有散步的人影子。除了长途汽车每天用吵闹的声音经过一两次而外，峡谷里面便现出了原始一样的寂寞。石青嫂子咬着牙巴忍受，让壁立的岩石、静静流着的小河、风过处便窃窃私语的树林，都作为自己亲密的邻居。长着青草的祖母的坟墓，也常能给她以无言的安慰。再则孩子也渐渐地大了，茅屋里，斜坡上，总荡漾着他们的嚷叫和笑声。这个寂寞的世界，便慢慢由孩子弄得热闹起来。

但自当家人离开后的第四个月,有一天,忽然有三个人大模大样踏进了她的菜地,拿一根带子在东量西量的。她担心会踩坏了她辛勤种植的农作物,便放下奶着的孩子,大声地加以阻止。

"呵呀,你们踏着人家的菜地哪,那是才撒下种的!"

两个牵着带子在量的人,都穿着短装的,并没有理睬她,只是在菜地走上走下的。

"先生们,你们是有耳朵的哪!"石青嫂子气得大叫起来,"咋个这样不听招呼?你们那样踏了,还长得出来啥子。"

两个在量的人,只是望她一眼就算了,仿佛把她的号叫看成一件和他们毫没关系的事情一样。倒是一个站在斜坡边上的人,穿着长衫,悠悠然吸着香烟的,露出轻蔑的神色,叱责地说:

"你在吵个卵呀,这样叽叽喳喳的!"

"这是我的地呀,我不该吵么?!"

石青嫂子气得呼吸都迫促起来了,只是直着喉咙地嚷叫。

吸着香烟的人,冷笑起来:

"你的地,哼,你的地!"

两个在量的人,也插嘴嘲笑起来:

"你怕睡着没有醒啰!"

吸着香烟的人现出一脸见怪的神情,突又反问道:

"你的地?我问你,你是啥时候买的?"

石青嫂子这倒怔了一下,但她不是一个怎样愚蠢的女人,接

着就答复道:

"咋个不是我的?这是人家学校送我的哪!"

吸着香烟的人眉头一扬,轻蔑地说:

"送你!他学校怕想吃官司了!"

两个量地的人现在又来量茅屋的周遭了。两条狗先前在远远吠着的,现在便狰恶地跑拢来咬。石青嫂子见这三个人莫名其妙地跑来践踏菜地,又大模大样地气势凌人,心里气愤极了,就让狗去咬他们,一点也不加以制止。她只怀着痛恨的心情,去看地里那一片可恶的足印。有的地上,小白菜已经发出两片嫩叶了,给足一踏,便全然碎折,不能再生的了;她感到非常难过,就像自己养的孩子,拿给别人践踏了一样。她一面用手翻泥土,查看踏坏的种子,一面喃喃地切齿诅咒:

"短嫩颠的①,挨炮子的,你们这样糟蹋东西,你们得不到好死的!"

三个人走了以后,峡谷里又重新平静了。风在林间吹过,叶子微微作着声响。岭上有啄木鸟在波波波地敲着树子。石青嫂子依然回到茅屋门前,再来喂她小孩的奶,大的孩子不安地问:

"妈妈,他们是做啥子的?"

石青嫂子便责备地说:

"你问他们做啥子?他们都是些强盗拐子!"

---

① 短嫩颠的:夭折、短命。

她觉得她这一天地里的损失是很大的，萝卜白菜的种子，虽是所花不多，但长成以后却不晓得要少好多斤去了。这不像拿给人家偷窃一样的么？她心里默默地祷告着，唯愿老天保佑，不要再有这样的人跑来践踏她的菜地！

但天是和木石一样地无灵，隔不两天，量地的人又来了，跟先前不同的，是只来两个着短衣的人，而且也不像前次那样走到菜地里去胡乱践踏，却是一直叱骂着狗，走到茅屋里来。

石青嫂子惊恐地望一下，便黑着脸子，疑虑地问：

"你们又来做啥子？"

两个人气势汹汹地赶着狗打了一会儿，才忽然摸出一张纸片来，对着石青嫂子大声说道：

"你懂得么？我告诉你，你种地四亩有多，得出押金三十万元，你那样做啥子？押租会退给你的，只要你不再种了。你要放明白一点，这是吴大老爷的地，并不是你的，他手上有纸，就是县长帮你的忙，你也赖不赢他的。"

石青嫂子听见人家手上有纸，晓得是有契约字据的，便也不敢再辩了，脸色异常地颓丧，一面却又鼓起勇气，愤愤地嚷道：

"你就把我的儿儿女女通通卖了，也凑不到三十万元哪！"

拿纸单的人，听也不听地只是责备道：

"你在吵个尿！这才是一笔押金哩！你每年还得出五斗米的租子！"

石青嫂子马上截断他的话，尖声喊了起来：

"这简直逼着牯牛下儿哪！你们睁眼看看，这鬼地方会出一颗半颗谷子么？要五斗米，不是要人家的命？"

"你向我们吼啥子？比嗓子大？我们只是来通知你！"拿纸单子的人突然发气起来，"你不肯出，你搬开好了，哪个拉住你？"

另一个始终拿木棍吓着狗的，也插嘴骂了起来：

"你们还是搬走的好，没有看过你们这里，人凶狗也恶的！"

把纸单子递在她的手上，便头也不回地走了。石青嫂子气得说不出话来，只用劲把纸单子撕得粉碎，朝两人走的方向丢去。半晌，才望下屋后的斜坡，恨恨地说：

"要我搬走，哪容易！人家苦了十年，不说啥子，就是汗水也流了几十百桶去了嘛！你就拿棒棒来赶，我都不会搬的！"

这时候，她倒不怕静寂和孤独了，只担心会有这样不讲理的人常来打扰和吵闹。而她也下了个决心，无论别人怎样想方设法来赶她走，她都不会离开峡谷一步的。她觉得在峡谷里生活了将近十年，和山峰、树林、小河都弄得非常地熟识，尤其这片朝夕用光足板踏过的斜坡，四季长着青绿的菜蔬、红黄的瓜果，使她分外感到亲热，正如吃奶的孩子看见母亲的乳房一样。她一向觉得峡谷就是她一家人的。她在岭上寻柴，总是钩点枯干的树枝，很不忍向那活生生的树身砍进一刀，一则以为它们都是朝夕常见的邻居，不愿加以杀伤，再则也认为要它们长得大些，就更能够心上感到快乐。小河也很使她喜欢，她晓得没有小河的水，她这片斜坡上的农作物，是不容易活起来的。每年过年的三十晚上，她定要走到水边,点起香烛纸钱,诚心诚意表示她的感谢。她在峡谷外边的小镇上卖菜,人们惊异她的番茄大,豆角子长,她便会很愉快地说:

"我们那个地方,实在生得好,泥土肥不消说了,河水挑起来又很方便!"

但她又怕别人羡慕,会也挤进谷来居住,便又皱起额头皮,做起艰难的神情,叹息地说:

"就是野草太容易长了,你只要三天不下地去,你看看,真有你收的!你顶好拿牛去吃光算了!别人在外头种地,费一分两分气力,我们就得费三分四分哩!讨厌得很,那全是一个要人下力的地方!"

现在却有人忽然要来赶她,你想她是多么地痛心,她觉得就是拼命也得把这片斜坡、这个峡谷好好守住。她想别人一定很久就眼红这个地方了,只以当家人在,不敢下手,现在晓得单是她一个人,而且又是女人,就特别跑来欺负她了。

"好吧!你默倒女人好欺么?"她恶毒地点一下头,自言自语起来,"我就要拿出我们女人的厉害来!"

她把锄头棍子镰刀以及斧头之类,全放在进门地方,只消有人敢来把她拉出茅屋,她就得抓起一样东西,首先给他们一下惩罚,使他们明白,她这样的女人,是万不能随便加以欺负的。她每天在地里工作,总要在伸起腰杆休息的时候,直向峡谷左边靠河的小路上,仔细望它一会儿,看有没有人走来峡谷里生事,以便赶快跑回家去，预先准备一切，免得临时手忙足乱起来。有时也叫大的孩子带着婴孩在高点地方玩耍，同时留心有没有人影在谷口出现。

不久以后，一个老头子走来了，茅屋里当然显得很是紧张。石青嫂子捏根棍子，撑在门口，眼睛大大地睁着，直望着来人。顶小的孩子，因见妈妈的神情不同平日，脸色异常可怕，外面狗又咬得很凶，便不禁吓得哭了起来。

老头子一路叱骂着狗，满脸通红地走了进来，看见石青嫂子不替他赶狗，不招呼他，也不请坐，心里很是不快，便讥嘲似的骂道：

"你那样望着做啥子？我又不是做强盗的！"

石青嫂子看清他手里没有武器，只是捏一根短短的烟杆，光景不像是行凶的，便也就脸子松弛起来，但仍旧不安地问：

"你老人家是……"

"我是甲长！"老头子责备地说，仿佛怪她连这都不晓得一样，"我是为吴大老爷这块地来的，我晓得，他要是要多了一点，可是你得明白，你们种了十搭十年了，他就没有收过你一点租。要是换给别人，他就早来收了。他对你们真是客气得很，现在我替你说好话，要他少收一点。押金二十九万元，租呢，收新斗一石！……呵哟，这死狗！"

他对着跑来的狗摇着短烟袋，惊慌地叫起来。石青嫂子这回也替他赶狗了，只是回头来，把老头子说的"收新斗一石"，只听清了"一石"两个字，便像拿给狗咬了似的叫了起来：

"呵呀！你老人家还说减了，这是减的啥子鬼哪！"

老头子很凶地看她一眼：

"你咋个不听清楚哪！我是说新斗一石。难怪人家说你们不讲道理！捞起半截话就跑！"

石青嫂子生气地抵塞道：

"就是新斗一石，我也出不起啦！他爸爸不拿给死鬼些拉走还好，你老人家看看嘛，这五张嘴巴，天天要东西塞进去，我一个人咋个拖得动嘛！"

"这没有法子！"老头子望望那些脏污褴褛的孩子，摇摇头，叹口气，"你种人家的地，你总得要出押金纳租子的！天地间总没有白占的道理！"

"求你老人家再跟他吴大老爷讲讲好不好？"石青嫂子乞怜地说，"请他吴大老爷发发慈悲，等孩子的爸爸回来的时候，再想法子。"

"要是他不回来呢？"老头子非难地说，"你们就永远不出了么？"

"呵呀，求你老人家，不要说这样可怕的话！"石青嫂子难过地叫了起来，"他不回来，我们娘儿母子咋个得了！"

老头子偏开脸，望在一边，悄声责难地说：

"动刀枪的事情，哪个料得到！"随又觉得话太说得残酷了，又改口安慰地说，"也许天老爷保佑你们，他会回来的！"

"但愿你老人家说的话应验！"石青嫂子感激地说，"也要天老爷睁开眼睛！"

老头子挥下短烟袋，不耐烦地说：

"不要多讲别的了！租子的事情，你听我的话，答应好了，他吴大老爷又不会马上要你的，年底再给不迟；就是押金这二十九万元，你赶快想办法！"于是用眼睛朝屋子里搜索一通，"你现在就可以把猪呀鸡呀，拿去卖嘛！"

"你老人家看看哪，猪才这点点大，咋个好卖呢！"石青嫂子颓丧地说，"就是卖了，也凑不够咄！"

"你们一点也没剩么？"老头子故意做出讶异的样子，"不是学堂搬的时候还给你们一笔钱？"

"呵呀，你老人家咋个不替我们想想哪！"石青嫂子愤愤地说，"学堂一搬走，我们石青就闲在家里，东西又天天涨得吓死人，那点子钱，不消两个月，就用得水冲光了！要是还剩有，我这些娃娃些也不会瘦成这样子，烂成这样子了！"

老头子摇摇头，叹口气。

石青嫂子忽然眉头一扬，用手拉下老头子的袖子，恳求地说：

"你老人家这样去讲讲好不好？请他吴大老爷开恩，押金免掉，租子哩，我照地里出啥子我就缴啥子，有南瓜，我就送他南瓜，有红苕，我就送他红苕……"

老头子不禁失笑起来：

"你真想得好！他会要你这些东西？鱼呀肉呀，都吃不完的，还要你南瓜红苕做啥子？除非拿去喂猪！就是喂猪，他也不会要的，人家喂猪，全是糠拌饭！你想都不要想，我也不好意思去说的！"

石青嫂子痛苦地叹气：

"他简直要叫人家的鸡下金蛋哪！"

老头子感慨地说：

"他老人家也太想钱了，儿子在外头带兵，一年要寄多少回来去了，这点子押金就算了嘛！"

石青嫂子在痛苦的脸色上又露出鄙夷的神情，冷冷地说：

"他要能够这样想，那他就长命百岁了！"

老头子现出为难的样子，边走边叹气：

"这叫我咋个去回话嘛？简直捏红炭圆！"

石青嫂子赶在后面说：

"你老人家就这样告诉好了！你说，他们干竹竿榨不出油的！"

老头子头也不回，发气似的吼道：

"你自家去讲好了，鬼才理你们这些事情！"

石青嫂子知道老头子是吴大老爷叫来讲话的，明白对方不会完全使用武力来解决，就心里安静许多了，她决定以后不论什么人来讲话，都拿押金缴不起和地里出什么就缴什么来对付。而且要把自己的态度弄温和一些，客气一些。言语方面也尽量使用恳求和诉苦那类的字眼，务使来说话的人，能够回去说一番好话，而不致把事情弄得更坏。并要请来人在屋里坐，待承他一杯茶，揭起坛子盖盖给他看看,让他明白家里的粮食是怎样地缺少。又再引他到地里去瞧瞧,地下种的大蒜,总要个把月后才能冒芽。黄芽白、莲花白必须到冬天才能长好卷起。目前可以当成收成的,只有红苕。吴大老爷他要呢,她愿给他挑一担去;不要呢,是他吴大老爷不对,她的人情是做到的了。她想竭力把道理放在她这一面,无论县长主席来讲话,她都用不着怕了。

日子一天天地过去,峡谷里全没有什么人到来。她的心也更加安静了。天天浇水的斜坡上,大蒜冒出青色的嫩苗,葱子则长得绿油油的,可以扯到街上去卖了。黄芽白和莲花白,都常常捉着虫的,一天比一天长得青绿。她想这些菜长好的时候,她一定要送些给吴大老爷吃,而且只要屋边上的橘子长红,广柑变黄,她也一定要送几篓上门去的。她觉得只要他吴大老爷肯发慈悲,不再叫人来讲租讲押金,那她这个人并不是没有良心的,她也能够讲人情,把好东西送去报答、酬谢人家的好意。她晓得他们富贵人家,南瓜红苕不吃,那橘子广柑和小菜,却是肯要的。他们不是常常叫人到镇上去买这些东西么?她还想过年的时候,约莫腊月二十四或是二十六,正当照例吃年饭的那些日子,她就给吴大老爷送两只肥母鸡去。并且在撒高粱喂鸡的当儿,她把那群半大的鸡一个个地仔细看过,全白色的送人不吉利,黑色的又怕皮肉不白净,于是她就选定黄色的有黑点的麻花母鸡,不管将来就是顶会下蛋,她也要捉去送吴大老爷的。

有一天半夜后,石青嫂子突然拿给狗的凶猛叫声弄醒,同时又听见什么东西在哗哗啪啪地爆响，睁开眼睛一看，满屋通明透亮，不住地冒进烟子来，她明白隔壁灶房起了火了，她光起足板爬起来，起初还想往河里挑水灌熄，继后看见火势很大，立刻就燃到正屋顶来，便赶忙把睡熟的孩子连同被盖衣裳，一个个地拖出。还把笼内的鸡放了，让它们一个个扑扑地飞开。最后她的头发也着火了，她才没有再跑进去搬拿东西。火在茅屋上吼着、跳着、笑着，尽量发挥暴虐的能事，不到一顿饭工夫，就把屋子和屋里的一切，烧成平地了。连屋子侧边广柑橘子的树叶，都烧得焦黑。火光没有了的时候，一坪炭屑还在黑暗中发着红焰，冒着烟子。石青嫂子想着她这年年都在培修的屋子，想着慢慢买来的家具，想着那条没有跑出的猪……便忍不住失声痛哭起来，把这半年来所受的冤屈和痛苦，都借声音发泄个一干二净。

哭够的时候，她叫孩子们在一棵橘子树下睡着，自己则对那发红焰冒烟子的火场呆呆地望着出神。她想灶房里烧晚饭的火，是洗碗的时候就熄尽了的，而且临睡之前，她还照往夜的例去扫过一番，把柴草放得远远的。怎么会起火的呢？她越想越觉得奇怪。无疑地准是有人来放的了。难道要赶我们，便来下这样的毒手么？她挨着孩子昏昏沉沉睡了一会儿，天便亮了。看见火场上烧焦的猪、烧烂的泡菜坛子、一堆变成灰的粮食和变成木炭似的用具，不禁又哭了起来。锄头镰刀斧子烧坏了，挑水浇菜的水桶没有了，今后又拿什么来工作呢？房子没有了，还可以在树下睡睡，地不能挖，草不能割，菜不能浇水，这怎么得了？猪没有烧死的时候，猪卖了还可以拿钱去买水桶锄头，可是猪也烧死了。鸡呢，又大都小小的，一个生蛋的鸡婆，卖了也买不到什么。等菜长大了，再卖来买用具，又不晓得要等到什么时候，起码也得两三月才成。而且眼前的饭食就成问题，挖在屋里的红苕，还没下窖，就全烧了，简直是损失了半年多的粮食。想起这些困难，就整个身子都在发颤起来。这比那次当家人拿给人家拉走还要痛苦。当家人拉去，她还可以挑起担子，把儿女养活起来，现在却是活不下去了！

于是她只好叫大的孩子守着昨晚抢出的被盖，自己则背着婴孩，到镇上去向人诉说她的苦难和悲哀，说得伤心的时候，泪珠便成串地滚在黄瘦的脸上。好些人都对她表示同情，有的给她钱，有的给她衣，有的又给米。同她熟识的老太婆，还帮她把东西送进峡谷里去。

走回斜坡的时候，石青嫂子又把起火的可疑原因，连同吴大老爷派人来威吓的情形，一一讲了出来。老太婆望望四周，带着害怕的神情，拉下石青嫂子的衣裳，悄声说道：

"你听我劝，你还是离开这个地方吧！这里太背静了，又单是你一家人，人家把你一家人……唉唉，赶快走了算了！"

石青嫂子脸子立即发青起来，半晌才说出了话：

"离开这块地，叫我们娘儿母子咋个活嘛！"

"你该想想，性命更要紧呀！"老太婆责备起来，"他们那一家人，有钱有势，啥子歹毒事情做不出来！"

石青嫂子不禁又气愤又伤心地说：

"我这老命不要,我就同他拼了算了!"

老太婆连忙摆摆手,教训地说:

"这样不对呀!你去鸡蛋碰石头!你该想想,你有个一高二低,你这些娃娃咋个办嘛?"

老太婆想了一想,又用手拉下石青嫂子的衣裳:

"你不好回你家乡去么?你是那里土生土长的,总好想办法一点呵!"

石青嫂子不禁黯然地说:

"家乡没田没地,早就养活不起我们了,不然的话,哪个还想赖在这个地方!"

"你不是还有亲戚本家么?"

"十多年了,你晓得他们还在不在?就在,你这样叫花子似的回去,他们才爱理你哩!"

"他们总不会欺负你,整你害你咄!"

"请问你老人家,我们又咋个活嘛,就说我忍心丢得下孩子,个人跑去帮工,也养活不了他们五张嘴巴呵!"

老太婆只好叹气几声走了。

"无论如何,我也不肯离开这块地的!"石青嫂子在老太婆走后便毅然做着决定,一面又望下那片现出嫩绿的斜坡,心里自然而然感到一种亲切的慰藉,"等不好久,它就能救活我们一家人了。"随又起着可怕的想头,"要是人家硬要来害我们呢?……好,就是死在这块地上也甘心的……这些年来,它给了我们多少的恩惠呵！……愿这恩人永远收下我们一家人吧！"她感到安慰，但也觉得伤心。

石青嫂子每天拿破烂的半截坛子，往小河边掬水，再双手端到地里灌菜。夜间则和孩子睡在橘子树下。但鸡没地方关着，便拿给野猫子黄鼠狼一个个地拖去吃了。只剩下两条狗，留在身边。房子修不起来，孩子露天睡觉，便个个着凉伤风，咳嗽起来，最小的一个还在发烧发热，奶也不吃了。她心里又极忧愁，又很难过，不晓得这个日子怎样过得下去。盼望菩萨保佑，她种的菜，忽然一夜长大起来，第二天她就可以拿到镇上去卖，有一大笔钱换到手上。于是买斧头，买锯子，买镰刀，自己动手砍竹子，割茅草，先搭一座茅草棚子……

有一夜，又突然拿给狗的凶猛叫声惊醒，石青嫂子便赶忙翻爬起来，抓起身边放的石头，准备有人打来，她就给他一个回击。一直等着都没有人到来，狗只是朝斜坡上叫着。她想，也许有人偷菜吧？但菜还小呢，值不得偷的。莫非岭上有野兽什么的下来了吧？想到这里，连到斜坡上去看的打算，都取消了！她只有紧紧地捏着石头，鼓起勇气，守护着五个睡熟的孩子。

狗渐渐地没有咬了，峡谷里又复显出夜深时候的静寂。高空一片漆黑，闪着无数惨白的凄清的星子。石青嫂子有些睡不着了，她仍怕暗中会有野兽袭来，衔去她的孩子。她不禁胆怯起来，想起要是有石青睡在身边，那就多么好哪。他不晓得被拉到啥地方去了，如果晓得，就是天远地远，她都愿意带着孩子去找，不想蹲在这个可怕的地方。

第二天早上起来,石青嫂子便跑到斜坡上去看,想从菜地里的足迹查出是人还是兽来。但未走到,便看见那些菜全给人扯起拉断,乱抛在地上了。她心里难过极了,仿佛看见自己的孩子拿给别人杀了一样。靠菜地来救活一家人的希望,到这时便全然幻灭了,她气得说不出话来。她觉得这一定是吴大老爷派人来干的,便不管三七二十一,一路咒骂,直朝吴大老爷住的地方冲去。

但一到峡谷口子,通到山那边的窄路上,一边靠着岩石,一边临着小河的地方,不知几时已经安上一道栅栏门了。门是关着的,没法打开;用手摇摇,紧紧的,不能动弹丝毫。要翻过去呢,又太高了,不能爬上。她便抓着石头捶打栅栏,不久便有个汉子跑来,恶狠狠地问:

"你干啥子的?!兴这样打门!"

石青嫂子歇手不打门了,却生气地说:

"快开开,我要去看吴大老爷!"

汉子在栅栏那边双手叉在腰上,偏着头反问:

"你看他做啥子?"

石青嫂子见他门不开,反而做出非常傲慢的样子,便冒火地骂起来:

"这还要问么?他做的好事,扯我的菜,烧我的房子,我要去同他拼命!"接着又拿石头捶起门来,大声地嚷,"开哪,开哪！"

"你发你妈的尿疯了！"汉子雷也似的吼了起来，"你再捶，我就开枪哪！"当真他就把挂在腰上的手枪，取了下来，一面又大声地问，"我且问你，你是不是亲眼看见，扯你的菜，烧你的房子？"

石青嫂子见他拿着枪便吓着不敢捶了，但见他又并未放了过来，就又大着胆子驳斥他说的话：

"这周围团转，不是他是哪个呢？就只有他才这样毒，这样黑心哪！"

"你在这里少骂点哈！"汉子放低了声音，样子狞恶地说，"他听见了，不叫你坐牢的！"

"砍头都不怕，还怕坐牢！"石青嫂子又拿石头捶起栅栏来，"你不开开，我就给你打烂哪！"

汉子便立刻拿枪指着她的胸口，气呼呼地吼起来：

"看我不打死你，你再捶嘛！"

石青嫂子索性挺起胸口，愤怒地嚷起来：

"你打，你打，我就让你打！"

汉子反而收着了枪，讥嘲地骂：

"打你，倒把老子的枪打脏了！"

接着便头也不回地走了。

石青嫂子就一面打栅栏，一面乱骂起来：

"你这狗，你这婊子养的，你为啥不开门！……"

骂了好久，手也打痛了，栅栏门还是紧紧地立在那里。石青嫂子累极了，便只好坐在那里喘气。

石青嫂子休息了半天，觉得对于栅栏门简直无法可想，同时又想起那汉子说的话，你没有亲眼看见，你怎好同他吵得，怕就是吵到官那里，也断不出一个所以然的。刚才原是一时的气愤，只想跑去同他拼命，现在既无法实行，而神智又完全清醒了。再则，又想起一群孩子可怜，无论如何不能抛掉他们，得想方设法，把他们养起，一种做母亲的热情和爱恋，又完全盘踞在她的身上了。于是，她只得慢慢地走回家去。

斜坡上的菜，一给人扯光踏坏，火烧过后的地方，就更加显得荒凉了。在这里既无房子躲避风雨，地上又没出产给她生活上的希望，而那恶人暗中还不晓得更要做出什么可怕的事来。唯一的法子，就只有离开这个地方了。到什么地方去呢？她不知道，单觉得离开好些，离开这里孩子们或许不至于饿死。

石青嫂子把要带走的东西收拾好，看看那些橘子树枇杷树以及河边上的桃子树李子树，心里又起了一个恶毒的念头：

"我得把这些果木树全砍去才好，免得他龟儿子白白来吃！"

但想起斧头锯子都烧坏了，没法去砍，只能毒毒地诅咒一句：

"唯愿他吃了，屙痢打摆子！"

最后又带起孩子到家娘墓上去告别，她忍不住冒出眼泪地说：

"妈，没法子守住你，我只有带起你的孙儿孙女，出去讨口了，你阴中有灵有应，千万路上保佑他们无病无痛的！"

她背上背着被盖卷,怀中抱着婴儿。大的女孩和第二的女孩,用树枝抬起一个煮饭的锅。第三和第四两个男孩,却没拿什么。他们一家大小顺着小河边,直朝镇上走去。后面则跟着两条狗。镇上的好心人,已经周济过他们一次了,这次也就不能再给出一些什么,最多就只能给孩子们一些吃食东西。他们一家人在汽车站旁边的空地上,勉强露天住了一夜,知道不能再求得什么了,第二天便决定向城市走去。他们沿着公路走,绕到山半腰上的公路时,便又看见峡谷里他们住过的地方了。

峡谷里蒙着轻微的白雾。金灿灿的早上阳光,照着岭上的松林。小河边的果木树和那片垦过的黑土,还阴沉沉的,留有夜来的阴影。孩子们首先看见了,便欢叫起来:

"妈妈,我们的家呀,你看,在那里!"

妈妈只瞟了一眼,不敢多看,怕流出眼泪,便低头走她的。

但孩子们却都问了起来:

"妈妈,我们啥时候回去哪?"

妈妈忍着眼泪,哄他们说:

"等橘子柑红的时候,我们就回来!"

孩子们都感到满意了,走了一会儿,他们又问:

"妈妈,我们到哪里去呢?"

妈妈怔了一下,半晌才想出哄他们的话来:

"我们去找爸爸!"

孩子们更加快乐了,连声发笑地喊着爸爸,但做妈妈的却忍不住了,眼泪双双地滴落下来。

她走了一会儿,眼泪流够了,心里清爽些了,还听见孩子们一路满有生气的笑声,便又鼓起勇气,咬定牙巴地想:

"不论啥子艰难困苦,我都要养大他们的!"

一九四七年八月二十五日,上海大场乡下

# 山峡中

/// 艾芜

江上横着铁链做成的索桥,巨蟒似的,现出顽强古怪的样子,终于渐渐吞噬在夜色中了。

桥下凶恶的江水,在黑暗中奔腾着,咆哮着,发怒地冲打崖石,激起吓人的巨响。

两岸蛮野的山峰,好像也在怕着脚下的奔流,无法避开一样,都把头尽量地躲入疏星寥落的空际。

夏天的山中之夜,阴郁、寒冷、怕人。

桥头的神祠,破败而荒凉的,显然已给人类忘记了,遗弃了,孤零零地躺着,只有山风、江流送着它的余年。

我们这几个被世界抛却的人们,到晚上的时候,趁着月色星光,就从远山那边的市集里,悄悄地爬了下来,进去和残废的神们,一块儿住着,作为暂时的自由之家。

黄黑斑驳的神龛面前，烧着一堆煮饭的野火，跳起熊熊的红火，就把伸手取暖的阴影，鲜明地绘在火堆的周遭。上面金衣剥落的江神，虽也在暗淡的红色光影中，显出一足踏着龙头的悲壮样子，但人一看见那只扬起的握剑的手，是那么地残破，危危欲坠了，谁也要怜惜他这位末路英雄的。锅盖的四周，呼呼地冒出白色的蒸汽，咸肉的香味和着松柴的芬芳，一时到处弥漫起来。这是宜于哼小曲、吹口哨的悠闲时候，但大家都是静默地坐着，只在暖暖手。

另一边角落里，燃着一节残缺的蜡烛，摇曳地吐出微黄的光辉，展画出另一个暗淡的世界。没头的土地菩萨侧边，躺着小黑牛，污腻的上身完全裸露出来，正无力地呻唤着，衣和裤上的血迹，有的干了，有的还是湿渍渍的。夜白飞就坐在旁边，给他揉着腰杆，擦着背，一发现重伤的地方，便惊讶地喊：

"呵呀，这一处！"

接着咒骂起来：

"他妈的！这地方的人，真毒！老子走遍天下，也没碰见过这些吃人的东西！……这里的江水也可恶，像今晚要把我们冲走一样！"

夜愈静寂，江水也愈吼得厉害，地和屋宇和神龛都在震颤起来。

"小伙子，我告诉你，这算什么呢？对待我们更要残酷的人，天底下还多哩，……苍蝇一样的多哩！"

这是老头子不高兴的声音,由那薄暗的地方送来,仿佛在说:"你为什么要大惊小怪哪!"他躺在一张破烂虎皮的毯子上面,样子却望不清楚,只是铁烟管上的旱烟,现出一明一暗的红焰。复又吐出教训的话语:

"我么?人老了,拳头棍棒可就挨得不少。……想想看,吃我们这行饭,不怕挨打就是本钱哪!……没本钱怎么做生意呢?"

在这边烤火的鬼冬哥把手一张,脑袋一仰,就大声插嘴过去,一半是讨老人的好,一半是夸自己的狠。

"是呀,要活下去。我们这批人打断腿子倒是常有的事情,……你们看,像那回在鸡街,鼻血打出了,牙齿打脱了,腰杆也差不多伸不起来,我回来的时候,不是还在笑么?……"

"对哪!"老头子高兴地坐了起来,"还有,小黑牛就是太笨了,嘴巴又不会扯谎,有些事情一说就说脱了的。像今天,你说,也掉东西,谁还拉着你哩?……只晓得说'不是我,不是我',就是这一句,人家怎不搜你身上呢?……不怕挨打,也好嘛!……呻唤,呻唤,尽是呻唤!"

我虽是没有就着火光看书了,但却仍旧把书拿在手里的。鬼冬哥得了老头子的赞许,就动手动足起来,一把抓着我的书喊道:

"看什么?书上的废话,有什么用呢?一个钱也不值,……烧起来还当不得这一根干柴……听,老人家在讲我们的学问哪!"

一面就把一根干柴,送进火里。老头子在砖上叩去了铁烟管上的余烬,很矜持地说道:

"我们的学问,没有写在纸上,……写来给傻子读么?……第一………一句话,就是不怕和扯谎!……第二……我们的学问,哈哈哈。"

似乎一下子觉出了,我才同他合伙没多久的,便用笑声掩饰着更深一层的话了。

"烧了吧,烧了吧,你这本傻子才肯读的书!"

鬼冬哥作势要把书抛进火里去,我忙抢着喊:

"不行!不行!"

侧边的人就叫了起来:

"锅碰倒了!锅碰倒了!"

"同你的书一块去跳江吧!"

鬼冬哥笑着把书丢给了我。

老头子轻徐地向我说道:

"你高兴同我们一道走,还带那些书做什么呢。……那是没用的,小时候我也读过一两本。"

"用处是不大的,不过闲着的时候,看看罢了,像你老人家无事的时候吸烟一样。……"

我不愿同老头子引起争论,因为就有再好的理由也说不服他这顽强的人的,所以便这样客气地答复他。他得意地笑了,笑声在黑暗中散播着。至于说到要同他们一道走,我却没有如何决定,只是一路上给生活压来说气愤话的时候,老头子就误以为我真的要入伙了。今天去干的那一件事,无非由于他们的逼迫,凑凑角色罢了,并不是另一个新生活的开始。我打算趁此向老头子说明,也许不多几天,就要独自走我的,但却给小黑牛突然一阵猛烈的呻唤打断了。

大家皱着眉头沉默着。

在这些时候,不息地打着桥头的江涛,仿佛要冲进庙来,扫荡一切似的。江风也比往天晚上大些,挟着尘沙,一阵阵地滚入,简直要连人连锅连火吹走一样。

残烛熄灭,火堆也闷着烟,全世界的光明,统给风带走了,一切重返于无涯的黑暗。只有小黑牛痛苦的呻吟,还表示出了我们悲惨生活的存在。

野老鸦拨着火堆,尖起嘴巴吹,闪闪的红光,依旧喜悦地跳起,周遭不好看的脸子,重又画出来了。大家吐了一口舒适的气。野老鸦却是流着眼泪了,因为刚才吹的时候,湿烟熏着了他的眼睛,他伸手揉揉之后,独自悠悠然地说:

"今晚的大江,吼得这么大……又凶,……像要吃人的光景哩,该不会出事吧……"

大家仍旧沉默着。外面的山风、江涛,不停地咆哮,不停地怒吼,好像诅咒我们的存在似的。

小黑牛突然大声地呻唤,发出痛苦的呓语:

"哎呀,……哎……害了我了……害了我了,……哎呀……哎呀……我不干了!我不……"

替他擦着伤处的夜白飞,点燃了残烛,用一只手挡着风,照

映出小黑牛打坏了的身子——正痉挛地做出要翻身不能翻的痛苦光景,就赶快替他往腰部揉一揉,恨恨地抱怨他:

"你在说什么?你……鬼附着你哪!"

同时掉头回去,恐怖地望望黑暗中的老头子。

小黑牛突地翻过身,嘎声嘶叫:

"你们不得好死的!你们!……菩萨!菩萨呀!"

已经躺下的老头子突然坐了起来,轻声说道:

"这样吗?……哦……"

忽又生气了,把铁烟管用力地往砖上叩了一下,说:

"菩萨,菩萨,菩萨也同你一样地倒霉!"

交闪在火光上面的眼光,都你望我我望你地,现出不安的神色。

野老鸦向着黑暗的门外看了一下,仍旧静静地说:

"今晚的江水实在吼得太大了!……我说嘛……"

"你说,……你一开口,就是吉利的!"

鬼冬哥粗暴地盯了野老鸦一眼,狠狠地诅咒着。

一阵风又从破门框上刮了进来,激起点点红艳的火星,直朝鬼冬哥的身上迸射。他赶快退后几步,向门外黑暗中的风声,扬着拳头骂:

"你进来!你进来!……"

神祠后面的小门一开,白色鲜明的玻璃灯光和着一位油黑蛋脸的年轻姑娘,连同笑声,挤进我们这个暗淡的世界里来了。黑暗、沉闷和忧郁,都悄悄地躲去。

"喂,懒人们!饭煮得怎样了……孩子都要饿哭了哩!"

一手提灯,一手抱着一块木头人儿,亲昵地偎在怀里,做出母亲那样高兴的神情。

蹲着暖手的鬼冬哥把头一仰,手一张,高声哗笑起来:

"哈呀,野猫子,……一大半天,我说你在后面做什么?……你原来是在生孩子哪!……"

"呸,我在生你!"

接着"啵"地响了一声。野猫子生气了,鼓起原来就是很大的乌黑眼睛,把木人儿打在鬼冬哥的身旁,一下子冲到火堆边上,放下了灯,揭开锅盖,用筷子查看锅里翻腾滚沸的咸肉。白蒙蒙的蒸汽,便在雪亮的灯光中,袅袅地上升着。

鬼冬哥拾起木人儿,装模作样地喊道:

"呵呀,……尿都跌出来了!……好狠毒的妈妈!"

野猫子不说话,只把嘴巴一尖,头颈一伸,向他做个顽皮的鬼脸,就撕着一大块油腻腻的肉,有味地嚼她的。

小骡子用手肘碰碰我,斜起眼睛打趣说:

"今天不是还在替孩子买衣料么?"

接着大笑起来。

"吓吓,……酒鬼……吓吓,酒鬼。"

鬼冬哥也突地记起了,哗笑着,向我喊:

"该你抱!该你抱!"

就把木人儿递在我的面前。

野猫子将锅盖骤然一盖,抓着木人儿,抓着灯,像风一样蓦地卷开了。

小骡子的眼珠跟着她的身子溜,点点头说:

"活像哪,活像哪,一条野猫子!"

她把灯、木人儿和她自己,一同蹲在老头子的面前,撒娇地说:

"爸爸,你抱抱!娃儿哭哩!"

老头子正生气地坐着,虎着脸,耳根下的刀痕,绽出红涨的痕迹,不搭理他的女儿。女儿却不怕爸爸的,就把木人儿的蓝色小光头,伸向短短的络腮胡上,顽皮地乱闯着,一面努起小嘴巴,娇声娇气地说:

"抱,嗯,抱,一定要抱!"

"不!"

老头子的牙齿缝里挤出这么一声。

"抱,一定要抱,一定要,一定!"

老头子在各方面,都很顽强的,但对女儿却每一次总是无可奈何地屈服了。接着木人儿,对在鼻子尖上,鼓大眼睛,粗声粗气地打趣道:

"你是哪个的孩子?……喊声外公吧!喊,蠢东西!"

"不给你玩!拿来,拿来!"

野猫子一把抓去了,气得翘起了嘴巴。

老头子却粗暴地哗笑起来。大家都感到了异常的轻松,因为残留在这个小世界里的怒气,这一下子也已完全冰消了。

我只把眼光放在书上,心里却另外浮起了今天那一件新鲜而有趣的事情。

早上,他们叫我装作农家小子,拿着一根长烟袋,野猫子扮成农家小媳妇,提着一只小竹篮,同到远山那边的市集里,假作去买东西。他们呢,两个三个地远远尾在我们的后面,也装作忙忙赶市的样子。往日我只是留着守东西,从不曾伙同他们去干的,今天机会一到,便逼着扮演一位不重要的角色,可笑而好玩地登台了。

山中的市集,也很热闹的,拥挤着许多远地来的庄稼人。野猫子同我走到一家布摊子的面前,她就把竹篮子套在手腕上,乱翻起摊子上的布来,选着条纹花的说不好,选着棋盘格的也说不好,惹得老板也感到烦厌了。最后她扯出一匹蓝底白花的印花布,喜滋滋地叫道:

"呵呀,这才好看哪!"

随即掉转身来,鼓起乌溜溜的眼睛,对我说:

"爸爸,……买一件给阿狗穿!"

我简直想笑起来——天呀,她怎么装得这样像!幸好始终板起了面孔,立刻记起了他们教我的话:

"不行,太贵了!……我没那样多的钱花!"

"酒鬼,我晓得!你的钱,是要喝马尿水的!"

同时在我的鼻子尖上,竖起一根示威的指头,点了两点。说完就一下子转过身去,气狠狠地把布丢在摊子上。

于是,两个人就小小地吵起嘴来了。

满以为狡猾的老板总要看我们这幕滑稽剧的,哪知道他才是见惯不惊了,眼睛始终照顾着他的摊子。

野猫子最后赌气说:

"不买了,什么也不买了!"

一面却向对面街边上的货摊子望去,突然做出吃惊的样子,低声地向我也是向着老板喊:

"呀!看,小偷在摸东西哪!"

我一望去,简直吓灰了脸,怎么野猫子会来这一着?在那边干的人不正是夜白飞、小黑牛他们么!

然而,正因为这一着,事情却得手了。后来,小骡子在路上告诉我,就是在这个时候,狡猾的老板始把时时刻刻都在提防的眼光引向远去,他才趁势偷去一匹上好的细布的。当时我却不知道,只听得老板幸灾乐祸地袖着手说:

"好呀!好呀!王老三,你也倒霉了!"

我还呆着看,野猫子便揪了我一把,喊道:

"酒鬼,死了么?"

我便跟着她赶快走开,却听着老板在后面冷冷地笑着,说风凉话哩:

"年纪轻轻,就这样的泼辣!咳!"

野猫子掉回头去啐了一口。

……

"看进去了！看进去了！"

鬼冬哥一面端开炖肉的锅，一面打趣着我。

于是，我的回味，便同山风刮着的火烟，一道儿溜走了。

中夜，纷乱的足声和嘈杂的低语，惊醒了我；我没有翻爬起来，只是静静地睡着。像是野猫子吧？走到我所睡的地方，站了一会儿，小声说道：

"睡熟了，睡熟了。"

我知道一定有什么瞒我的事在发生着了，心里禁不住惊跳起来，但却不敢翻动，只是尖起耳朵凝神地听着，忽然听见夜白飞哀求的声音，在暗黑中颤抖地说着：

"这太残酷了，太，太残酷了……魏大爷，可怜他是……"

尾声低小下去，听着的只是夜深打岸的江涛。

接着老头子发出钢铁一样的高声，叱责着：

"天底下的人，谁可怜过我们？……小伙子，个个都对我们捏着拳头哪！要是心肠软一点，还活得到今天么？你……哼，你！小伙子，在这里，懦弱的人是不配活的。……他，又知道我们的……咳，那么多！怎好白白放走呢？"

那边角落里躺着的小黑牛，似乎被人抬了起来，一路带着痛苦的呻唤和着杂乱的足步，流向神祠的外面去。一时屋里静悄悄的了，简直空洞得十分怕人。

我轻轻地抬起头，朝破壁缝中望去，外面一片清朗的月色，已把山峰的姿影、崖石的面部和林木的参差，或浓或淡地画了出来，更显着峡壁的阴森和凄郁，比黄昏时候看起来还要怕人些。山脚底，汹涌着一片蓝色的奔流，碰着江中的石礁，不断地在月光中溅跃起、喷射起银白的水花。白天，尤其黄昏时候，看起来像是顽强古怪的铁索桥呢，这时却在皎洁的月下，露出妩媚的修影了。

老头子和野猫子站在桥头。影子投在地上。江风掠飞着他们的衣裳。

另外抬着东西的几个阴影，走到索桥的中部，便停了下来。蓦地一个人那么样的形体，很快地丢下江去。原先就是怒吼着的江涛，却并没有因此激起一点另外的声息，只是一霎时在落下处，跳起了丈多高亮晶晶的水珠，然而也就马上消灭了。

我明白了，小黑牛已经在这世界上凭借着一只残酷的巨手，完结了他的悲惨的命运了。但他往天那样老实而苦恼的农民样子，却还遗留在我的心里，搅得我一时无法安睡。

他们回来了。大家都是默无一语地悄然睡下，显见得这件事的结局是不得已的，谁也不高兴做的。

在黑暗中，野猫子翻了一个身，自言自语地低声说道：

"江水实在吼得太大了！"

没有谁答一句话，只有庙外的江涛和山风，鼓噪地应和着。

我回忆起小黑牛坐在坡上歇气时，常常爱说的那一句话了：

"那多好呀！……那样的山地！……还有那小牛！"

随着他那忧郁的眼睛瞭望去，一定会在晴明的远山上面，看出点点灰色的茅屋和正在缕缕升起的蓝色轻烟的。同伴们也知道，他是被那远处人家的景色，勾引起深沉的怀乡病了，但却没有谁来安慰他，只是一阵地瞎打趣。

小骡子每次都爱接着他的话说：

"还有那白白胖胖的女人啰！"

另一人插嘴道：

"正在张太爷家里享福哪，吃好穿好的。"

小黑牛呆住了，默默地低下了头。

"鬼东西，总爱提这些！……我们打几盘再走吧，牌喃？牌喃？……谁捡着？"

夜白飞始终袒护着小黑牛；众人知道小黑牛的悲惨故事，也是由他的嘴巴传达出来的。

"又是在想，又是在想！你要回去死在张太爷的拳头下才好的！……同你的山地牛儿一块去死吧！"

鬼冬哥在小黑牛的鼻子尖上示威似的摇一摇拳头，就抽身到树荫下打纸牌去了。

小黑牛在那个世界里躲开了张太爷的拳击，掉过身来在这个世界里，却仍然又免不了江流的吞食。我不禁就由这想起，难道穷苦人的生活本身，便原是悲痛而残酷的么？也许地球上还有另外的光明留给我们的吧？明天我终于要走了。

次晨醒来，只有野猫子和我留着。

破败凋残的神祠，尘灰满积的神龛，吊挂蛛网的屋角，俱如我枯燥的心地一样，是灰色的、暗淡的。

除却时时刻刻都在震人心房的江涛声而外，在这里简直可以说没有一样东西使人感到兴奋了。

野猫子先我起来，穿着青花布的短衣，大脚筒的黑绸裤，独自生着火，烧着开水，悠悠闲闲地坐在火旁边唱着：

江水呵，
慢慢流，
流呀流，
流到东边大海头。

我一面爬起来扣着衣纽，听着这样的歌声，越发感到岑寂了，便没精打采地问（其实自己也是知道的）：

"野猫子，他们哪里去了？"

"发财去了！"

接着又唱她的：

那儿呀，没有忧！
那儿呀，没有愁！

她见我不时朝昨夜小黑牛睡的地方瞭望，便打探似的说道：

"小黑牛昨夜可真叫得凶,大家都吵来睡不着。"

一面闪着她乌黑的狡猾的眼睛。

"我没听见。"

打算听她再捏造些什么话,便故意这样地回答。

她便继续说:

"一早就抬他去医伤去了!……他真是个该死的家伙,不是爸爸估着他,说着他,他还不去呢!"

她比着手势,很出色地形容着,好像真有那么一回事一样。

刚在火堆边坐着的我,简直感到愤怒了,便低下头去,用干枝拨着火冷冷地说:

"你的爸爸,太好了,太好了!……可惜我却不能多跟他老人家几天了。"

"你要走了吗?"她吃了一惊,随即生气地骂道,"你也想学小黑牛了!"

"也许……不过……"

我一面用干枝画着灰,一面犹豫地说。

"不过什么?不过!……爸爸说得好,懦弱的人,一辈子只有给人踏着过日子的。……伸起腰杆吧!抬起头吧!……羞不羞哪,像小黑牛那样子!"

"你的爸爸,说的话,是对的,做的事,却错了!"

"为什么?"

"你说为什么?……并且昨夜的事情,我通通看见了!"

我说着,冷冷的眼光浮了起来。看见她突然变了脸色,但又一下子恢复了原状,而且狡猾地说着:"嘿嘿,就是为了这才要走吗?你这不中用的!"

马上揭开开水罐子看,气冲冲地骂:

"还不开!还不开!"

蓦地像风一样卷到神殿后面去,一会儿,抱了一抱干柴出来。一面拨大火,一面柔和地说:

"害怕吗?要活下去,怕是不行的。昨夜的事,多着哩,久了就会见惯了的。……是吗?规规矩矩地跟我们吧……你这阿狗的爹,哈哈哈。"

她狂笑起来,随即抓着昨夜丢下了的木人儿,顽皮地命令我道:

"木头,抱,抱,他哭!"

我笑了起来,但却仍然去整理我的衣衫和书。

"真的要走么?来来来,到后面去!"

她的两条眉峰一竖,眼睛露出恶毒的光芒,看起来,却是又美丽又可怕的。

她比我矮一个头,身子虽是结实,但却总是小小的,一种好奇的冲动作弄着我,于是无意识地笑了一下,便尾着她到后面去了。

她从柴草中抓出一把雪亮的刀来,半张不理地递给我,斜瞬着狡猾的眼睛,命令道:

"试试看,你砍这棵树!"

我由她摆布,接着刀,照着面前的黄桷树,用力砍去,结果只砍了半寸多深。因为使刀的本事,我原是不行的。

"让我来!"

她突地活跃了起来,夺去了刀,做出一个侧面骑马的姿势,很结实地一挥,喳的一刀,便没入树身三四寸的光景,又毫不费力地拔了出来,依旧放在柴草里面,然后气昂昂地走来我的面前,两手叉在腰上,微微地噘起嘴巴,笑嘻嘻地嘲弄我:

"你怎么走得脱呢?……你怎么走得脱呢?"

于是,在这无人的山中,我给这位比我小块的野女子窘住了。正在打算这样地回答她:

"你的爸爸会让我走的!"

但她却忽然抽身跑开了,一面高声唱着,仿佛奏着凯旋一样。

 这儿呀,也没有忧,

 这儿呀,也没有愁。

 ……

我慢步走到江边去,无可奈何地徘徊着。

峰尖浸着粉红的朝阳。山半腰,抹着一两条淡淡的白雾。崖头苍翠的树丛,如同洗后一样的鲜绿。峡里面,到处都流溢着清新的晨光。江水仍旧发着吼声,但却没有夜来那样的怕人。清亮的波涛，碰在嶙峋的石上，溅起万朵灿然的银花，宛若江在笑着一样。谁能猜到这样美好的地方，曾经发生过夜来那样可怕的事情呢？

午后，在江流的澎湃中，迸裂出马铃子连击的声响，渐渐强大起来。野猫子和我都感到非常的诧异，赶快跑出去看。久无人行的索桥那面，从崖上转下来一小队人，正由桥上走了过来。为首的一个胖家伙，骑着马，十多个灰衣的小兵，尾在后面。还有两三个行李挑子，和一架坐着女人的滑竿。

"糟了！我们的对头呀！"

野猫子恐慌起来，我却故意喜欢地说道：

"那么，是我的救星了！"

野猫子恨恨地看了我一眼，把嘴唇紧紧地闭着，两只嘴角朝下一弯，傲然地说：

"我还怕么？……爸爸说的，我们原是在刀上过日子哪！迟早总有那么一天的。"

他们一行人来到庙前，便歇了下来。老爷和太太坐在石阶上，互相温存地问询着，勤务兵似的孩子，赶忙在挑子里面，找寻着温水瓶和毛巾。抬滑竿的夫子，满头都是汗，走下江边去喝江水。兵士们把枪横在地上，从耳上取下香烟缓缓地点燃，吸着。另一个班长似的灰衣汉子，军帽挂在脑后，毛巾缠在颈上，走到我们的面前。枪兜子抵在我的足边，眼睛盯着野猫子，盘问我们是做什么的，从什么地方来，到什么地方去。

野猫子咬着嘴唇,不作声。

我就从容地回答他,说我们是山那边的人,今天从丈母家回来,在此歇歇气的。同时催促野猫子说:

"我们走吧!——阿狗怕在家里哭哩!"

"是呀,我很担心的。……唉,我的足怪疼哩!"

野猫子做出焦眉愁眼的样子,一面就摸着她的足,叹气。

"那就再歇一会儿吧。"

我们便开始讲起山那边家中的牛马和鸡鸭,竭力做出一对庄稼人的应有的风度。

他们歇了一会儿,就忙着赶路走了。

野猫子欢喜得直是跳,抓着我喊:

"你怎么不叫他们抓我呢?怎么不呢?怎么不呢?"

她静下来叹一口气,说:

"我倒打算杀你哩;唉,我以为你是恨我们的。……我还想杀了你,好在他们面前显显本事。……先前,我还不曾单独杀过一个人哩。"

我静静地笑着说:

"那么,现在还可以杀哩。"

"不,我现在为什么要杀你呢?……"

"那么,规规矩矩地让我走吧!"

"不!你得让爸爸好好地教导一下子!……往后再吃几个人血馒头就好了!"

她坚决地吐出这话之后，就重又唱着她那常常在哼的歌曲，我的话，我的祈求，全不理睬了。

于是，我只好抑郁地等着黄昏的到来。

晚上，他们回来了，带着那么多的"财喜"，看情形，显然是完全胜利，而且不像昨天那样小干的了。老头子喝得泥醉，由鬼冬哥的背上放下，便呼呼地睡着。原来大家因为今天事事得手，就都在半路上的山家酒店里，喝过庆贺的酒了。

夜深都睡得很熟，神殿上交响着鼻息的鼾声。我却不能安睡下去，便在江流激湍中，思索着明天怎样对付老头子的话语，同时也打算趁此夜深人静，悄悄地离开此地。但一想到山中不熟悉的路径，和夜间出游的野物，便又只好等待天明了。

大约将近天明的时候，我才昏昏地沉入梦中。醒来时，已快近午，发现同伴们都已不见了，空空洞洞的破残神祠里，只我一人独自留着。江涛仍旧热心地打着崖石，不过比往天却显得单调些、寂寞些了。

我想着，这大概是我昨晚独自儿在这里过夜，做了一场荒诞不经的梦，今朝从梦中醒来，才有点感觉异样吧。

但看见躺在砖地上的灰堆，灰堆旁边的木人儿，与乎留在我书里的三块银圆时，烟霭也似的遐思和怅惘，便在我岑寂的心上缕缕地升起来了。

一九三三年冬，上海

# 黄昏

/// 艾芜

魏婆子偏着头，假装不高兴的样子说：

"人家还出不起钱么？我就亲眼看见的，太太顿饭工夫，就输了五十几块大洋，连气都没有叹一口。那个做厨子的徐老三，呵哟，才算天字第一号运气哩，见天上街买菜，总有三两块好落。你想嘛，——票子一叠交你，由你去使用，你不吃钱朝哪里去嘛。这样的人家，说到根根底底，你打灯笼都找不着。只是太太先交代过我，管他什么小户人家，但要长得周周正正就好。人来客到，总要拿得烟，倒得茶，别要叫人看得不顺眼。你想嘛，人还没有看个一清二白，我怎么能够咬定价钱呢？银子钱，花了，小事情，别让太太当面咒我，骂我老瞎婆！本来哩，说倒说是常常看见，却一向都是远远的，看三不着四。我得拉到眼前面，耳朵、鼻子、眼睛、手指、牙齿，都得过刁过打，看个仔细。你晓得，这副担子不好担待的,人家提起也不好听,说我魏老婆子,跟人选养女,千不选,万不选,才选一个连老鸦都吓得起走!"

徐二嫂带着冷淡的神情说:

"好了,好了,不要说那么多,我叫回来看就是!我们的阿菊,难道还怕哪个选么?俗话说得好,真金不怕火来烧。你默倒穷小人家,仔仔女女,都像草里冬瓜,由他草里长么?也是一泡屎一泡尿,当过心哩。"

她说完,就走出茅屋外去,用着嘶哑的声音,大声地喊:

"阿菊——"

喊了两三声不见回答,就爬到坟顶上去,骂了起来:

"阿菊——你死到哪里去了!"

魏婆子把刚才倒跟她的茶端来喝,冷了又是馊的,呷了一口,便吐在地上。地上撒着鸡屎,也没扫去。鸡笼上搭着烂衣裳。水桶边淌着脏水。成群的苍蝇,就在这些邋遢东西上面,飞了起来,又息了上去;息了上去,又飞了起来,总之其是在不息地玩耍游戏。魏婆子虽是小户人家出身,但却凭了她的职业和嘴巴,常常在公馆里面进进出出的,已经和干净阔绰弄习惯了,在这屋里实在是坐不下,看不上眼。何况苍蝇子些,又不断地来照顾她,把她的胖脸当成一座新开的游戏场。要不是为了讲这笔生意,真乡里人说的,尿都不朝这个方向屙!

魏婆子便走了出去,门外立着几排向日葵,都向西勾着头,光景还没大成熟,南瓜则只剩了架子,零零落落,吊些枯叶。茄子已扯掉了秆子,整排地倒放地上,只消再晒一天,就可以送进灶里当柴烧。一眼就看透了,地头已没什么出息,那么,价钱上勒一勒,生意也不会不弄成的。于是,魏婆子走到徐二嫂身边的时候,便已打定了主意:该得五十元的,就只给她三十元。你不答允吗?除非你娘儿母子,另外去跟个汉子!她老太婆做起事来,就这么狠!

徐二嫂站在坟顶上,看见东边田地里,有两个小人的影子,在向这边走来,料定是阿菊和阿香两个女儿,便不再喊了。只是心里盘算:没有八十块钱就不行!好容易养大十三四岁的孩子啰,又不是牛屁股里一下子屙出来的!

魏婆子站在坟下边,看见周围一些土包子跟一片稍微发黄的茅草,全掩映在淡黄无力的落日光中,不免显得异常荒凉,心想这个女人比不得徐二哥在时,敢在这里长住下去,有朝一日,也定会货物一样落在自己手里,发卖到市场上去的。同时仿佛要谈点话来赶开寂寞似的,便信口问道:

"徐二哥也是葬在这边的吧?"

"还葬个鬼?连尸都没有了,通身通体,都拿跟日本鬼子飞机炸得粉粉碎碎的。"

徐二嫂提到这件悲惨事情,便照往日一般,总是气愤愤地回答,但这次心里却禁不住一酸:要是不遭这场横祸,谁肯忍心丢自己的仔仔女女。这时候,至少也有好些地方,翻过土,种上大蒜,长起绿油油的白菜和萝卜秧了。

魏婆子想进一步打听她家里的景况，好在价钱方面，放心勒一勒她，就说：

"听说那一次徐二哥跟公司挑砖瓦，公司不是贴你娘儿母子一点么？"

徐二嫂更加气愤了：

"贴他个鬼！羊肉没吃着，倒惹一身膻。人家都默倒我搞到点烧埋银子，魏大娘，好叫你老人家得知，哪个见他公司一张角票，都要全家眼睛瞎！不是我赌这么大的咒，说起来，好使人伤心！我带起仔仔女女去求情，起初还见你，说他公司也为难，炸掉不少东西，随后简直不准你进门，像叫花子一样地把你赶开！我赌下咒，我宁愿卖儿卖女，也不再去求爹爹告奶奶了。"

魏婆子竭力遮掩着满足的神情，做出非常怜悯的样子说：

"他们有钱人也是！争差这一点点，随便少进一两回馆子嘛，也够你们娘儿母子吃半年六月了。咳，这世道！"

接连叹几口气，表示她的不平。但心里却盘算道：

"该得五十元的，那看来出二十元都成。"

徐二嫂听见旁人都在替她叹气，也不禁深深感慨起来，但语句间还带着愤激：

"这世道，银子钱，算得什么，俗话说得好，坐吃山崩，再多些，也还不是要用完！积不积德，那全在乎他们！千难万难，就不该炸掉我这个人！你想嘛，只要留得青山在——唉！"

徐二嫂说到这里，眼泪几乎要流出来了，但她是个好强的女人,不愿在人前显露自己的软弱,便使劲地忍着。

魏婆子生怕她连这笔生意都不做了,就连忙提醒她说:

"银子钱上面你又不能那样讲喃,有时候为了眼屎大一笔数,都会逼得人、狗跳河哩,世间哪有银子钱放在手上松动的好。好比你要养猪,你就不要本钱买么?你挖地的锄头,难道是铁匠师傅送的不成?于今的世道,哪一样离得钱?银子钱算得什么,这句话,你我还不配说,我告诉你,公馆里那些太太们,她们都不敢这样说,她们还要把钱拿来囤货哩!要是我蹚着你这样的事情,我不跟他公哪私哪,吵个大翻身?你呀,你就是吃你太老实的亏了,钱摆在鼻子跟前,都不晓得要!"

徐二嫂却没有听见魏婆子尾后的话,她只向她走来的两个女孩子那里走去。她并不是去抱那个走疲倦了的阿香,她是欢喜地去接阿菊手上提的那篮落花生。——这是人家挖过花生的地上,阿菊再去翻二道泥土,一个一个捡得的。阿菊看见妈那样高兴地来接,便更加得意起来,一边做出大人似的风度,埋怨地说:

"妈,就是阿香讨厌鬼,她吵着要回来,地里还有好多,都让阿金小鬼一个人捡去了。——哭稀宝,明天我再不带哪个去!她不晓得捡,她只晓得拿着吃。"

徐二嫂看着篮里的花生,已经非常满意了,但听阿菊那么说,还有好些丢跟别人捡去,便也觉得未免十分可惜,就恐吓阿香说:

"你这讨厌鬼!大家都讨厌你,只有把你卖去的好!"

阿香只有四岁大,姐姐埋怨她的时候,她只是低着头,嘟起嘴,拿手扯衣裳纽子。听见妈妈这样说的时候,她就哭了起来。因为她懂得卖她是一件可怕的事情,平常妈妈发气的时候,便是拿这样的话来吓她。

魏婆子作好作歹地,笑着打趣她:

"哪个要你这个拖鼻涕的小娃娃!就是你妈舍得卖,也没人肯要哪,你妈哄你的,你就哭得那样子!"

一面说,一面拿眼睛仔仔细细地瞧阿菊。不知是阿菊走得太热了,还是西面霞光的反照,她那一向晒黑的两边脸子,这时显现出两片野玫瑰似的血色。魏婆子摸摸阿菊的头发,又拉一拉阿菊的手,向徐二嫂递一下眼色,一面点一点头。

徐二嫂做出不理会的样子,一本正经地说:

"魏伯娘,你倒是把小的一个,给我领去的好!淘气得很!"

阿菊平素认得魏婆子的,只是对她一下子这么亲热,却是从来都没有过,心里也不免觉得奇异。看看魏婆子,又看看妈妈,听见妈妈这样说,就问:

"妈,领阿香到哪里去?"

魏婆子忙插嘴说:

"领到城里去做客,去瞧热闹呀,有唱戏的,有卖面的,样样都有,你去不去,我带你去看戏吃东西,好不好?"

阿菊一向就想到城里去的,这时现出神往而又迷惑的神情,向魏婆子说:

"你哄我的,你哪肯带我去?"

"只要你妈妈舍得,我哪不肯带你哩!"

魏婆子这么回答之后,就又向徐二嫂打趣道:

"小鸟儿快要飞开窝了,你老鸟子打算怎样呢?"

徐二嫂却带着思索的神情,十分郑重地说:

"我吗,你老人家晓得的,我如今孤孤单单地在这里,不单要钱,也要人手帮忙。大的,那不可以——你领小的一个去,当然价钱,我让你些。"

魏婆子睁大眼睛问:

"我的好嫂子,你到底是说真话,还是说来好玩的?"

徐二嫂一面提着花生朝前走,一面昂一昂头说:

"我哪里说来好玩的?你老人家看嘛,这里哪里少得下这个大的。不说我赶墟去了,要她看屋,照管两个孩子,就是叫她地里走走,也还能摘摘苦菜,捡点花生什么的。老实一句话,我要留大的!——好,你背她一下。"

收尾一句话,是她回头去向阿菊说的。阿菊正掉在后面,替哭稀流流的阿香,拭去眼泪鼻涕。

魏婆子瘪一瘪嘴,责备地说:

"你也不是三两岁的小娃子哪!怎么门内是一样话,门外又是一样话!"

徐二嫂转过身来,现出求饶似的神情说:

"伯娘,请你老人家莫要见怪!我哪里不想多搞点钱,只是钱一到手就完了,大哩留着,她还有生发哪,好比这一篮花生,你去买嘛，不要你一两块大洋？小哩虽说少卖点，她领去了，也少淘神咄。阿香她现在就顶磨人了！"

魏婆子露出鄙夷的神情，讥笑地说：

"你真想得好！你就没有想想，你都不想要的，人家还要么？除非哪个大善人做好事，替你带回去养一养。"

徐二嫂走向屋里去，一面恳求地说：

"我还不晓得？当然人家愿意要大的，一领回去，就可以做许多事情。只是我求你老人家格外帮忙，好比做一回把好事。把小的一个领去，钱少一点都不要紧！"

"你还想卖钱哩！"

魏婆子立即抵塞她这么一句，就不再讲了，只默默地跟在后面。走进了草屋，才又突然问徐二嫂：

"怎么的？你还想老蹲在这里么？"

徐二嫂放下花生篮子，反身过来，现出奇怪的脸色，大声地说：

"不蹲在这里做什么呢？儿小女小的，又不能脱身出去帮人，出去做叫花子么？"

魏婆子便现出微妙的神情，微笑着说：

"难道你不要一个帮手吗？"

徐二嫂看看魏婆子的脸色，懂得她话里的意思了，便面容十分庄重地说：

"再嫁那回事，不要提了，我倒不是要守哪一个。我们穷人也讲不起这些礼节的。只是我当家人死得太苦了，仔仔女女，总得要跟他盘大。"

魏婆子拉根板凳坐在门口,不禁笑了起来,讥刺地说:

"你既是起有这样的念头,又为什么叫我来呢?"

徐二嫂坐在一堆柴上,脸色凄惨,带着悲愤的声音说:

"伯娘,不瞒你老人家说,如今真是逼得人狗急跳墙哪!"跟着就一迭连声地叹气。

魏婆子看出这笔生意,还有机会可做,心里就又高兴起来,但面上却仍尽力打起皱纹,表示十分同情地说:

"是倒是啰,如今米粮涨得好贵,才不到十天一斗米就涨了一两元!哪个轻容易养得起几口人?"

徐二嫂勾着头,冷阴阴地笑着说:

"米,我怕它贵到天上去喃!我们一家子早就同它不相干了。这两个月来,不怕你老人家笑话,我们一家子,就全靠地里出的南瓜饱肚皮!"

魏婆子就嗔怪似的说:

"那你还有什么事情去急呢?只要肚皮能够塞得饱饱的!"

徐二嫂忍不住愤激地说:

"说到这里,我又不能不怪他死鬼爸爸了,拉了一屁股两肋巴的账,这时人家欺我们娘儿母子还不起,便点着鼻子哩来讨!"

魏婆子在讥笑口气中,又带着几分责备地说:

"看你个子人,还聪明咁!账嘛,有钱就还,没有钱,他拖你去杀头么?"

徐二嫂忧伤地说：

"别的人我还怕他！偏偏汤着这家子，你不还他，他就不要你种他的地哪。说起来，恨心的事，还不在这里，早两年，他就打我阿菊的主意，地租不来收，还借本钱给我当家人，喂猪养羊子。"

魏婆子好像发觉一桩奇事一样，笑着叫了起来：

"你真蠢呀！丢着这样的女婿，你不要，你还要什么人？你还要等皇帝老官儿来选进宫去？"

徐二嫂也禁不住气愤愤地嚷道：

"要是明搭明讨去做三房四房的小，我都忍得下这口气！他就是把你黄花女儿不当人，做几年养女，就不要了！"

魏婆子摇着头，叹气地说：

"胡子都拖到溏鸡屎了，还造这些孽做什么嘛！"

徐二嫂拿手拍着柴说：

"我昨天气急了，我就当他面骂起来，我宁愿把我女儿卖得天远地远的，也不甘心眼睁睁看着你来糟蹋！"

魏婆子立刻现出赏识的样子，拍着手说：

"你主意打得满对！像你这样有见识的人，不说我偏你，周围团转还找不出一个来！"

最小的男孩子，在床上醒来了，抬起头便首先带着哭兮兮的声音喊妈。

徐二嫂就赶忙应着去抱他，同时声音也立即变成柔和的了：

"乖乖,妈妈在屋里,妈妈没有出去!"

把孩子弄起来之后,就抱着他屙尿。阿菊牵着阿香,慢慢走回来了。饱受委屈的阿香,眼泪还没有干掉,她跟往天一样,必得要由骂她的妈妈,安慰她几句,才能欢喜起来。她走到妈妈身边,望着妈,嘴一瘪一瘪的,仿佛又要哭出声来。

魏婆子就打趣她说:

"这个小姑娘,才养得娇喃!这半天了,还在哭!"

徐二嫂就分辩地说:

"这小鬼,别的都不怕,你说要卖她,她就难过了。——站开点,看弟弟尿屙在你身上——好,不卖你好了,自己拿袖子把眼泪揩揩!——快屙呀,弟弟不乖,我把弟弟卖了算了!"

阿香已把袖子拉起来了,又放了下去,依旧哭兮兮地说:

"不卖,弟弟!"

"看嘛,小鬼,尿屙在你裤子上了!"

妈妈恼怒地骂她。她一面站开,一面仍然哭声哭气地说:

"不卖,弟弟!"

妈妈就大声地说:

"不卖,不卖,妈妈带你们讨口,都不卖你们好了!"

阿菊已走到屋角上,烧起锅来了,野草杂柴的气味弥漫了一屋子。

魏婆子揉一揉烟子燎着的眼睛,一面站了起来说:

"天不早了,我回去了!"

但不立即走，还想徐二嫂最后说点什么话。但徐二嫂只是抱起孩子边送边说：

"难为伯娘空走一场，晚饭没吃的，吃点落花生再去！"

魏婆子见没什么话了，就动身走了起来，一面说：

"还要吃花生哩，三更半夜怕不跌断脚杆！"

走到坟地那边，又回头说道：

"有什么事要我帮忙，你还是叫阿方嫂嫂搭个话跟我好了，我有空，我就来！"

徐二嫂站在门前南瓜架子底下，把枯叶上的打屁虫，顺手捉来丢跟鸡吃，一面就用充满热忱的声音，大声地回答：

"谢谢你老人家的好意，有空就请来玩好了！"

一九四一年，桂林

# 饥饿的郭素娥

/// 路翎

一

在铁工房的平坦的屋脊上,白汽从蒸汽锤机的上了锈的白铁管里猛烈地发着尖锐的断声喷出来:夜快深的时候一切都寂静了,只有那大铁锤的急速而沉重的敲击声传得很远。深秋的月亮在山洼里沉静地照耀着。

和铁工房并列的较大的一座同样长方形的灰屋子是机器房;它的工作已经停止,车床和钻眼机在被昏暗的灯光所照耀的油污的烟雾里沉闷地蹲伏着,闪着因烟雾的凝聚和滚动而稍稍浮幻的严冷的光辉。刚刚下九点钟的晚班。年轻力壮而且也愿意竭力忘去灰暗的生活,在这样清爽的夜晚寻一些准备带给沉重的睡眠的肉体的愉快的机器工人,这时候散在两列屋子之间的广场上,以坚毅而轻松的姿势打着太极拳,一面在嘴里轻微地吹啸,交换着温和的咒骂和友谊的粗野的玩笑。张振山从机器房里走出来了。他对散在广场上的人的娱乐显得漠不关心,仅仅以一种望向河流的暧昧的彼岸似的眼光瞥了一下最前面一个人的努力张着大嘴的圆脸。他的宽肩的笨重的躯体,在正前面的机电房窗楣上的灯光的映照下,移动得异常迅速,而且带着一些隐秘意味。有一个瘦小的身体从房屋的平整而稀薄的暗影里弯着腰跃上两步,截住他,用羡嫉的恶意的小声喊:"张振山,又去了!"

张振山像碰在墙壁上一般突然停住脚,狠毒地嗅着鼻子,瞪了这瘦小的人形一眼。但在跃上一个小土丘之后,他又因为某种想头而回过头来,用那种像从空木桶里发出来的深沉的抑制的大声回答:"小狗种!杨福成,我明天请你喝一杯!"

被叫作杨福成的干瘦的汉子发出了一声兴奋而又惶惑的大笑。但当他困恼于不能从一瞬间突然交迸的各种情绪里,反射出一句对对方讲是十分恰当的话的时候,张振山已经越过土丘,钻到一丛矮棚里去了。他酸酸地吐了一口口水,屈辱似的烦恼地搔着肮脏的厚发,以后就在破工服上擦擦手,把手摊开,神经质地做了一个表示空无所有的姿势。连打拳的兴致都没有了,他叹了一口气,独自走到工人澡堂一侧的小酒摊面前,一面用手在荷包里摸索……

现在,铁工房的打铁的声音和蒸汽的咝声也静止了。张振山顺着峭陡的小路爬上山巅,经过矿洞的风眼厂,弯到一个丛生着杂木的山坳里去。在一座破旧的瓦屋背后,他寻着了猪栏旁边的他已经很熟悉的一块长石头,坐下来,开始抽烟,等待着十点钟的上夜工的汽笛。

在隔着一个圆顶的土峰的右边山脚下,是闪耀着灯火的环节的卸煤台,是筋疲力尽的劳动世界——是张振山的生命里的最富裕的一部分;而在他所面对着的左边遥远的山脚下,那些宁静地映着月光的水田,那些以虔诚的额对着天空的小山峦,那些充满芬芳的暗影的幽谷,却使他皱起嘴唇,感到陌生的恬适、焦灼和嫉妒。他用这样的姿势坐在这里现在是第六次了;在十点钟的汽笛拉了以后,像一匹野兽一般扑到面前这瓦屋里去,现在是第五次了。

……刘寿春,那个患着气管炎的鸦片鬼在门前的土坪上谁也听不清楚地咒骂了几句之后,就摸索着通到风眼厂的小路,下到矿区里去。送着他的,是他的女人郭素娥从屋子里发出来的一声怨毒而疲乏的叹息。张振山推开了门,把结实的身躯显现在微弱的灯光里。

"我来了。"走到桌边,他耸一耸肩膀,露出一个坚定的微笑,说。

郭素娥睁大修长的疲倦的眼睛望着他,仿佛他是一个陌生人似的。但是当她掷一掷头发,把手下意识地抬到脸上去时,这眼睛里就一瞬间被一种苦闷而又欢乐的强烈的火焰所燃亮。她迅速地站起来,走到门边,扯起敞开一半的上衣的里幅擤鼻涕,然后又用手揩掉，一面向门外探望着。

张振山露出洁白的大牙齿，以仿佛蒙着烟火的眼睛贪婪地瞧着女人的露出在衣幅里的，褐色的大而坚实的乳房。

"他下去了。"扶着门，郭素娥嘶哑地说，然后俯下头。在乱发的云里，她的脸突然欢乐地灼红了。

张振山在小屋子里笨重地蹒跚着。在关上门的时候，他抓住了扶在门边上的女人的发烫的手，猛然地掷了一下，然后又把她的整个的躯体拉拢来。

"怎么办呢？"郭素娥战栗地问。

"就这样办！"

在这粗野的回答之后的一秒钟，屋子里的仅有一根灯草的油灯就被张振山的大手所扑熄。灰白的阴影在战栗，郭素娥发出了一声梦幻似的狂乱而稍稍带着恐惧的呜咽。

郭素娥是陕南人。父亲顽固而贪心，因此也极能劳作。他用各种方法获取财物，扩充他的薄瘠的砂地，但一次持续的可怕的饥馑，终于把他们从自己的土地上驱逐了出来。就在郭素娥以后住的这山丛里，他们又遭遇了匪。父亲因为拼命保护自己的几件金饰，便不再顾及女儿，向山谷里逃去，以后便不知下落了。郭素娥，在那时候是强悍而又美丽的农家姑娘。她逃避了伤害，独自凄苦地向东南漂流。但她绕不出这丛山，在山里惊惶地兜了好几天之后，她才发觉自己还是差不多在原来的地方。她饥饿，用流血的手指挖掘观音泥，而就在观音泥的小土窟旁边，她绝望地昏倒了。……两天后，她被一个中年的男子所收留，成了他的捡来的女人。

刘寿春比她大二十四岁，而且厉害地抽着鸦片。在那时候，他是还有一份颇有希望的田地的。他是还能够抢到一些苞谷，足以应付饥荒，在乡人们面前夸耀的，但五年之后，便一切全精光了。郭素娥现在远离了故乡和亲人，堕在深渊里了；她明白了她自己的欲望，明白了她的平凡的生活的险恶了。

四年前，工厂在原来的土窑区里，在山下面建立了起来，周围乡村的生活逐渐发生了缓慢的波动，而使这波动聚成一个大浪的，是战争的骚扰。厌倦于饥馑和观音泥的农村少年们，过别一样的生活的机会多起来了。厌倦于鸦片鬼的郭素娥，也带着最热切的最痛苦的注意，凝视着山下的嚣张的矿区，凝视着人们向它走去，在它那里进行战争的城市所在的远方走去。

她开始不理会丈夫，让他去到处骗钱抽烟，自己在厂区里摆起香烟摊子来。她是有着渺茫而狂妄的目的，而且对于这目的敢于大胆而坚强地向自己承认的——在香烟摊子后面坐着的时候，她的脸焦灼地烧红，她的修长的青色眼睛带着一种赤裸裸的欲望与期许，是淫荡的。终于，那些她所渴望的机器工人里面的最出色的一个，张振山，走进她的世界里面来了。这是非常简单的：在探知了她的丈夫是一个衰老的鸦片鬼时，他便介绍他到矿里来做夜工；就在鸦片鬼来上工的第一个夜里，他在山巅的小屋子里出现了。当然，女人没有拒绝。

现在，郭素娥热切地把她的鼻子埋在这男人的强壮的、濡着汗液的胸膛里，狂嗅着从男人的胳肢窝里喷出来的酸辣而闷苦的热气。她的赤裸的腿蜷曲地在对方的多毛的腿边，抽搐着；她的心房一瞬间沉在一种半睡眠的梦幻的安宁里，一瞬间又狂热地搏动，使她的身体颤抖，仿佛她只有在这一瞬间才得到生活，仿佛她的生活以前是没有想到会被激发的黑暗的昏睡，以后则是不可避免的破裂与熄灭似的。

"到冬天……我们就不能了；冬天……"她的嘴唇在张振山的胸肌上滑动，送出迷荡的热气，"冬天老鸦片鬼总生病，不会上班……要是给人家知道了，好在……"她的手狂迷地抓住了张振山的肩头，"你带我……走吧。……"

张振山笨重地转了一下身体，用大手攫住郭素娥的乳房，随后，便像马一般地喷出鼻息，喃喃地用深而阔的声音说："我不想想这些。冬天，有冬天的法子。"

他激烈但是短促地笑了一声，眼睛里泛起青绿色的光，从鼻尖上望着郭素娥。

"我没有办法了。"郭素娥失望地说，声音是沉闷的；而且像堕失到泥土里去似的，这声音在最后突然停止。"你是个怎样的人呢？"沉默了一下之后，她突然提高了她的枯燥的嗓音，问。接着便稍稍地坐起来，摸索着衣服。

"不要穿，呸，羞吗？"张振山带着温和的讥刺说，一面向地上吐着口水。

"你,你,哼,你!"女人敲着多肉的手,"你,我想过,也是一个无赖的恶人!我是婊子吗?"她把衣服蒙住脸,最后一句话是从衣服里窒闷地说出来的。

张振山扯去了她的衣服,用臂肘撑着上身。

"我问你。我这个人也有些好的地方吗?"在黑暗里,他严厉地皱起眉头。

郭素娥不解地怨恨地望着他。

"我晓得?"接着她说,"我问这些干啥子?……你懂得我还想什么?我蹲在这里八九年了;小时候,做梦都不知道有这条山,有你们这些人哩。一辈子可以没闲话地过完……现在呀,啥子都没有了。"她的手在黑暗中抓扑;她的干燥的声音摇曳着,逐渐渗进了一种梦幻的调子,"我时常想一个人逃走哟,到城里去。到城里,死了也干净,算了。……哦,我不想再回家啦!没有亲人!……"她突然昂起头,破裂地叫了出来,但立刻,她的尖厉的声音又变成了柔软而急促的耳语,"你,你也是个无聊的人……"

张振山弯过硬手去搔着背脊,烦躁地沉默着皱起眼睛从侧面望着激动的郭素娥,望着她的在灰绿的微光里急遽颤动着的,赤裸的胸,她的在空中恼恨地像要撕碎阻碍着她的幸福的东西似的,激烈地抓扑着的白色的手,和她的埋在暗影里,漾着潮湿的光波的眼睛。……他狡猾而讥刺地望着,一面用手指拧着光滑的唇皮。但是当他把手伸向女人的胸膛去的时候,他就恼怒起来,半途掣回手,握成一个威胁的拳头。他为什么要屈服在这小屋子里呢?

他为什么要让一个女人批评他,并且告诉他,他应该怎样做,贬抑他的性格的恶毒的光辉呢?

"呀呀,你不晓得。"他冷淡地说,装出一种疲乏的样子吐着痰,"穿上你的裤子吧。"

"你是哪里人?"郭素娥突然问。

"问家谱吗?江苏。"他重重地跃下床来。

"你现在好多钱一个月?"

"没有打听过吗?"摩擦了一下手掌之后他又问,用一种粗暴的声调,"你要钱吗?"

"我——要!"郭素娥同样粗暴地,怨恨地回答。

张振山惊愕地耸了一耸肩膀。他没有想到他会遭到这样的敌手,他没有想到郭素娥会有这样的相貌的。当郭素娥向他叙说她的热望的时候,他避开她的真切,认为只要是一个女人,总会这么说;但是当她怨恨地,以一种包含着权威的赤裸裸的声调说出"我——要"来的时候,他却惊讶,以为除了婊子以外,一个女人是绝不会这么说的了。而郭素娥,能够坦白地怨恨和希冀,能够赤裸裸地使用权威,绝不是妓女,是明明白白的事。

他现在仿佛又听见了她的热烈的叙说,而且仿佛他自己施放的烟幕已经被疾风吹散,再要认为一个女人总会对她所要求的男人这么说,是不可能的了。他在肩上偏着硕大的头,从暧昧的光线里向披着衣服的郭素娥凝望着。一瞬间,在他的内部的某个遥远的角落里,有一种他所陌生的东西震动了一下。他甩着肩上的衣服，垂下手来，缓缓地从齿缝里叹了一口气。

"我的钱花到下一个月去了。这是一种很乐意的过活呀！"他这一次把他的讽刺的毒芒对着自己，"喝一杯，请客，赌局……不过我们本来就不多。……那些婊子操的老板才多呢。……"他本来想接着说："你找一个老板吧！"但是这句话从他的干裂的唇间化成一个激烈的吹啸曳到空中去了。

他带着一种有些滑稽的亲切走向郭素娥，搂抱了她。

"你很不错呢。"他嘶哑地说，摸索着她的身体。

郭素娥打了一个寒战，挣脱他，扣紧了衣服，向门边走去。在打开了的门框中间，深夜的凉风将清丽的月光吹在女人的灼热的肉体上。张振山挨着女人的肩走出了屋子。站在土坪中间，向远远的山坡上的萦绕着雾霭的肃穆的松林凝视着。但是当他恼怒地触着了裤袋里的两张纸币，转回身子来，准备把它交给女人的时候，屋门已经关上了。

他在门上狠狠地捶了一拳。

"你还不走！人家听见了！"在门缝里探出头来的女人小声说，但是在她的声音里含有一种不可解的希望，和一种不可思议的对自己的话的否认；她的声调使人家暧昧地觉得，当她这么说的时候，她只是表明与她的话句完全相反的意思而已。

"拿去吧。"张振山在奇异地望了她一眼之后，把二十块钱递了过去。一分钟之后，他的庞大的强壮的身影隐没在隔开这小屋与矿洞的风眼厂的，孤独地长着两株小杉树的山坡后面了。郭素娥苦痛地叹了一口气,关上了屋门。

当她在窗洞前借着灰绿色的月光窥看着两张纸币的时候,她牙齿在嘴唇间露出,激烈地磕响了起来。

"你说,这两张纸是啥意思呀!"把纸币捏在发汗的手掌里,她望着窗洞外的晶莹的天空,发出了她的沉默的狂叫。

## 二

张振山,有着一副紫褐色的、在紧张的颊肉上散布着几大粒红色酒刺的宽阔的脸,它的轮廓是粗笨而且呆板的,但这粗笨与呆板在加上了一只上端尖削的大鼻翼的鼻子,和一对深灰色的明亮而又阴暗的眼睛之后,就变成了刚愎和狞猛。有时候他的薄而锋利的嘴唇微张,露出洁白的大门牙,眼光变得更鲜明地灰暗,流露出一种狡猾、顽劣、嘲弄的微笑,像一个恶作剧的天才似的,但另一个时候,这些狡猾和顽劣都突然隐去,他的嘴唇严刻地紧闭,鼻子弯曲,他的更主要的特性:恶毒的藐视,严冷的憎恨就在他的收缩起来的脸上以一种冷然的钢灰色照耀着,使得人家难以忍受了。

这是一个以武汉的卖报童开始,从五岁起就在中国的剧变着的大城市里浪荡的人。他自己也记不清楚他的穷苦的双亲是怎样死去,他是怎样变成一个乖戾的流浪儿的;他更不能记清楚在整个的少年时期他曾经干过多少种职业,遭遇过多少险恶的事。记忆的黯淡的微光所能照耀得到的那个时候,他已经阅历过短兵相接的战争，刑场，狂暴的火灾，做过小侦探，挨过毒打和监禁，成为一个虎视眈眈，充满着盲目的兽欲和复仇的决心的少年了。一九二九年，当他十三岁的时候，他和一群年轻的工人、农民从湖南逃了出来，以后，在夏天里，他目睹着曾经和他穿着同样的军服的，这些年长的伙伴死去了。在酷热的夜里，当空场上所有的人全散去之后，他狗一般地匍匐着他的强壮的小躯体，爬近尸首，在他们身上摸索，喊他们每个人的名字，喃喃地咬着牙齿说："我明天就回湖南去……"

但他并没有去成。没有多久，他走进了一家机器工厂，成为一个学徒了。他之所以能够挨了多少年，没有逃开那个乌烟瘴气的工厂，是因为那里有好几个他的患难的伙伴，他从他们那里学会了认字，得到了使他能够认为满足的各种知识，而生活知识的增长使他逐渐地懂得了克制自己，学习一种技术的必要，使他懂得了用怎样的一种眼光来回顾火辣的过去，和应该带着怎样的一种精神倾向来使自己生长。

但这里还有一着重要的棋。五年后，伙伴逐渐走散，他也离开了。毒恶的倾向在他身上原来就那样地猛烈，一回到浪荡的生活里来，一失去了劳动的强有力的支撑和抗争的主要目标，就变得更加难以管束了。离开工厂是因为认为自己已经羽毛丰满，不应该再低下地受损害，主要的是因为一个伙伴的不幸的遭遇，因此，是带着极大的仇恨心的。这仇恨像疮疖里的脓一样需要破裂地，疼痛地流泻；他杀死了一个追踪他的伙伴的便衣打手。

这是在黑夜的江边用尖刀干的。发烫的血溅满了他的脸。而整个一夜，一直到灰色的严厉的黎明，他遥望着睡眠的城市的闪烁的灯光，在郊外漂泊。他杀了人了！这是一种最无知的、最疯狂的杀！但是怎样呢？他没有胜利。

城市在安详地昏堕地睡眠，带着它的淫荡的凶残。它不可动摇地在江岸蹲伏着。对于它，年轻的张振山，是显得如何地渺小！他能够移动它的一根脚趾吗？

以后，他带着要过一种强烈的公众生活的愿望到上海去了。但他不能满足；因为这，他就更渴望于获得知识，更渴望于自己的凶狠恶毒。而这也就在内心里生成了一种疑虑，一种生怕会贬抑自己的个性的芒刺的疑虑——这便是他在对日本的战争一开始，为什么不循着他少年时代的路，到战争里去，到另一个地方去，而终于到四川来，在这个工厂里暂时蹲下去的原因。

他在工人里面，因为他的能力，因为曾经是他的师叔的总管器重他，有着优越的地位。无疑地，他是酷爱这种地位的；但他把他的酷爱认为是一种可恶的弱点，所以假如有人像对待工头样来对待他，奉承他时，他就会变得极乖戾。对待这个人，最适宜的莫过于偶然地安排一个充满着友情的真挚和深的粗暴的玩笑。处在这种温暖的气氛里，他便会短促地显露出他的已经被埋葬的另一面，就像他在这世界上也需要一个家，也有领略家庭的爱情的温和的心似的，他安详地眨着变黑的晶莹的眼睛，浮上稀有的天真的微笑，从荷包里摸出最末一块钱。

对于饥饿的郭素娥,他是带着他的全部的狠毒走近的;对于女人的运命,在起初,他是漠不关心的。他没有要知道这个女人在想些什么的愿望,更没有要和这个女人维持较长久的关系的愿望。但在今天,在这个骚乱的夜里,女人显露了自己,而且强有力地使他承认这显露的真诚,使他承认,不管两个人的生活境遇怎样不同,她是他的值得同情的敌手。

当他的强壮的厚肩上萦绕着从发号房的窗洞口飘来的烟条一样的灯光,向坡路下面慢慢地踱走的时候,这个印象突然鲜明地强烈了起来。他猛烈地吸着烟,在烟雾的灰蓝色的旋涡里,用一种愤怒的力把披在额上的一簇头发掷到脑后去;在突出的额下,他的眼睛严厉地皱起。

"这倒是一个女人!他妈的×!"

三个矿工摇着绿莹莹的矿灯迎着他走来。他们疲乏地寒冷地佝偻,用一种卷舌头的声音微弱地说话。纸烟在嘴唇上昂奋地燃烧着,从他们的污黑的肩上向后面飘着一条长长的朦胧的烟带……当他们越过张振山,渺小地被吞没在卸煤台后面的时候,煤场上和下面的坡路上就呈现出深夜的寂寞,除了由矿洞口传来的煤车的隆隆的单调的震响以外,再没有别的声音,而且再见不到一个生灵了。远处,在山峡的正中,从静静地躺在月光下的密集的厂房里,机电厂的窗玻璃独自骄傲地辉耀着;更远处,在对面的约莫相距电机房一里路的山坡上下,则闪耀着星一般的灯火:坡上的工人宿舍,坡下的办事处,米库,洗衣坊,矿警队营房,都在用它们的微盹的窗户窥视着月光照耀着淡绿色的雾的潮湿的氤氲的山野,和月亮在白色而透明的云的湖沼里浮泛,星星在薄纱似的云片里碎金子似的闪烁着的高空。

张振山在给矿工让路,停在石堆旁眺望了一下整个的厂区之后,又开始沉思似的向前走。他走得笨重而缓慢,香烟在他的嘴唇上和手指间不停地燃烧着,现在已到了第三支了。在跨越铁路之前,他停在一个土堆上,伸开手臂,长长地嘘了一口气。

从女人那里带来的印象现在淡薄下去,或者正确点说,沉落下去了。这主要是因为,在深夜的独步里,他获得了一种坚强而严冷的情感。从这种情感,他感到自己正在胜利地凶暴地扩张了开来,没有丝毫的畏惧和惶感,把整个的矿厂握在毒辣的掌中。

"我不蠢!我们有多少人!"他在索索的寒风里张开了他的大手掌。

但在越过铁路,向机电工人的宿舍走去的时候,他就沉在另一样的心情里去了。

"我这个人也有些好的地方吗?——这样问她,糊涂!"他站住,擦燃火柴开始点第四支香烟,然后把揉皱的纸盒摔去,"她说得出来吗?……总之,我干得对!我有我的理智!我恨这些畜生,恨得错吗?你会杀人,我不会吗?好!"他把步子加大起来,"我就是我自己,不懂手段,也不懂策略,忸忸怩怩……"

从右侧,有一个骚乱的尖声喊他。他突然从疾走站住。

"你怎么,不到天亮就回来了。乖乖,×的好吧……"杨福成耸着肩膀,激烈地喷着酒气,用一种狂喜的声调嚷。

"杨福成!"张振山阴郁地喊。

杨福成伸出厚而尖的舌头,做了一个怪相,随即也古怪地阴沉起来了。

"你到哪里去了?"好一会儿之后,张振山问。

很显然,杨福成的阴沉只是一种表面的凝结,因为他立刻就忘记一切,尖细地叫起来了。

"老子在小五那里抽一局。都输了。婊子养的识牌呀!"

"哈哈!"张振山短促地笑。

杨福成有着易于昂奋的倾向,而且,用俗话说:是一个无心眼的人。在平常的时候,他也显出恰当的老成,但一轮到他说话,他就仿佛变成一个十六岁的少年了。他哮喘,在字眼中间急促地吸气,以致有时候把话音吸到喉咙里去,又用一种闷窒的怪声弹拨出来。他时常一连串地贪婪地说,即使乱说几个虚字,也不愿意让自己的话中断,随后便窒息地大笑起来,使人家难以明白他究竟说了些什么。现在,当他和张振山一道爬上升到宿舍去的土坡的时候,他疲劳地,用败坏的声音唱起忧伤的歌来。但刚刚唱了两句,他就使力地跳了一下,先做出一种秘密的神情,然后向张振山问:

"你那个家伙如何?"

"还不是两条腿的。"

"唉,你知道,魏海清在弄她。"

"魏海清谁？"

"土木股的呀！本地人，死了老婆……那是一个狗种。他跟我说，"看了张振山一眼之后，他又迅速地接着说，用一种张扬的语势，仿佛那个叫作魏海清的真跟他说过一样，"张振山夺人之妻，夺人之妻！……"他用手在灰尘似的月光里绕了一个大圆圈，随后又用臂肘在腰上缩一缩裤子："唉，肚子饿瘪裤带松……你，你，你这有种的老几，说请小弟喝一杯的呀！"

"现在不了！"

"干什么？"

"没有钱。"张振山突然暴戾地睁了一下眼睛，"你，今天喝过了！"

"那是我自己的事。我活了二十五，活得衣破无人补。无味呀！"他在无心地大声说出这句话来之后，便变得苦恼，停顿了下来，用手在发涨的脸颊上摩擦着，说以下的话时候，他的声调沉落，充沛着真实的酸凉。"没有女人看上我的。我才不做白日梦。我养活人吗？看我这副样子，人家肯嫁我吗？我是做工的人，最苦的人。要是当职员就好了，有米贴，有好房子。嗬，你看呀，那一幢房子！"

"股东老板住的。"

"不错。"他的尖颚咀嚼着。他的手依然指着那远远的一栋掩藏在茂密的树丛里的楼房；这楼房左侧的两个遮着绿窗帘的窗户温暖地亮着。最后，他把指着的手指习惯地向上一抛，继续感叹地小声说:"做工没来头。有时候晚上也自由自在,但……"

"你想吃火腿吗?"在宿舍的竹篱前,张振山停住,坚硬地问。

"唉,不想吃?"

张振山邪恶地凝视着遥远的绿窗户,仿佛那里面的秘密的养生和贪欲很诱惑他似的。

"看吧。我明天就请你吃!要住那一间房子吗?"(绿窗户的灯光在树枝后熄灭了。)"容易得很!好,它藏起来了!你要吃鸡子;你要一个女人!你要……梳两个辫子的,进过大学的!"

杨福成缩着身体。这个人的冷静的骄傲的狂言使他惊悚。他呆看着他,不知道怎样做才好了;但最后,他终于依着自己的方式跃了起来,攀在对方的肩头,在对方的鼻子上一半故意地嗤了一口气,跳到院子里去。

宿舍是公司临时租赁的民房,中间有一个在以前曾经是打谷场的大院子。它的正中,左侧,完全被有家眷的工人所占有,剩下给单身工人的,只是毗连着一个充满灰尘,蛛网和油污的厨房的右侧的长长的一条矮屋。夜里十二点钟以后,在棉絮的爱抚下,真实而浮动的生命们入睡了。连最会喧嚣的右边角落里的一间屋子也寂静了——一个钟点以前,这间屋子里,在床架和破桌椅之间挤满了那些从来不懂得沉静的少年伙计,他们摔纸牌,唱淫荡而凄凉的歌,互相用黑拳头威胁,但现在,肮脏的烟雾沉落,一切全不留痕迹地散去,只有二十五支光的蒙尘的电灯在单调地发着光。

杨福成和张振山两个人占有一间极狭窄的后屋。但这两个人的性格是不可调和的：杨福成喜爱一些简单的戏耍，时常在桌子上供一个泥像，替它画上胡子，称为"老板神像"，在春天的时候也大量地砍些粉红的烂漫的桃花回来，插在破泥罐里，而且沾沾自喜地带着一种不必要的勤快去换水，但张振山却嫌恶这些；他望着它们皱起他的灰色的眼睛，在它们使他的动作不方便的时候，便粗暴地把它们举起来，摔得粉碎。不过，杨福成除了当自觉自己需要阴沉一下的时候，才装出一副呆板而尖削的脸相来以外，从不真的和张振山吵架。因为太多的理由，他是极端喜爱张振山的。

显然地，这一夜对于杨福成已再不能寻到什么趣味，到了非睡去不可的时候了；而且的确，在急遽地兴奋了之后，他已完全疲劳。他牙痛一般地皱起稚气的瘦脸，默默地摔开鞋子，钻到他的无论白天和黑夜总是密闭着的一直拖到泥地上的蓝布帐子里去。因为床柱太短，帐脚拖到地下，所以帐顶的有着破洞和大补丁的大肚腹也就几乎垂到他的尖鼻子上来。他奇怪地笔直地睡着，向帐顶瞪着梗着沙粒的眼睛，吹着不连续的闷气。刚刚要睡去，原先在另一边床上愠怒地坐着的张振山此刻笨重地走到桌子边来，用一种对于这寂静的房间是过于嘹亮的声音喊他。

"喂，什么……事？"杨福成反应地在棉絮里抬一抬手，问。

"告诉你，我们要做包工了。"

隔了好一会儿，才听见杨福成懒声懒气地从蓝布帐子里回答：

"包他妈×什么？"

"四号。"张振山把大拳头举到鼻子一样高，察看地摇晃着。为了甩去自己的纠缠不清的对郭素娥的思索，他才突然开始这谈话，但现在他又嫌恶这谈话了。

"四号出什么毛病？"意想不到地，杨福成从蓝布帐子里伸出他的瘦小的、盖着乱发的头颅来。他的黄色的疲乏的脸上迅速地闪烁过一种喜悦的、神经质的战栗。

张振山阴沉地抖了一抖肩胛，带着一种不知道是对于杨福成还是对于那替公司里赚人钱的四号火车头的深深的厌恶，说："坝子摔场了。险一些摔到江里去。"

"哈哈哈，包得稳吗？"

"当然。"

杨福成敛起笑容，滑稽地皱着鼻子，想了一想。

"唉——"他的头突然在蓝布帐子口消失了。

张振山屹立在电灯底下，手插在裤袋里，眼睛眯细地望着石灰剥落，露出竹片的骨骼来的墙壁，继续大步地，野蛮地踏到自己的思想上去。踏烂一切枯草和吹散一切烟雾，让它露出闪着冷然的光辉的本体来！

"她说'我要'，当然是的，多弄一些给她，看看我张振山！她跟我走？"他吐了一口唾液，同时用手摩擦着坚硬的额角，"不能！社会把我造成这样子，我自己，我自己……"他响着嘴皮，在扬起的眉毛中间，他的眼睛变亮，这是一个放射着幽暗的光芒的字,"我自己不是庄稼汉,也不是可怜虫……让一个女人缠在裤带上!她们心疼,随便哪个摸一摸,就完事了。什么魏海清不魏海清!"但是即使在这么凶毒地想的时候,一种严刻的妒忌也依然掠过他的嘴唇和眼角,使他的阔脸幽暗。他愤怒了,辛辣地冷笑了出来:"呵呵,'我这个人也有些甜的地方吗'。"

矿厂连梦呓也没有,又掩藏着百公尺下的艰苦的劳动,沉沉地入睡了。夜,深沉地凝结了。但这强壮的人,这旺盛地妒忌着世界,感到自己生命的恶毒的人,这酷爱辛辣、严刻地抗拒着自己的妒火的工人却依然在小房间里,在床架前面,在因电力增强而突然明亮起来的二十五支光的电灯下踱着;他用那么一种沉重的姿势踱着,以至于他的膝盖多次地撞在桌腿上又碰疼在床板上。他的肩胛抖动,脸上清醒地照耀着一种富裕的,考虑着什么是它的必要的抛掷的生命,放射着一种肉的淡漠而又顽强的光辉。在听见远远传来的骚乱的鸡啼的时候,他不同意地摇着头,推开门,绕到大院子里去。偏西的月亮照着左侧的屋子的破陋的屋檐——在右侧的屋子的参差的浓郁的暗影里,他鼓起胸膛,一次又一次地深深吸着气,徘徊了很久。

## 三

把纸币捏在手里的郭素娥,所以那么痛苦,是因为她原来是存着她的情人可以给她一种在她是宝贵得无价的东西的希望的。她的痛苦并不是由于普通的简单的良心的被刺伤,而是由于,显然地，她所冀求的无价的宝贝，现在是被两张纸币所换去了。她捉不住张振山，当由偷情开始的事件在她现在苦恼地越过了偷情本身的时候，这个强壮的工人的不可解的行为，他的暧昧的嘲讽，他的恨恨地离去，使她绝望。整整一年来，她整个地在渴求着从情欲所达到的新生活，而且这渴求在大部分时间被鼓跃于一种要求叛逆，脱离错误的既往的梦想。虽然她极能勤苦地劳动，虽然她对她的邻人特别和蔼，但由于时常显露的犯罪的相貌，她依然被认为是一个奇特的败坏的女人。然而她不但不理会这些，而且逐渐变得乖戾了。她是有着黯淡的决心的。这就是：她已经急迫地站在面前的劳动大海的边沿上了，不管这大海是怎样地不可理解和令她惶恐，假若背后的风刮得愈急的话，她便要愈快地跳下去了。跳下去，伸出手来，抓住前面的随便什么吧。

畏惧虽然在好几年的险恶而被凌辱的生活里失去，但无论如何，这是痛苦的。尤其，她的手抓住了什么呢？——张振山，毒辣的，冷漠的，用她自己的话来说，无心肠的，无赖的男人！

另外还有一个自己向她诚实地飘过来的人。这就是魏海清。这个人是她的丈夫的极远的表亲，从前也佃地种，但在四年前死了女人之后，不久，地被主人无理由地收回去了，自己就带着刚刚五岁的小儿子到矿里土木股来当里工了。三十几岁，有着端正而晦涩的脸孔，是一个呆板而淳厚的人。他和郭素娥，是一向就保持着简单，拘谨，而且隐匿的亲密的；显然地，郭素娥，尤其当他投到工厂里去之后，是十分注意他的。但不幸地，是他被张振山从头上跨过去了。当他在一个晚上，心跳而羞涩地在这恋爱的屋子里下了异常大的决心，表露他的旧朴的欲求的时候，郭素娥突然变得严正而乖戾（在以前他是不曾见过这女人的这样的相貌的），拒绝了他。当然，这是把他伤得很重的——他原来只以为刘寿春是她的阻障，不久就会死去，不足以使她牵挂，却没有料到这中间还有另外一个严重的角色。但不久，他就朦胧地把这件事探听出来了。积蓄了好几年的痛苦的意念，战战兢兢地在布置着希望的这颗过平凡生活的真心，现在被无情的郭素娥所摒弃，被优越的机器工人所踏碎，对于他，该是如何地怨恨，如何地痛苦！

但是魏海清这种人，对一切都要依照自己的观念探个究竟，把自己范围内的一切看得很重，是不大容易死心的。在这晚上，九点钟后，当他的八岁的男孩在木床里端沉重地睡去了的时候，经过了一番苦闷的内心交战，他熄了小烟袋，从位置在北山坡的工人宿舍走出来了。天上屯集着云，在云的间隙里有朦胧的生了锈一般的星在发光。坡路旁的路灯，它的松弛了的灯泡在偶然疾卷过来的凉风里摇闪着。

他故意避开那一条贯穿过明亮的机电房的平坦的煤渣路，从水池畔的黑暗的堤堰上走。他的步武起初有些犹豫，发出一种拖沓的疲劳的声音，但随后，当他穿过卸煤台，临近那漆黑的山坳的时候，便强烈地紧张起来了。

"我去一趟哩。"当他弯腰爬上风眼厂所在的山坳，胸膛被热辣的昂奋所紧迫的时候,他颤着嘴唇,告诉自己。

这旧朴的人,这一切观念和情感都有着明显的但积满尘埃的限界,像熊一般固定而笨拙的人,现在容许自己去做一件非分的大事了。不管他怎样提醒自己说,他的行为只是想探一探这个女人和张振山的究竟,为着必需的道义,他的全身还是起着一种自觉犯罪的发烫的颤抖。

"我一生从来没有做过——这样的事啊!"倚着一根腐朽的树干,他张开生着几十根零乱的硬髭的嘴唇,向黑夜吐出他的昏乱的叹息。一瞬间,二十几年的土地上的辛劳像一块平坦而阴凉的暗影似的,在他的迸着昏红的火星的眼睛前面闪现。

他的微微佝偻的长身影在小屋子前面出现了。门关着,里面凝固着寂静的黑暗。但在最大紧张以后,他突然对面前的一切都感到不明了,只是走上去,机械地向门缝里窥探着。当他的手举到薄木门板上去的时候,他仿佛在听着别人敲门似的,而且在心里寒凉地惊诧着,这个人怎么会这样大胆。郭素娥在屋子里窣窣走动的声音他没有听见,门板的突然的裂开,使他在新夹袄里打了一个寒战。

"走开,走开!"郭素娥在黑暗里露出白色的脸来,惊慌地说,"他今天说是生病,不上班了。……哦,是你!"当她发现对方并不是张振山的时候,她把一只白手举到松乱的头发上去,屈辱地小声尖叫,"你跑来干啥子?"

魏海清沉默着,在这之间,恢复了镇定。

"和你说句话！"他威胁地说。

"说什么？"郭素娥敏捷地跃出一步，严厉地问。

魏海清什么也没有想地沉思了一下，望着女人的颈子，说："你知道，张振山那家伙不是好东西……"

"怎样？"

"他仗势欺人，是个流氓。你要当心……"因为情急，舌头在最后缠结了起来，使他失去了话句。当他和他的狼狈挣扎的时候，郭素娥迅速地走回去了。现在，只剩他一个人站在这黑暗的土坪上了。

"长得多好的人啊……"他自语，用衣袖揩着发汗的脸，但随即就因自己的赞美恼怒起来，向土坪的外侧走去。

从屋子里传出来的刘寿春的激烈的咳嗽和朦胧的话语使他站住了。

"哪一个？"这鸦片鬼恨恨地问。

"我。"女人的嗓子提得很高。

"你干啥子去？……"

"刚才狗叫，我怕强盗！"女人用一种凶恶的声音叫了出来。

魏海清从屈辱里挣脱，愤怒起来了。他笨拙地把手叉在裤腰上，向地上大口吐着痰。

"世界遭变了。瘟女人！"他蹒跚地向土坡上走，"我为啥子要打我的女人呢？她丑，整年生病，但是她比这骚货好得多！……可惜我们少年时候不知道！"他激烈地向前走，并不辨认路，只是佝偻着，把飘荡不定的大脚一步一步地踏在野斑竹和茅草里，"我愈来愈作难，心中焦苦，成一个糊涂人了。吃白泥巴的日子，也过得呀！怎么现在不想法，跑出来做工呢？我要是有谷子，"他的浑实的手臂在空中抓扑，被他的手掌所击弯的桑树的枝条刷在他的胸上，"要是有，看这瘟女人对我怎样呢！"抚摩着粗糙的下巴，他在枝条之间站住，意识到自己走错了路。但是当他正预备向风眼厂的昏弱的灯光回转的时候，在他侧面，茅草燃烧般地响了起来。他迅速地而且突然涌起一种烈性的愤怒转过身子去，看见了一个比他矮些的方形的人影坚定地在三步外屹立着。他闭紧嘴，严正地站定。

"魏海清！"张振山发出他的深沉的声音喊。

"你是哪个？"魏海清喘息地问；所以喘息，是因为他已经在对方的最初的发音里认出了对方是谁。

张振山向几丈外的隔着一条污水沟的小屋瞥了一眼，随后便向下走了一步，攀住树枝。他在小屋的空了的猪栏后面，在那每一次总坐在那里等待着跃进屋子的时机的石块上，听见了魏海清和郭素娥的谈话的全部；而且，当魏海清激怒地痛苦地在草坡上转着圈子的时候，他已窥伺他好久了。

"我问你两句话，魏海清。"他冷酷地说。

"问吧。"

"我是流氓，这有点像，我夺人之妻，这也对。"他磨着牙齿，"现在你回答我，我仗谁的势欺人，谁的势力？"

魏海清的脸灼烧，愤怒地颤抖起来，热辣的烟雾包裹着他，使他感到自己仿佛腾在空中。

"问你自己！"这鳏夫笨拙地顽强地回答。

"问我吗？"张振山猛烈地把手里的桑枝从树上折断，魏海清因为他的这个动作反应地退了一步，"你们，在女人面前像狗一样地舔一舔，打个滚。我可怜你，你舅子荐你来做工，你有六块钱一天，蛮行。你像个做工的人吗？要站出来正面说话！"他鼓起胸膛，把他的冷冰冰的声音压尖，但这尖声是微颤的，"我不怕谁，也不仗谁！我就是这么一个人，一个人！告诉你，再不准到这屋子里来！"

他把手里的桑枝举起来，狠狠地向屋子那边挥着；光赤的桑枝在夜的冷空气里发出尖锐刺耳的声音。

"这是我们的地方！你凭什么……"魏海清窒息地叫，"你畜生养的，没有人心……"

"哈哈，你们的地方！——今天就这样说了。记牢！"他把桑枝重新扬起来，做成一个威胁的姿势，击断在树干上，然后用强猛的大力缩紧肩胛，咂一咂嘴，大步向风眼厂的电灯光走去。在石板路上他避着风点燃了香烟……

魏海清怔忡着，一瞬间不能明了自己，只是向张振山的凶猛的影子凝视，仿佛这个人的在火柴的晕圈里闪亮的刚硬的头发和扁塌的鼻子有一种特异的美丽，很诱惑他似的。但终于他感到锐烈的失败的痛苦，昏乱地诅咒起来了。

慢慢地，他下到山下去。夜风扑卷着他的夹袄。循着水池畔的黑暗的堤堰，他伛偻地，缩作一团地走着；他蹒跚地摸索着，就像他迫于饥饿和寒冷，是一个无家可归的人一样。

郭素娥并没有睡。在那鸦片鬼发着谵语昏昏地睡去之后，她因了某一种理由，又悄悄地开门走了出来，向风眼厂那边的淡薄的光晕探望，然后，绕到屋后的猪栏旁去。充满情欲和梦的女人的感觉是那样地敏锐，她立刻发觉了草坡上的短剧，伏到猪栏下去了。她的心感到一种庞大而甜蜜的紧迫，惶恐地撞击着。有一种盲目的力量几乎迫使她要急剧地冲出去，但同时她的脚又仿佛牢牢地生根在地上似的，不能移动……现在，一切全梦幻似的过去了；张振山和魏海清消失了。

"啊，他不准！"望着魏海清的消失在风眼厂后面的长长的身影，她带着幸福和酸凉叹息。"这是哪些说法呢？……他不准他再来我屋子里呀！"她伸长赤裸的颈子，在心里狂喜地尖叫了起来，随后，她跃到张振山曾经坐在那里的石头上，把身体向着另一面的沉在深邃的黑暗里的山峡，昂奋地呜咽了。

在这峡谷里，在这重压着它的苦重的暗影在她眼前浮幻着黄色的晕圈，又爆耀着墨绿色的星花的下面峡谷里，在这夜深寂寞，流荡着黑暗的冷风，仅仅模糊地闪着水田的淡光的峡谷里，是充满着她的骚乱，痛苦，悲凄地逗引情欲的遥远的记忆。

……七年前，一个外省的军官在这峡谷里引诱了她。

## 四

　　机器总管马华甫，是一个生着灰尘一般的花白头发，有一副温和而洒脱的松弛的脸的，胖大的人。他用一种温和，渗透，严刻的声音说话，几乎从来不激动；但即使从这富于魅力的声调里，人们也可以觉察得出这个四十几岁的饱经风霜的人是怎样地顽固，利己和阴险！现在，当他为了火车头包工的事，把几个出色的机器工人——张振山，杨福成，吴新明（这是一个三十几岁，充满江湖气味，慷慨但有着机智的深算的人）等——请到他家里来用膳之后，他使他们坐在厅堂下端的长条凳上，自己则不停地抽着烟，在堂屋中间缓慢地踱着。谈话刚刚开始。

　　这是矿厂里的一个最大，马力最强的火车头，一九三〇年德国机器厂出品。它的损伤，假若由机器房做正常的里工，需要六个月才能修好，但假若由机器工人自己取消里工工资，来做包工，则仅需要十六天。包工的价钱，鉴于以往的例子和今天的物价，工人方面要一万二千块，但公司方面却只肯出八千。现在，总管马华甫由于对自己的权威的深信，就是负了解决这件事的使命来请工人吃饭的。

　　他和他的家族——一个像衣橱那样肥胖，也像衣橱那样从不离开房屋的，缺齿，有细小的烟黄眼睛的北方女人，一个曾经进过职业学校，现在也在机电股里当职员，醉心于象棋和钓鱼，面孔无特色，性格稍稍带着原始的阴郁的二十三岁的养子，和这养子的温顺而瘦小，面孔洁净的妻——住在这改修过的三间从本地绅粮那里租来的屋子里。正堂是洁净的，和他的衣服一样；但房间里，因为他的肥妻的喜欢赌博，除了希望真的生个儿子以外，什么事都不去操心的性格，就弄得很零乱，凝结着一种阴湿的含着石灰味的酸气。在壁角的大衣橱顶上，永远有十袋以上的面粉囤积着——这女人对于面粉又是异常贪婪的，但是她却不能把它们按月吃完，因此，好几袋面粉都变了色，生着白色的小虫，使得那好性情的工人时常把它们抱出抱进地晒太阳，而每隔一个月，便有新的面粉袋加入到这晒太阳的队伍里来，递补了那些被吃去了的，生虫的。

总管马华甫，对于食物，是并不讲究的。因此，变味的面粉，他也能吃得惯，不想到要去改善。但对于家庭，他却是个表面温和的极端严刻的人。他对他的女人很有礼貌——这就是，也尊重她的生一个真正的儿子的愿望，但却和她几乎从来不说什么话，不谈厂里的纷争也不谈外面的新闻。在他的眼睛里，她只是一个里面装满了赌牌和儿子的，丑陋的面粉袋而已。至于儿子和媳妇，他们除了要和他一同用馍馍，要像厂里的工人一样对他恪守礼节以外，从他那里，也和工人们一样，是接受不到丝毫有希望的，或者有滋味的东西的。但好在他们都还年轻，男的忙于象棋和钓鱼，女的忙于洗粉条和切白菜，从没有想到这些。

然而，使他在内心里震怒的，是工人里面的大半，已经学会了真的乖巧，逐渐地踢开了表面的礼节，开始和他抗争了。

"怎么样?"现在,在明亮的堂屋里,他喷着烟,温和地向工人们说,"我替你们算得对不对?"他把眨着的漂亮的眼睛朝着吴新明。

吴新明在多毛的长脸上微笑着,欠一欠腰,同时瞥向张振山。

"为难得很,总管。"张振山从嘴唇上取下香烟来,在烟雾里说,"老实说,我们二三十个人,拼命做苦工,"在向总管的胖身躯扬了一下眼睛之后,他的声音古怪地震动了一下,变得低沉,"一个人摊不到多少的。"

总管在地上缓慢地徘徊,走到供桌前面望了一望两张祖先的丑陋的大相片,又走回来,向地下随便地吐着痰。

"你真是年轻人,你的脾气还是从前样:意气罢了。"他抱着手,眯起眼睛望向窗外,"张振山,你再想一遍,你们和我一样是公司里人;包工是特殊通融。"他的声音从里面僵冷了起来,虽然他的脸上依然浮着灿烂的微笑,"材料,机器,你们不出钱。在这个时候,这些货贵得出奇,昨天总公司转来的政府通令又说……"他望一望房门的门帘,突然改变了话题,"我也不说抗战不抗战,生产不生产,你们赚一点也该,但是太多了就拿不出面子去……"他又踱起来,回到供桌前去,望着玻璃在闪着沉闷的光亮的相片。

"不行的!"杨福成用手肘捣了一下张振山,歪歪嘴,悄声说。

张振山的冷淡的眼睛随着总管的走动从新漆的家具移到相片上。"这相片真美丽!"他的皱起的黑眼睛说,"你们统统生产,生产得胖呀！"

"这不是就一次。以后……"总管掉过头来，严刻地开始说，但他的话被张振山的一个突然的动作打断了。

"我们做不得主。一万二。"

吴新明和杨福成惊讶地望着他。微笑从总管马华甫的松弛的脸上隐藏了——这脸缩紧，稀有地搐搦着，眼睛变暗。

"这态度不好，"他把手抄到大衣袋里去，尊严地站直，"张振山！"

张振山皱起嘴唇，嘘着气。

"我们全靠这。"他坚硬地说，"总管是熟人，了解的。我们一个月领一斗米，自己都不够吃。到现在还穿单衣服！"他拧了一下自己的肩头，把眼光逼射到对方的脸上去，"公司一个月赚那么多，一个车头也的确值得上。……"

正在这时候，房门的门帘上的灯光被遮住，一个巨大的东西堵塞在它后面了；马华甫的肥大的女人先伸出一只手，在门框上扶牢，仿佛怕自己滚出来似的，接着便从帘缝里探出巨大的浮肿的脸来，露出残缺的牙齿，以一种清脆得和她的身体极不相称的、疲乏的声音说："还没走呀。要睡啦！"

"就来。"总管简短地回答，因为失去了自制，声音里含着一种奇异的恼怒，就仿佛这门帘后的庞大的女人的形体意外地惊骇了他似的。

"我的天呀！"杨福成喜悦地小声唤，一面用手掌拧了一下大腿。

"这么说,再加一千也好,不过……"

堂屋的玻璃门悄悄地闪开,把马华甫的话打断,同时把他脸上的勉强的笑容也驱走了。他的年轻的整洁的媳妇抱着一个水瓶,温顺地俯着多肉的白颈子走了进来。经过工人们身边的时候,她留神着自己的脚步,用一只手把绿夹袍掳起,就像走过一个池塘似的。

"爹,我上楼去了。"她向马华甫微微鞠躬,耳语一般地说。马华甫的嘴唇歪曲,眼睛里含着一个灿烂的尊严的微笑。

在年轻女人上楼之后不久,楼上便传出了马华甫的养子的重重的脚步声,和他的拘束的但是欢乐的笑语,同时,在底下,马华甫的胖大的女人的影子又遮住了房内的灯光,在门帘后面出现。

"舍嫂,打盆水来呀!"这次她喊女用人。当她的巨影重新消失的时候,一个木凳在地板上翻倒,发出轰然的大声。

张振山抬起眼睛嫌恶地望望头顶上的天花板,又望望房门上的门帘,随后从木凳子上站起来摩擦着屁股。

"我们走了。"他说。

"谢谢总管。"吴新明鞠躬,一面打着呵欠。

总管威胁地看着张振山。

"我明天答复你们。"他阴沉地说。

但第二天并没有得到答复。事情僵持了三天。终于,张振山和他的伙伴们胜利了。

于是，从第四天早晨开始，一直到深夜十二点，被明亮的灯光照彻的机器房里滚腾着油烟。拆卸了下部的巨大的车头在铁架上蹲伏着，电灯照亮了它的锅炉筒，钻眼机使得它一阵阵地发出顽强的战栗。

张振山的巨大的脊背弯曲，头埋到锅炉筒里面去。电焊器在他的手臂底下，从每一次的急迫的间歇里，擦亮自己的声音，锋锐地歌唱着，放出刺目的蓝光。脱下彩色玻璃脸罩来的时候，他的包在现在变得柔软起来的皱皮里的眼睛眯细，闪着深灰色的、潮湿的光芒；他的胶黏着头发的、凸出的污秽的前额低垂，显出劳动的聪敏和忘我的专注；他的大鼻翼搐动，贪婪地向周围火热的气息吸嗅。

当他沉思地摩着钢铁似的下颚，用左手移开电焊器的时候，他的右手慢慢地有力地舒展开来，在铁板上掠着兀鹰一般的大黑影，获取了一把钢剪。

"喂！"他陶醉地拖长声音，唤。他的猛然抬起来的、蓬乱着硬发的头碰击在机车上端竖着的铁板上。"喂！"他歪过颈子来，声音变得恼怒，"弄好了吗，四幺弟！"

从爆着凿刀的火花的金刚砂那里，透过油烟，送来学徒四幺弟的尖锐的声音："还等两分钟！"

长腿的吴新明在油烟的波浪里悒恨地舞着手臂，浮泳着，一面干燥地大声嚷："这舅子用不得了。"

"舅子，歪了呀！"张振山用剪刀敲着钢板，向伏在机车底下的大坑里的人吼叫，随后，他微微思虑了一下，跑到刚拆卸开来的活塞杆那边去。

"呸，老子闷气，老子闷气！"从机车底下，陈东天咆哮着钻了出来，把手里的工具狠狠地一掷，向墙边上的大木桌子奔去。当他喘不过气来地向嘴里倾倒着冷水的时候，他的灵活的少年的眼睛被一种要喧嚷的欲望所燃亮，青蛙一般地鼓出。

"今天做了一整天了……呀！"他咳呛，从鼻子里喷着水，"这几个瘟钱不好得……"终于他被迫弯下腰去，揉着鼻子，说不出话来了。

吴新明在慢慢运动的车床面前皱起淡眉毛，烦躁地看着他，就像一个不称心的大人看着小孩子挖泥巴似的。但张振山却从活塞零件上仰起身子来，一瞬间突然得到了轻松的快活，拍着大手，吼叫一般地笑起来了。

"你妈的怪相！"杨福成从金刚砂的暗影里奔出来，把身体碰在木柱上，高高地举着凿刀叫，"老板明天要买一个钻子呀！美国鬼子货呀！"

"有几点钟了？"在机车肚里有人问。

"十二。"吴新明回答，同时把窗架上的肮脏的小钟摇了一下。

"回家睡觉！"

张振山走到钟面前去。当他搓着发烫的手，脸上灼烧着猛烈的红光走回机车的时候，他向每个伙伴坚定地望了一眼。

"我们今天把这个完全拆开检查过！"他严厉地命令，"我们这是替自己干活,可以养老婆呀!"

"要得!"提议回家睡觉的杨福成尖叫,长长地伸着舌头。

油烟一直腾到结满灰尘的密网的屋梁上去。在人们的手臂的奋激而稳重的控制下,车床转动,凿刀喷着火花,机车战栗着;电焊器所放射的强猛而狞恶的蓝光使电灯失色,一直射到广场对面的铁工房的屋顶上。紧张的劳动继续到一点半。

现在,在寒冷而稀薄的夜气里,几个下了工的单身工人踏着煤渣,疲乏地走着。张振山喷着香烟,走在他们十步后面。

"我们是替自己干,对头!"杨福成比画着手,说,一面在单衣里缩紧身体,"在平常,我简直打瞌睡。半个月后,我可以分到几个钱……"

"你拿来做什么用?"陈东天用手掌抱着软软的面颊。"招老婆?"他真切地问。

"你的声气怎么这样涩呀!'招老婆!'"杨福成模仿着他的胆怯的声音,在黑暗里做着鬼脸,"你真是乳臭未干!怎么不敢到坝里去找女人试一试,唉,你就会打太极拳!后辈小子。……快走,他们到前面去了。"

"张振山呢?"陈东天,这少年人,用一种关切的声调问。

"也在前面。"

他们疾走了几步。

"我告诉你,总管那个肥猪老婆不会生蛋的。天天睡觉都不行,我有经验。"走到土坡上的时候,杨福成又把脚步放缓了下来,他的声音异样尖细，带着令陈东天兴奋的隐秘意味，"她那肥×，我有一个晚上冲进总管院子，就看见她光屁股在院角撒尿。不要脸的。"

"唉。明天怕要下雨。"陈东天用手抓了一把空气，嗅着。

"不会的。总管办货，你知道？"

"不知道。"

"张振山知道。他派他家老舍到万县去买皮鞋，已经到了第一批，一百双。他还囤的有纸烟。政府在打仗，忙不过……他们发财了。"

"都该杀呀！我这回剩到钱，要缝几件衣服了。再隔两年，我就娶女人。"

"你今年几岁？"

陈东天不回答，只是狠狠地用手擦着面颊。走了几步之后，他突然肯定地说："张振山一定不在前面，我看见他在后头的。"同时，他掉过头去。

"他找他的床睡觉去了。他行——走，不要淌口水。"

"我家里人都还在湖北……"陈东天烦恼地说，向四面张望。这时候，他们已经跨进了宿舍的大院落。

张振山落在伙伴们后面之后，被一种突然聚成火辣的一团的新异的情绪所烦扰，率性改变了路向，朝锅炉房后面的水池区走去。

水池上蒸腾着朦胧的白雾，发出凉爽的清气的茂密的柳树在它的周围排列着。当深夜的山风掀扑过来的时候，柳树们的小叶子上就摇闪着远远射来的灯光的暧昧的斑渍，水面上的雾气就散开去。在雾气散去的黑暗的水面上，闪着淡淡的毛边的光，犹如寡妇的痛苦。

张振山甩去烟蒂，在堤堰的石水闸上坐下来。现在他遗忘了劳动的坚冷的兴奋和肉体的疲劳，变得清醒了。潮湿的气流刺激着他的眼睑，使他缩紧肩膀，猛烈地吸着气。……但逐渐地，由于心里的再度沸起的情绪的扰乱，他感到他的无论怎样的一个发声，一个动作，都和这烂熟的夜不调和。——而夜的庄严的缄默，则使他的耳朵感到空幻的刺响。

"他们回去睡了。现在有两点钟。"他在冷风里嗅着，一面向水里吐着痰，"今天我干了十六个钟点，还要有半个月。不过明天晚上我可以不轮到；我可以……呸，我是为着赌豪在这么干的？这可以多缝一条裤子？……我想想看吧。我要一天把这笔钱花光，拿一些给那个家伙。她的确艰难，这几年，凭什么养活的呢。"他停顿，咬着自己的膝盖，"凭什么养活的呢？……哈哈，一个女人，她给我吃得好甜呀，"他的被激发的讽刺的笑声击碎夜的寂静，在水面上传开去。"哈哈！我懂得这世界上的一切，懂得你们！懂得社会……青春！我干些什么呢？做工！在今天我是这样地做工！我轻蔑你们！现在，你想想自己吧。"

思想在一种肉体的紧张里给打断，暂时没有能继续下去。当他皱紧眼睛和鼻子，重新往下开辟的时候，他获得了一种明显的使他不安的力量,和一种照耀着陈旧的光辉的美丽的情调。

"我可以做别的事去的。在这里,我已经蹲了两年。我有力量,我狠恶——但是我决不该蔑视伙伴们!他们现在有时候还哭哭啼啼,愚蠢,像我一样,以后就要明了,不受骗了。……我太使性是错的,应该相信别人的痛苦的经验。"在这之间他费力地擦燃火柴,猛烈地,和夜的潮湿的冷风一同向肺里吸着烟,"我们不能狂纵自己,要选取大家所走的路。……但性格又怎样解释呢?张振山何以成为张振山呢?我已经忍不住了!谁都在毁坏我们,我们还多么不自知。……哼,打击给他们看,社会造成了我,负责不在我!我就是这样呀,滚你妈的蛋什么反省不反省吧。"他在石块上仰下身体去,用臂肘撑着,望向滚动着威胁的黑云的天空,一面猛力地伸开腿,"我要大步踏过去,要敲碎,要踢翻,要杀人……哦,我的头脑里就装满了这样的云!"

风压迫着柳树,在水池里激起沉重的波浪,带着黑暗的潮气疾吹了起来。工厂的大躯体和严厉的黑云联结在一起,似乎在疾风里战栗,逐渐沉到地下去。但不久,当空气突然短促地变明朗的时候,它又显露出它的坚强的、高大的姿影。最后,灰尘从空场上暴躁地升腾了起来,盖没了一切。远处,卸煤台的电灯在煤尘的涡圈里微弱地摇闪着。

"就是这样呀!"一种酷烈的喜悦使张振山的胸膛抽搐着。"我为什么要干这些无聊的事,女人给我什么?……我明天再去试试看。好吧,我承认,因为自己坏,骄傲,才假装毒相的。我其实是,有时候多么甜呀!呸,偏爱自己,轻视伙伴,可恨!"他坐起来,严酷地望着水波,"你有有力的生命,别人没有吗?你其实是昏的,痛苦的,自装骄横!……别人终会明了你的缺点!……"

他的感觉和思绪突然不可思议地锋锐,明亮了起来。

"我忍不住了,要走开,找我以前的朋友试试看去。他们恐怕走得前,不如我一样了吧。有的去打仗了,有的成了党员,我还可以记起几年前……"

穿过干枯的柳树叶,发出沙沙的繁响,寒凉的雨滴洒在水池的堤堰上。在水池的映着远远办事处的灯光的地方,张振山看见了密密的小涡圈。

当他迅速地,狂烈地奔过厂房,土坡,回到宿舍的时候,他的头发和短工衣已完全淋湿了。

## 五

鸦片鬼刘寿春有着极强烈的想获得任何一点点小东西的欲望,但假若面对着巨大的财物,像一个拾煤渣的小孩子面对着一车煤一样,他就要惶恐得战栗。这是在好几年前,在战争还在中国土地的北方边沿上摸索,飘荡的时候,有一笔相当可观的钱财从他的鼻子上吹过:一个军火私贩愿意给他五百块钱,要他替他藏匿一批被追踪的火器。在郭素娥看来,这是没有不能干的理由的。因为在那些年,这样的事极端普遍,追踪者只要接到一笔钱,就会变得极其聪明或愚蠢，不再追究；而这个肮脏的，周围堆满枯树桩的小屋子，里面住着男人的疾病和女人的空虚，是不大会被人注意到的。但刘寿春却不敢做，战战兢兢地拒绝了。他倒十分甘心于一点一滴地在空酒坛子里搜刮。

三年前，他曾经在他的堂兄，一个狡猾的人所经营的砖瓦窑上投了一百块钱。作为赢利，他甚至于把工人的破棉袄都剥了回来。狡猾的堂兄，他的单薄的机智，是无法对付动不动拼命，哄天吓地的刘寿春和他打交道的。但是，即使还了他一百块钱，他还是不断地去烦扰。失去意志的人，把小欲望当作生存的目的，他们的像苍蝇往玻璃上撞一样的行为，是生意人最难对付的。冬季里刮着冷风的一天，他又在砖瓦窑旁出现了。他的脸青灰而浮肿，在一件破烂的单衣里，干骨头发出碎裂似的响声。他的这样的行为，与其说使人家觉得，他在自己的假装里所经历的痛苦比真的痛苦还要胜过一倍，倒不如说使人家感到比面对着别人的真的痛苦还要难堪。堂兄愈是不出来见他，他就躺在土坡上愈是叫喊得厉害。他闭起呆钝的眼睛，从磕响的齿缝间忽高忽低地叫："看你……看你……打死我，好了！"

整整地，他叫唤了一个钟点。声音由绝望的狂喊到微弱的喘气，最后终于消失了。他也不再战栗，只是伸直腿，把毁坏了的脸向着铅色的天空，僵硬地躺着。开水使他苏醒过来之后，他得到了三十块钱，而他的赌咒发誓的堂兄，则得到了邻人的咒骂。人们始终无法判明这一次事件的真假，即使当他有一次喝醉了之后，说这不过是开个玩笑，讨几个债，人们也不敢相信。果真有这样残酷的"开个玩笑"么？

人们都惧怕他的骗术，嫌恶他，不再和他打交道了。他又是懒得极出色。虽然当他在年青的时候，由于极端吝啬，他还能辛勤地经营，一点一滴地积蓄，从而使得邻人羡嫉；但一到了发现欺骗是极好的满足吝啬的方法之后，他就游手好闲，什么事都不做了。现在，当他蹲在筛煤机后面的时候，他吞着灰质太多的烟泡，没有一分钟不打瞌睡。而在人家以为他睡着的那一瞬间，他的手会伸出来，随手摸去近旁的什么：一支烟杆或一根布裤带。

矿山的繁荣也偶尔触动他，使他冗长地说及他的家族的历史。当他谈及他的曾祖父曾经做过知府，现在坟上还有一朵夜明荷花的时候，他的昏钝的眼睛会闪出骄傲的光来。"我们一请客，连山后大堰塘里都浮着一寸厚的油。"他说，用两个腥秽的手指比着一寸。"通房摆满烟灯，昼夜烧，连耗子家蛇都有瘾，爬在屋椽上吸烟哩。呵——哈——"他打了一个呵欠，"这个矿，那时候就我们开啊！……有三个洞，哪里看见现在这样子！后来，就是经我的手，卖给这些家伙了。我们不会画新图，他们硬占去一个洞，老一辈子人，老实像我这样，吃奶的时候就有烟瘾。……啊啊，那些年的刘家湾啊！"

另外，他还说及他前几年几乎又发财的事，但他从不提他为什么几乎发财。所以不提，是因为他的确还抱着那军火私贩会再出现的希望。他深信他现在可以做那种事，决无恐惧。说到女人，他就舞臂咒骂，同时又称赞她的漂亮，说她有着一个有毒的腰，像蛇。

魏海清因为妒嫉，虽然同时就悔恨自己不该和这下贱的人说话，但还是说完了话，把郭素娥的事情告诉了他。于是，为着他自己的特殊目的，刘寿春不再上班，假装生病，在家里守着郭素娥。

这是一个蔚蓝色的早晨，天气无比地晴朗。在下面的峡谷里，工厂的巨大的烟囱矗立在微紫色的、逐渐在阳光的照耀下散去的雾霭中，——有一条长而宽的透明的雾带纱一般地爱抚地环绕着它——喷着愉快的黄色浓烟。二号锅炉的汽管在山壁下强力地震颤着，它所喷出的辉煌的白汽遮盖了山坡上的松林，腾上低空，和乳白的温柔的绵羊云联结在一起。早班的工人吹啸着，抖擞着肩膀，跨过交叉的铁道，进到厂房里去。在翻砂房旁边的生铁堆中间，年青的伙子向明亮的天空吆喝，翻砂炉的强猛的火焰在阳光里颤抖着蓝紫色，腾起来了。

短锄从郭素娥的发汗的手掌里落下，倒到新翻的、露出潮湿的草根来的黑泥土里去了。举起一只赤裸的手臂，揩着额上的汗珠，她专注地向下面的辉煌的厂区里凝视着。

她的脸颊红润，照耀着丰富的狂喜。在她的刻画着情欲的印痕的多肉的嘴唇上，浮显了一个幸福的微笑。当她把手臂迅速地挥转，寻觅短锄的时候，她的牙齿在阳光里闪着坚实的白光，她的胸膛急速地起伏着。

激动地，她回到她的劳作上来。泥土在锋利的短锄下翻起，蒸发着陈旧的沉重的香气。在锄柄上,她高耸着浑圆的肩,带着一种严肃的欢乐,咬着牙齿,慢慢地摇着头。但很快地,手里的工作就变得无味了。她摔去了短锄,在田地边沿的山石上坐下来。石块后面,干枯的苞谷在微风里发响。

"我累了。"

于是她倚下身子去,用手抚着光滑的苞谷秆,望着天空,在嘴里无聊地咬着苞谷叶的时候,一种疲劳的、梦想的光浪又在她脸上出现。太阳通过单布衫晒着她的濡湿的皮肤,使她伸着懒腰,融化了似的把身体躺到苞谷叶底下去。

"我还来开这块地做啥子呢?喂狗么?……不想住在里面了,怕等不到明年春天……"

她坐起来,痛恨地望着桑树的光枝后面的破陋的小屋。

"他睡在那里!"她低声痛叫。

沿着平坦的石板路,穿得花花绿绿的农家女人们,翻过山腰,向离这里七里路的五里场走去。郭素娥呆板地望着她们,在心里漠然地批评着一个肥胖的少女的衣服。

"这颜色丑!料子可贵!……"

但她突然怔住,望望自己的穷苦的装束,想起不远的过去来了。

"就在那山坡下跌倒!"带着锐烈的痛苦,她望向农家妇女们从那底下摇摇摆摆地走过去的斜斜的峭壁。"我从前年轻,不知道自己,也快活呢!谁没有穿红戴绿呢?……不过是这一回事,总要走过来！……"她迷晕地站起，伸出褐色的手，"这太阳晒得焦人！"她在望了一下天空之后又用妒嫉的眼线追向彩色的少女们，"那时候我十六岁。……有一些人，她们这样过几十年……几十年也算了，我……"

"大嫂！"一个身体臃肿，面容却憔悴而俊秀的年轻的农妇站在路上向她喊。

"哦哦。"郭素娥摆手，安静地向她。

"不赶场？"

"不。"

"你在弄啥子？"这女人摆着身体走近两步。

"点一点小麦。"

"你们新弄的地吗？"

"你今年怎样？"郭素娥问。

显然地，这女人烦恼起来了。她站住，带着一种不知是对于谁——郭素娥呢还是她自己——的同情，望着新翻的狭窄的土地。

"我们今年不点了，地转了。"她失望地说，一面在颈子后面搔着干燥的、蒸发着低劣的发油气的头发。

"你当家的呢？"

"我去找他。"

"还是老样不是？"

"他不给我饭吃行？"在这年轻的妇人的憔悴的脸上，显出一种阴郁的、强悍的神情，"我住妈家，他也跟来，昨天打架走了。"

她停顿,率直地望向郭素娥的变暗的眼睛,"你看,"她放低声音,"他说,'我养不活你,你另外嫁'……"

郭素娥微笑。

"他游手好闲,年纪轻轻有工不做。……你看我给他打的疤疤。"她撩起长衫,露出膝盖上面的一块凝着血的紫疤。"这些男人现在愈过愈坏了。他动不动拿当壮丁吓我呀!"她放下衣服,叹息,"你,大嫂,……你有些什么法子?……"

"我想要出去做工。"郭素娥望着对面的山峰,随便回答。

"你,一个女人?"

"嘻嘻。"

"隔天见,我先一步了。"这女人艰难地移动她的穿着肮脏的紫花布衣裳的身躯,走到石板路上去。因为一种难于理解的理由,她在路上站住,回头望了一眼郭素娥。但随后,当她走近那峭壁的时候,她便忘记了腿上的疼痛,以一种粗笨的、难看的姿势扭着腰,反甩着手,不必要地在小石块上面高高地跃着,跑起来了。

郭素娥凝视着她,苦笑。

"她去找他!"她把手抬到额角上,伸直腰,做了一个粗豪的姿势,"她只有去找,……我们过得真蠢!"

短锄和新垦地不再像黎明时那样,以一种芬芳的力量和渺茫的希望引诱她了。它们现在在她的眼睛里转成了可恶的存在。即使阳光和下面的辉煌的厂区也不能再给她以青春的自觉:她成为憔悴的、失堕的了。她疲乏地走下山坡，晕眩地望着自己在里面埋葬了十年的小屋子。

刘寿春裹在破棉絮里，没有起来。她在土坪右端的残废的树桩上坐下，机械地望着晒在屋檐底下的蓝布衫。她觉得身体很沉重，再不能移动一步。她又为什么要移动呢？即使她身上有几块钱，她又为什么要跑到场上去打油呢？让什么都离去，都没有好了，住在这个小屋子里，她能够再活半年么？

但她还是从枯树桩上勉力地站起来，寻着了水桶，下到屋后的坡下去挑水。无论如何，她必须劳作，无论如何，她必须劳作那些最苦重的。这是二十几年来的习惯，这将使时间过得快些，将消磨掉惶恐，使一个失堕的妇人活得容易些。

水塘干枯了。她卷起裤脚，懒懒地转到邻家去。她平常是很少和邻人们接触的，他们也不欢喜她。但这一次，她却苦于寂寞，带着宽解的心情脸厚地进到一家矮屋里去了。

"向你们借一点水，新姑娘！"她装出欢快的声音，向那家的正在推动一个大石磨的年轻的媳妇说。这是一个瘦小，喜欢酸菜根和新鲜的逸事的刚嫁过来半年的女人。她虽然比别的妇人更喜欢在背后议论郭素娥，更酷爱她的不幸，但一当郭素娥和她交涉些什么，或是闲谈几句的时候，她就竭力找寻机会对她表示一种不懂生活的年少的同情，面对着郭素娥的绝望的、饥饿的容颜，她的明净的眼睛里会不知不觉地浮上泪水来。

含着喜悦的微笑，她抡一抡活泼的头部，把水缸指给郭素娥。

郭素娥刚小心地留好水,她就被一种浮动的情绪所鼓跃,离开劳作,迅速地拦在水桶面前了。

"这一向没有见到你呀!你到啥子地方去了?"她把潮湿的手翻过来又转过去,急促地说。

在郭素娥的憔悴的脸上,闪出一个寂寞的微笑。

"我在家里。"

"啊嗬,你那鸦片鬼上班了吗?"

"这几天不上了。他不上了。"

"他为啥不上?"

"我不知。"在对方的骤雨似的问题的攻击下,她气恼地红了脸。"他在生病。"她严厉地加上说,望定对方,"你不摆摊了吗,现在枯柑便宜?"

"要摆——我们连苞谷都吃不周全。"

"唉,真也是。"这少妇突然因为自己的同情心而喜悦起来了。她哀愁地摇着小头,把手里的湿淋淋的抹布绞干,摔到磨子上去。"比方我们,我们那老鬼婆,"她机警地瞥了瞥周围,随后又对自己的机警发笑起来,一面竖起一根发红的手指,形容她的鄙吝的婆婆,"你坐一下,你坐。"因为恐怕郭素娥离去,她飞速地端了一张凳子过来,并且攀着她的肩膀使她坐下去。"看那老人呀,一天到晚叫喊,什么都不得了。日本人要来炸得一塌平。……卖一点豆腐养活不了人,我当家的又怕拉兵,前天下乡去了。现在一升豆子要十来元。……"她停顿,露出也真的懂得生活的沉思的样子。最后，她欢喜而又秘密地闪霎着亮眼睛，小声告诉郭素娥："唉，你知道……我快生儿了。"

"对头。"郭素娥回声似的说，嫉恨地望着她。

"哈哈哈，"她颤动身体，清脆地大笑了起来。"你，大嫂，"挤着眼睛里的泪水，她灼红了脸问，"你怎么一向不生呢？"

郭素娥轻蔑地，愤恨地微笑着。

"你近来怎样呀，听说你和公司里的人相好？"

微笑从郭素娥脸上消失了。这脸收缩，转成灰暗，带着全部难看的雀斑和自私的憎恶向对方威胁着。稚气的新姑娘平放下手，恍惚地咬嘴唇，困窘了起来。

新姑娘更矮小，僵硬了，眼圈溃烂的婆婆这时候跨进门来，屈着枯腿在水桶旁边站定，恶意地望着她们。

"做活路呀！"她叉着腰，向媳妇叫。

郭素娥恼恨地向水桶走了一步，又怀着一种恶狠的意向站住了。

"看看你呀，我不在家就不行，我们这屋子清清白白的！"婆婆喷口沫，突出肮脏的小牙齿骂，"这种女人，你怎么……"

"太婆！"郭素娥阴沉地截断她，"我来找你老人家的。"

"哎哟哟，你找我！"太婆讥刺地叫，抬起一只脚来不断地拍灰。

"是哩，我来讨那回替你垫的门牌捐。"

"门牌还要捐？"

俯身在水桶的绳索上，郭素娥带着虚伪的恼闷回答："公所里要捐，恰好你没有，跟他们恶吵，我替你垫的。一元六角。"

"胡说白道。"

"我不过提一提。……等会儿我赶场要用！"她伸直腰，扶着扁担，脸上呈显出一种窒闷的红色。

老太婆在磨子前面暴怒地跳了起来，挥着短手，摸摸裤腰又拍拍胸部，然后大声向媳妇叫："替我给她两块钱！门牌捐婊子捐！……"

"我没得。"俯在磨杆上的媳妇沉静地回答。

"放屁，你这小×，三根偷给你，你留着买水糖吃！"

老太婆伸手到裤腰里去乱摸，终于掏出了一个小布包。媳妇拉长红舌头，在她后面扮着怪相。郭素娥感到快意。

"拿去，在我们这五里场，从来没有像你这样的女人！"

郭素娥狞笑，灰色的唇战栗。

站在石坡底下，她在扁担上摊开烂毛票。这毛票使她体味到复仇的满足。她想她可以用它去买一小方蓝布，修补她的磨损了的衣裳。但这想头是在一种极端昏倦的状态里发生的。在前些时，添置一些小得可怜的物件，补一补衣裳，还能使她暂时忘记冒着焦烟的欲望，得到安静，但现在却不可能。她这么想，是因为她实在已经麻痹，而且极不愿去知道这一块六毛钱原是从张振山给她的里面借出去的。

"她们过得真好！那屋子里尽是浆水，又臭又霉……"她批评，疲懒而又骄傲地向后望了一眼，"我就见过别的地方的人不是这样，我们从前也……"

她向山坡抬头，望着上面的晒着太阳的刺松。难道石坡上面的、刘寿春的小屋子在从前比这底下的屋子好一些吗？郭素娥她会有这样的感觉吗？但她的确是有的。因为那里面埋葬着她的她所难于说明的东西，发生着她的她所难于说明的东西，所以她在把它和那些只知道昏沉钻营的人的屋子比较的时候，觉得它虽然破损，矮塌，充满痰渍和别的一些腥臭的斑点，也还是叫她依恋。消沉和麻痹使她不再觉得她的那么强的欲望是可能的，使她悟到刘寿春原也只能是那么一个人，最后，使她想到，假若能够挣出饥饿的苦境，她又为什么要干那些得罪天地的、败坏的事呢。

但一进到屋子里，一看见肮脏的床铺和木然坐在床上的刘寿春，这些消沉的想头便被绝望所代替了；而绝望是有着自弃的强力的。

她原来预备把水倾倒到锅里去煮苞谷羹，但现在却不这么做。现在，她失去常态地走上前去，踢了踢屋角的破篾箩，然后坐在桌边，把昏沉的头埋在肘弯里。她倒宁愿试试自己的饥饿；看自己究竟能支持多久，会不会死。

刘寿春的脸显得特别溃烂和浮肿，他张大嘴，吸着喉管里的痰，发出一种滞涩而又肮脏的声音。在吐了好几口痰之后，他拉一拉破烂的衣襟，出于她预料之外地向她走来，胆怯地擦在桌沿上，触了触她的疲劳的手，接着便歪扭着干嘴唇，皱起狡猾的鼻子，让泪水痛快地打湿胡须，呜咽起来了。郭素娥以一种使自己也惊诧的大力从破凳子上跃了起来。"什么事？"她叫。

"哎哟，何必呢女人……告诉过你素娥，我是快死的人了……"刘寿春哭泣着说；当他的声音中断的时候，他就用他的浮着青筋的瘦手绝望地抓着桌子。

"你快死与我有啥关系？"

"不尽妇道天电殛；看哦，哪有丈夫这样求女人的……"郭素娥退到屋角去，张开手，踢倒破篾箩；她的这样的姿势使人家觉得，她之所以退后，是为了更残酷的一扑。

"你是我的丈夫？"她叫，牙齿闪着燃烧的光，"不准逼我，我吃饱了一顿没有？我活好了一天没有？"她粗野地举起手，"凭什么我在这里蹲这些年呀！"

"我逼你？我救了你！……"刘寿春走近一步，又被她的凶横的姿势吓退。"我们多么可怜啊！"抖着手掌的时候，他用一种过于胆小的声音说，"我想不到，你却享福！"

他弯腰站住，脸上掠过一道凶残的暗光。

"放狗屁！"

"我晓得，我有一口气总会晓得。我管不了，你作孽自受，上天分晓，像我苦命的刘寿春一样。……哎哟，我的腰杆疼死了。"他突然弯下腰，搥着，又挤出泪水来。

"你晓得——"郭素娥疯狂地瞥了一下门，像准备从那里奔出去似的。

"你做伤天害理之事,欺我残废人。……"

郭素娥冷酷地望着鸦片鬼,等待着。

"你和姓张的相好,公司里机器股的。"鸦片鬼挺一挺胸,威胁地说。

一团酸辣的热气冲上了郭素娥的喉管,但她强制着;最后,她的冒烟的眼睛里浮上了泪水。

"你妈的臭×!"她锋锐地叫。

"他给你好多钱,你……"

终于刘寿春又干号起来,挥舞着手,倒到床上的破棉絮上去了。

"你还要说哪些?"女人坚定地,带着残酷的决心走上了几步。

"让我好好地活完这几天……我要哪些,我这个落魄的人还要哪些?"他的舌头在口腔里纠缠着,和臭气一同发出一种胶黏的、无味的声音,"嘀嘀,你有得,"泪水沿着额角滚了下来,但他的声音在这里却变得实在而清楚了,"我们没饭吃,你有得那么多钱!"

郭素娥怔松了一下,随即爆发起来了。她猛扑过桌角,用一只手叉着腰,指着刘寿春狂叫:"你要钱!是的呀,有这么一回事,有这么一个人,就是没有钱;难道我要钱,难道在这块地方,有人会给我一块钱!你快些死,我要讨饭去,做苦工去;我连芦席也不给你睡,你这瘟×养的人呀!"不知为什么缘故,张振山的毒辣的形影晃过她的模糊的眼睛,她哭叫起来了:"有哪一个能救一个我这样的女人呀!"

刘寿春从床上坐起来,两颊陷凹,相貌变得阴毒。

"你得坝上去卖,——有人给钱的。"他懒声懒气地说,在左手掌里敲着右手的食指。

"你简直,不是人!"女人狂叫,随手抓起桌上的一个饭碗来向他砸去。她是一瞬间变得那样狠毒,像一条愤怒起来的、肮脏、负着伤痕的美丽的蛇。当饭碗裂碎在床边上,刘寿春向围在门口的邻居们狂叫的时候,她冲出邻人们的包围,经过峭壁,向山下的五里场奔去了。她那样急急地奔走,抡着蓬乱的头部,把发烫的手混乱地在空中摇摆,用一种粗野的姿势扭着腰跃过沟渠,——就像她在那镇上真的有一个她可以依恃的亲人似的;其实,她只有仅仅可以吃一碗红汤面的一块六毛钱。

## 六

晚上在小麦地旁边的干苞谷丛里,郭素娥又一次给了张振山。

工厂的汽笛拉过十点很久了。刘寿春真的生起病来,依然不去上工。女人从场上昏瞆回来的时候,已经拉过九点。她并不进屋去,只是呆坐在树桩上,望着月亮,偶然地从心里甜蜜地明亮起来,忆及自己不管怎么坏,也还是善良。张振山的鲁莽的出现使她发出了痛苦的欢呼。

欢乐在消沉与绝望之后被激发,就会变得疯狂。张振山又躺在她身边了。虽然他并没有给予生活和逃亡的允诺,但她确切地给自己证明了在鲜丽的月光照耀下的这一瞬间,他除了像一个粗壮而倔强的男人,有着灼热的呼吸和坦率的胸怀以外,并没有顽劣地奔开,愚弄她,遁到自己的恶毒而淡漠的世界里去。从侧面凝望着他的闪着光的前额和丰满的鼻翼的时候,他唱歌似的呻吟着,欢乐地疯狂。

把稀薄微黄的雾霭沉落在它的遥远底下,巨大的澄明的月光,迅速地升高,挥脱了诞生的血丝,耀出明晰的白光来。在干苞谷地的侧面的山峦上,扁柏树虔诚地瘦弱地迎月光站立着,像一些痴痴回顾过去生活的老妇人。风溜过,干苞谷叶和野竹发出耳语。

这甜美的世界在这一瞬间就属于郭素娥。张振山今夜,有要求也有正常的希冀,的确并不乖戾。在粗手指间拨弄着香烟的火帽,他高高地支着腿,向女人沙哑地说:"那时候我就出来了,在江苏省的无锡县,我从日本人的追赶里开出两个火车头,还带有五列车的伤兵,哈哈,你从来没有见过伤成那样子的。日本人有时候用毒弹。"望着月亮他沉思了一会儿,"那些站长,全是该杀的混蛋。他们又蠢又懦,只会赚钱,"他把多肉的大手响亮地拍在膝盖上,"这些家伙多半不是好种。"

"我们这场上有一个镇长,他嫖了好几十个老婆……他们哪来那些钱的呀!"郭素娥努力在听懂对方的异乡口音之后,深深地叹了一口气,懒懒地说。

隔了一会儿，张振山回答，声音变得破败一些："那些车头，兵还是到不了南京就送终了。……你现在怎么也赞成我的话呀，你是很保守的，没有想过这些。"

"啥子？"

"你不会想到很多另外的事。在这社会上，有很多复杂的事，"张振山玩着女人的手，以一种稀有的忍耐解释，"你一知道它，就简直觉得你周围原来如此。还有好的，还有坏的，但都是大的，你会不想过你现在的臭日子，像臭泥坑。"

郭素娥喜悦地沉默着，眨着眼睛像在竭力理解对方的话和声调。

"我想到城里做工去。"

"女人也多做工的。但是可怜。你不够……"

咬着牙齿，郭素娥叹了一口气。

"我今天一直不回去，和老狗打了架。他知道我们了。"

"知道吧，"张振山简单地说，以后又撑起上身来加上，"一脚踢死他！"

"我好些天吃不饱了，今天就吃了一点面……"

张振山使力地坐起来，瞪大眼睛望着她，一面把手探到荷包里去。

"那拿去。今天吃不到了，明早上喂饱吧……我隔些时给两百块钱你做本钱。"

"你说啥子！"郭素娥攥住几块钱，尖声叫。

"你可以运一点货，摆摊。我帮你忙叫火车替你弄。"

郭素娥颓唐地倒在坚硬的地上，举手蒙着潮湿的眼睛。

"你不想要我么？我跟着你到城里去，纱厂里做工，很多人都是这样！"她以一种喘息的、呜咽的声音迅速说，"你以为我只要钱，二十块，四块，两百块，像那种女人？哼，我知道你们的心，我拿你的钱，是当你做我的人。我吃不饱啦，我想跑开这臭泥坑，跟着你。我会做事，会把样样都弄……好……"在这里，她发出一种细弱的呜咽来，狂躁地激动着，说不下去了。

张振山恼恨地拔着眼旁的刺草，严刻地皱起眉头，大声回答："你要跟着？我是一个坏蛋，你不知道？"

"你好。"

"说谎。"张振山恢复了阴郁。他把野草拔起来，在嘴唇上狠狠地吹着。"这月亮大得出奇！"

"嗯，告诉我，你想要我不要？"郭素娥在脸上挥着手，"不想吗？"

突然，张振山把她亲切地扶起来，使她坐好，对着她的脸喷着口腔的热气，用那种今天刚开始说话的时候所用的嘶哑的声音说："这个题目简直演算不出呀，女人！你是知不道什么的，你只知道男人。可是像我这样的男人是一个不顶简单的东西。我从里面坏起，从小就坏起。现在不能变好，以后怕当然也不能。我要很久地试验下去，不想丢掉我自己。这是坏心思！可恶！"他停顿，脸上呈显出深深追索的神情。"也不一定，我总是我这个坯子！……比方说，在你面前，捣了鬼，我觉得我不是张振山，只是一个男人了，这叫我怀恨。想来想去。我老是卫护自己，像一匹贱狗一样！"他的声音突然愤怒起来。他皱起狞恶的脸，在一块小石子上狠狠地摩擦着像大蛤蟆一样的手，刺耳地咂响嘴唇，"看吧，别人终会踢开我的；但是我没有甘心被踢开的理由！"

郭素娥脸上严肃的神情被青灰色的疲倦代替了。她失望地望着月亮。

"多好的月亮哩！……"她低切地呜咽起来，"你说些啥子啊……不要我？"

张振山站立来，粗笨地挥着手。

"不要哭，女人，你让我发火又心酸。我现在正在想法解决，你不懂的。"

"我懂。"女人凄凉地叹息。

"你懂什么？"他愤怒地说，接着便带着心酸的讽刺加上，"你不懂呀，你只会叫乖乖，回到你的老狗那里去吧。"

"你说？……"被伤害的郭素娥叫。

"我说？"他踩倒一根憔悴的苞谷，残酷地走了两步，又回到郭素娥的面前，用一根手指指着她的冒汗的前额，"我并不是对你坏，我是对自己坏！我凭什么不喜欢你呢？好，我要走了。"

"慢点呀！"郭素娥失望地扬起手来。

"还缠不清吗？我不会使你吃亏的。"他恶狠狠地站住，然后又踏着枯叶走回来，"哦，这样我问你，鸦片鬼怎么知道的？"

"怕是魏海清说的。"

"魏海清是你什么人？"

"亲戚哩。"女人冷淡地回答。

"你喜不喜欢他？"他嫉妒地望着郭素娥，"他是个无用的蠢货，光会爬地。"

"他？"郭素娥收缩着眼睛，梦想了一会儿。

"他摇头摆尾，一副可怜相！"

郭素娥慢慢吞吞地站起来。

"不要乱骂人吧。"

"唉，算了，骂你心痛的。对啦，今天我跟你讲和吧。"张振山忧虑地向前走了一步，抖着肩膀，仿佛企图抖掉他的阴郁和内心的交战似的。随后，他扭了扭颈子，向郭素娥走去，猛烈地把她举在手臂上，发出了一声短促的欢笑，很久很久地，他在清丽的月光下这样举着女人的丰满而灼热的身体，粗阔的脸上没有丝毫的表情，显得呆板。最后，他激烈地在手臂里抖着郭素娥，往扁柏林那一面走去；在经过一株低矮的小树的时候，他把背脊依着树干俯下紧紧收缩的脸，伸出大舌头来舐着她的嘴唇和鼻子。在男人的强壮的臂弯里的郭素娥，这时候摆脱了一切挂虑，摆脱了一切悲愁、惶恐，和怨恨，从有毒的黑暗的沉默里醒来，发出了粗野的、淫荡的、放肆的欢笑。

……

## 七

一个捧着竹烟袋的疯了的工人慢吞吞地拖着他脚上的铁链,从锅炉房的水池区出来,站定在煤渣路上,向在桥基上工作着的魏海清们开始他的咒骂和宣讲,在叫嚷中间,他轮流地取着手里的五六根点燃的香,贪婪地麻木地吸着烟。

"坏蛋都替我站出来,那些从心里坏出来的坏蛋,你们杀了我也干净,杀我免得我心中作难。……老子那些时吃白泥巴也过来,没人敢欺,今天倒遇到你们这些。地上无人讲公理,天上有三十三层天,地下有十八层狱,狱下有火烧狱,你们这些混蛋,王八蛋,"他跺着脚,惨厉地扬高他的声音,"哎哟哟,我心中十分作难!"

魏海清的伙伴向达成,一个长发,面孔俊秀,喜欢唱流行歌曲的青年人,从桥柱顶上伸直结实的上身,向他扬着手里的砌刀小声喊:

"喂,走开些,矿长在这里。"

疯子直勾勾地瞪着眼睛,仿佛在理解对方所说的话,随后,他的脸上抽搐地浮显了一种混合着愤怒和狂喜的神情,像真的寻到了仇敌似的,厉声叫:

"就是矿长,我也要捅他屁股!"

作为这叫骂的回答,两个穿着黑色新制服的矿警在屁股上按着枪跑了过来。

"你们这些坏蛋来作弄老子,你们狗才!你们砌屋搭机器,叫老子受闷苦,"他举起那一把冒烟的香,在身体的周围画了一个大圈,仿佛这么一画,他的仇敌就不能走近他似的,"你们明天就要让斩尽杀绝!"

当一个矮小的矿警触着他的肩头的时候,他暴烈地跳起来,使铁链锒铛作响,把手里的香击打在对方的制帽上。无论如何,他不愿意放弃这一把香,和另一只手里捧着的烂烟袋。他与矿警争夺,暴跳,一直到他终于被绳索绑起。

"你们有枪呀!你们的枪放不出来!……"他的惨厉的叫喊在水池上面回荡着,"你们就是一枪一炮把我打死,我也心甘!……"

向达成在疯子被矿警绑走了之后,摇头望了望下午的白色的太阳,从石柱上跃下来,向撸起脏衣袖的魏海清说:"关碉堡去了!"他用手在颈子上绕了一个圈,表示被绳子系着颈子的意思。

"明天又得出来!"魏海清弯下腰,在石块上敲着烟锅里的烟灰,感喟地说,"他们关得起他?一天三餐饭哩。平常关工人要工人出伙食钱的!"

"在军队里关人都不要士兵出伙食钱的,他妈的熊!"向达成把砌刀摔在泥堆上,扒开胸前的衣服,野蛮地吸气,接着,他奋激地扬起嗓子,唱了起来,"大刀向鬼子们的头上砍去!"

"你为啥子不当兵了?"魏海清拴好烟杆,注意地问他,但回答的还是粗蠢的歌声:

"抱着敌人的老婆,前进!"

"哈哈哈,毛延寿你这奸贼呀!"他系好裤子,拾起砌刀,向桥柱跃去,开始工作,使力地搅着泥灰,凿碎石块。好久之后,他把带着工作的严谨的漂亮的脸向着太阳,对旁边的老迈而强壮的郑毛忧郁地问:"你们说,他原先也是土木股的,他怎么疯的呢?"

"他赌光了,后来又在路边上撞翻了油,"郑毛哑声回答,"赔了两百,白做三个月;这么一急,好不转来了。"

"我们今天捣不成这个了。包工划不来,他们有诡计!"魏海清张开卷起衣袖的手臂,带着茫然的失望神情瞧着石柱,加进来说。

郑毛把他的扭曲的老脸向着他,闭起眼睛。

"是啰。机器工做包工才划算的。这回两万。"

"你妈的,那些家伙,"向达成在手里灵活地转一转砌刀,笔直地站在桥柱上。他之所以恨机器工人,是因为他们不为他所希望,把他认作一伙。"看哪!"他羡嫉地叫,"一个家伙弄摆摊子的女人,二十块钱八回!"

魏海清胸膛震动了一下,急剧地弯下腰去,翻起土来。但他还是偷听了伙伴们的对话。

"你说说底细!"郑毛的老脸上闪出一种忧戚的光彩,像这件他原已冷淡地知道的新闻现在被人说出来却触动了他的对某件刚过去不久的事的回忆似的。把强壮的手臂向太阳挥了一挥,他一面把腿在泥地上舒畅地伸直。

"我也不知。魏海清知道吗?"

郑毛的左眉注意地扬高。

"不知。"魏海清回答,"哪个问这些……事?"

太阳像一个白色的、空洞的球体,在魏海清面前恶意地摇闪着。锐烈而深刻的痛苦使他遗忘了周围所有的人;使他的眼睛昏花,胸膛疼痛。但不久,一种沉毅的、忍耐的、音调深沉而少波动的歌声从老郑毛的唇上长着硬髭的嘴里舒畅地倾流了出来,使得秋天下午的空气温暖而融和,爱抚地包围了未完工的石桥,包裹了这痛苦的鳏夫。抖了一抖胸膛,这中年工人从眼睛里流出一种温暖的、凄迷的、潮湿的光波,发出更深沉的声音,加入到这歌唱的忧戚的暖流里去。

魏海清有着各种顽固的习惯,一向是自己烧饭吃,宁愿自己吃隔天的冷饭,都不加入伙伴们的热闹的伙食团的。这种孤独和俭省的癖性使他不大和他的伙伴们,尤其是那些外省来的、当过兵的人接触。这天晚上,刚刚七点钟,当伙伴们还在隔壁屋子里听那个醉心当工头,以当过兵自骄的向达成讲故事的时候,他便独自躲在自己的破朽的小木屋子里,抽着烟,咬嚼着自己的痛苦,不再出去了。

门板猛烈地碰击,他的八岁的、身段粗野浑圆、大脸上有着一对永远露出好斗的防御神情的眼睛的儿子,掮着一个小破布袋跃了进来。

"买了,好多钱?"魏海清问。

"两块钱。一斤一两五。"儿子甩着布袋,大步跨到桌子前面。魏海清伸手到布袋里去。

"怎么买的是巴盐?要椿!"

"偷不了个懒成!"儿子擦着小手掌,一面昂头恶狠狠地吹着电灯。他没有一秒钟能静止,一下扭着腰跳到门槛上,向外面张望,一下又撕开裤子,在屁股上浑身扭动地搔着痒。

"你怎么这样久。"魏海清沉闷地说,"又跟人打架?"

"不成。"儿子粗暴地仰起头,"我听见说山上刘婶偷人,卖×,二十块钱八回!"

"胡说!"魏海清笨拙地站起来。

从隔壁屋子里,透过来向达成的响亮的、骄傲的声音:"那个老头子说,'你们既然要打,我来跟你们喊一二三——一,二——'老头子喊到三喊不下去了,太惨;女人就跑了出来,跟两个连长叫:'你们要是都看上我,你们就把枪给我!'……好,两个爱人都把枪给了女人。你晓得那个卖香烟的女人怎样?"

"说!"

"她呀,哼,说'你们不能死,你们为国家打仗,我是一个没有用的,你们争我不值得!'——砰!一枪自杀了!"

话音突然停止,有两秒钟,屋子里紧张着沉默。以后,便爆发了一个尖声的叫喊,所有的人嚣张地议论了起来。魏海清的儿子急剧地悄声地,像一头野猫一样,奔了过去。

"高你妈的瘟兴!"在昏暗寂寞的这边屋子里,呆站着的魏海清咒骂。当他重新坐到床板上去,抽起烟来的时候,郭素娥的丰满的、淫恶的肉体的形影就开始在焦闷的烟雾里浮幻地一次一次地闪现,使他惶恐,痛苦。血液升到他的皱作一团的长脸上来,使它灼烧,但在他的内部却有一种冰凉的东西不时震颤着,逐渐扩大。在拼命地吸了几杆烟之后,惶恐和痛苦就被对过去生活的绝望的悔恨所代替了。这时候,他攫得了浮面的安静,清晰地回忆起几件细微的事来。

这些事,遮盖着积年的灰尘,早已不被他想起。现在却放射着全然新异的光芒,刺目地,赤裸裸地呈显了出来。在一个山峡里咆哮着苦寒的风的冬天的黄昏,他为了女人没有在他勤苦地劳作之后替他热好饭,暴戾地捶打了她,使她的头碰伤在灶角上。她是一个丑陋,极能忍苦的强壮女人,无论挨着怎样的毒打,都不呻吟,不反抗,但现在,在六七年之后,她却在魏海清的悔恨的心里呻吟,反抗了!那个晚上,魏海清能够极明亮地记得,从风声里,隔壁穷苦的线贩子的凄凉的笛子声呜咽地传来,再隔两天便是送灶神,过年的时候了。

"那年娃儿才一岁。我点三根草的灯,成堆的红薯……过得还算……"他寒战了一下,重新地急剧地抽着烟,竭力摆脱这个回忆,但立刻他又落到另一深渊里去了。

……赶场回去的郭素娥,穿着不怎样干净的青布短衣从石板路上粗野地性急地走过来,在他家门前的一棵老黄桷树下停住,和他坦率地谈了几句话,咒骂她的穷苦,她的抽鸦片的丈夫,……这就是全部。这怎么样会有让人回忆起来的魅力呢?但这鳏夫现在回忆起来了。他记得,郭素娥的脸庞,在那棵树下,是粗野,年轻,而且异常红润的;她的乌亮的长发垂在颈上,又是柔顺的;而拿在她的肥腴的手里的一块黑布,是细致的、闪着愉快的光的……

郭素娥的穿着新黑鞋的脚,好几年前走过那棵树下,没在草丛里的最后的一步,现在绕着奇异的光彩,像踏在他眼睛上一样,使他眩晕!

"她那时候就是那样一个女人了!"从桌子上移下手,他站起来,"嚼,人一生作多少孽啊!"

从隔壁房里,传来一个低嘎的兴奋的声音:

"啊嚼,那女人生毒的!"

"二块五一斤肉,便宜呀,……你们都去试试看。"老郑毛说。

魏海清蠢笨地扬起拳头,向灯光扑击着,终于不能忍受地冲出门去了。在土坡上抱头蹲下来,他怨恨地茫然地遥望向对面的山峦。

山峦带着黑暗的威胁,站立在厂区的绚烂的灯火背后。在灯火密积的中心,在远远的两端完全漆黑的山峡中间,厂房的宏大的轰响,大烟囱上面的浓烈的黑色烟带,煤场后面的焦炭炉的猩红的火舌,……这一切,以一种雄伟的狂乱,在山峡的顶空上严重地升腾着大片繁响的浓云。

魏海清无法理解这庞大的劳动世界的秘密，在它面前感到惶惑，体会到恶意的嫉恨。在繁密的灯火的摇闪里，在滚腾的浓烟里，张振山的粗壮，强力，凶残的身影浮幻了出来，大步地向前踏走；而在他的臂弯里，郭素娥淫贱地，快意地颤抖着。

"去你们……"他抓起一块小石子，盲目地砸过去；石子落在坡下的水田里。

幻象一瞬间消失了，就仿佛被他的石子砸碎了似的。他伸直酸痛的腿，站了起来，向伙计们的房间走去。

"把我苦伤了。一个……女人啊……"

淫荡的、感到疲劳的歌声和低劣的叶子烟的烟雾一同从狭窄的门框里飘流出来，当歌声中止的时候，跨进门框的魏海清听见了老郑毛的豪迈的、慈和的大笑。

## 八

张振山和郭素娥偷情的新闻，像饥饿的乌鸦一样，从多嘴的杨福成的嘴里出来，翔遍了矿区的每一个角落，寻找它的食粮。

在工人们里面，它受到了恶意的欢迎；但这欢迎并不持久，仅仅经过一两个钟头的叫嚷，咒骂，嘲笑，它就变得枯燥无味了。然而在那些喜爱闲谈的材料的年青的职员们那里，它却不但被款待得持久，而且还染上了丰富的色彩。他们把它带到饭厅，篮球场，厕所里去，有两个星期当它作问话的礼节，比方：

"你好，二十块钱八回！"

"我们去看看那个二十块钱八回去。她还在摆摊子吗？"

郭素娥又开始摆摊子，这次在煤场前面，而且生意异常好，但张振山却一点也不知道。因为忙于火车头的完工，他好些时候没有到郭素娥那里去了。在机器的鼓噪里，逐渐让心里面的对于郭素娥的暧昧的情感淡下去，是他所乐意的。

"我张振山不喜欢那些又甜又酸的呀！快要完事了。"他在肉体的愉快的疲劳里对自己说。但这新闻传出来，却异常合他的胃口，使他觉得，事情将要另一样地完结。但听到这消息的内容的时候，他就让自己坦率地挂念起郭素娥来，一反往常的态度，对周围变得阴沉而愤怒。

当他走近杨福成，预备责骂他时，后者正和伙伴们一起坐在石坡上，努力地读一张报。

"喂喂，你来好！念大声我们听：苏联怎样呀！"杨福成招手，哗哗地抖着报纸邀他。

张振山阴郁地望了他一眼，但立刻就把目前的心情按下，接过报纸来。

"基辅城郊激战中！"他粗暴地念，咳嗽，坐在伙伴们中间，往下念的时候，他的声调明亮起来了，"苏军曾一度被迫后退……随即坚强反攻，夺回重要村镇共三处。……"

"基辅在哪里？"陈东天认真地问。

"在你屁股上。"杨福成跺了一下脚，转身向他。

"在苏联南边，"张振山瞪着杨福成，一面用手比画着，"你看地图就找到,有一条大河……就是这个尼泊河。"

"它会失么?"

"难说。"

"德国哪这凶?"

"凶锤子。隔几个月看吧。"

"说中国的消息。"

张振山伸开腿,抽着香烟,向阴沉的天空瞥了一下。

"中国?自然顶呱呱啦!"他油滑地说,摔掉报纸,笨重地走开去了。

他自己也不知道为什么要离开伙伴们,究竟要走到哪里去,他只是衔着烟,在锅炉房后面的堆着灰渣的空场上慢慢徘徊。因为某种难于解说的理由,他现在又极不甘心回到自己的阴沉的心情上来;所以,当看见几个少年伙子在愉快地向电杆上投铁镰的时候,他就走过去。

"喂,看我的!"他用和读报同样响朗的声音说;他自己也没有料到他的阴沉竟已经消散,发出这样大的声音来。他从一个小伙子手里抢过铁镰,狠狠地舞动它的细绳索,一面咬着牙齿,从齿缝里咒骂着。

但他没有投中。

"唉,真蠢,还是看我的!"

这小家伙投中了。他拉开嘴,露出他的向外突出的黄门牙,骄傲地微笑,摇着头。

张振山摩着手心,不同意地皱起眼睛,含着一个恶意的微笑确信地说:

"你明天一定要跌掉门牙!"

"唉呀!"小家伙回答,"跌到二十块钱八回上面去了!"

"看准,不要开心!"他懒洋洋地说,接着便阴郁而严骂起来,"你快活得很!"

他离开他们,摇晃地向煤场走去。他现在真的变得阴沉,而且竭力在持续这心情了。当他意外地发现了郭素娥的摊子的时候,他便抱住手臂,准备打架似的站定。

女人在摊子后面垂着头,背脊弯曲,显得异常疲倦。她不伸手拿东西给她的顾客,也不收起放在摊板上的毛票。当人们好奇地望着她的时候,她就懒惰地,直率地用眼睛对着他们。她无希望,像一个不能谋生的女人。那在山峡上空悬挂着的干燥的白云,煤场上的劳动的喧哗,人们的有毒的眼睛,都显得于她全无干涉。

张振山开始,用他自己的话来说,摔开自己,让对女人的怜恤在他心里生长起来。因为这怜恤,他就更恶意更狠毒地看着周围,看着在女人的摊子前面走过的人们。

两个穿制服的年青的职员走近摊子,买了一包烟,在给钱的时候故意逗弄郭素娥。

"多一毛钱不要补了,送给你。——就是她。"戴眼镜,脸部浮肿,嘴唇鲜艳的一个转向他的朋友说。

"嘻嘻,便宜呀!"

"尼采说，到女人那里去的时候，莫忘记带鞭子。"

"莫忘记带二十块钱。"

郭素娥突然倾斜着身体站了起来，在胸前握着手，愤怒地叫："滚开去！"

"哎呀呀，这凶法。有钱就不凶了。"

女人推开凳子，俯下腰，抓了一把煤灰向两个欣赏者摔去。

"叫矿警赶她出去！"没有戴眼镜的一个挥着手喊，闪出他手腕上的表。

张振山的阴沉的咆哮从摊子后面响了过来："我来替你们赶！"

一瞬间，他跃过来，挥着他的巨大的拳头击在戴眼镜的职员的胸膛上。从煤场的两端，工人们向这里奔来，发出粗野的呼啸。在这同类的呼啸里，张振山抽搐着面颊，成了不可抵御的狞恶的野兽。他的隆隆的咆哮震撼着低空，从工人们的冒热气的脏头上滚过："你们吃饱了！看吧，老子不用带鞭子！"

两个职员狼狈地逃开了。

张振山穿出人丛，向郭素娥吼：

"回去，不要再摆摊子！"

郭素娥沉默地，十分安详地望着他，把手举到头发上去。"你等会儿来，我跟你说话。"她苦楚地，确信地说，接着便弯下腰，露出刚刚觉醒的猛力，收拾了花生和香烟，背起门板来。

"这女人好大力！"一个老头子说。

张振山把手抄在衣袋里,用鸭舌帽遮着眼睛,下坡向厂房慢慢走去。二十分钟后,他便被喊到总管马华甫的办公室里去了。

总管的胖脸严峻,闪烁着青灰色。当张振山进来的时候,他放下手里的修指甲的剪子,转动头颅,戒备地望了他一眼。张振山走到离大办公桌两步的地方站住。

"你打了职员了!"好久之后,总管望着地面,在喉咙里说。

"对。"

"你做错了。"

"我?"他慢慢地摇头,一面望着在窗外窥探着的伙伴,"我不错。"

总管马华甫移动了一下椅子,锋利地瞧向他。

"你说说看。"

"那是两个狗一样的东西!"

总管突然歪过难看的脸去,向贴在窗玻璃上的陈东天的鼻子叫:

"走开!"接着他向张振山说,"你太无礼貌!"

"要怎样才叫有礼貌,一个工人?"

"你连我也不尊敬;你蔑视一切,忘记你的本分!"

"我的本分是什么?"

"听你的长辈的话!"

"我在这世界上从无亲人,谁是我的长辈!"

为了抑止自己的尖锐的愤怒,总管马华甫依身到桌子上去,翻了一下卷宗，随便地取出一张信笺来，读着那上面的字。其实，字在他的眼前浮幻成小黑虫，他什么也没有看到。"喂，张振山，"他把声音放低缓，"你不听我的话么？"

"听的。"

他又开始读信笺，这次镇静地读下去了。

"现在你听我说，你以后决不能这样。因为是你，我们才这样处置的。"

"我？怎样处置？"

"不怎样的。"总管停顿下来，抓起桌上瓷盘里的一根香烟，点燃，"矿长的手谕，要开除你，我的意思不是这样。你懂不？……"

"说啦！"

总管喷着烟。

"罚你包工的钱。"

"多少？"

"全部。"

张振山的手痉挛地抬到胸前。

"不重吧。"总管的粗眉头在锐利的眼睛上面覆压了下来。但出于他意料之外，张振山在屋子里粗笨地走了两步，镇定地站住在壁前，开始抽起烟来了。

"啊哈！"他在椅子上震动了一下，挥着手，用愤怒的、儿童的声音叫，"你……怎样？"

"现在是这样,钱是我做苦工得来的,还我!把我开除!"张振山张开大蛤蟆似的手,蛮横地走上一步,脸上有假装安详的笑容。

"不行!"马华甫站起来,用手攫住公文,仿佛张振山要来抢劫一样。张振山咬着烟,严厉地望着他。

"我揍他们错了吗?你未必会知道我和他们究竟谁无耻。你从前也做过工,但现在不同了,看哪,他们这样可怜,无耻,侮辱一个孤苦无依的女人!"他扶住桌子,声音洪亮,充沛着一种雄浑的激动,"告诉马先生,我们工人知道的是很简单的;但给我们吃甜吃酸,想挑拨也不行。我们是生命之交的朋友!"

"你的行为最不规矩!"

"规矩?养胖的奴才最规矩!"

"住嘴!"总管击桌子,厉声叫。

张振山把灰白的脸朝向窗外。他的眼睛发红,喷射着可怕的光焰;在他的胸膛里,滚动着一个压抑住的、残酷的哮号。最后,他摔去烟蒂,使整个的房间颤抖地跨着大步走出去。

在铁工房前面,少年的陈东天摩擦着手掌,气喘地向他奔来。

"老张,你有种!……"

昂奋地,狂喜地跃上来的杨福成,紧紧攀住张振山的肩头,一面挥着手打断了陈东天的话;但是当他开始自己说的时候,他就倏然变得奇异地严肃。

"老哥,你究竟……"

"老哥,你预备怎样?"吴新明弯着长腿,在两步外挂虑地问。

张振山闭紧嘴,瞪大眼睛望着伙伴们,最后向前跨了一步,战栗着下颚回答:

"兄弟们,我终归要走了;带那个女人——"

## 九

刘寿春在黎明时候就出去了,一直到现在,到郭素娥背着木板提着箩兜回到小屋子里的时候,还没有回来。郭素娥感到微微的眩晕,鸦片鬼的不在正好使她不被骚扰,自由地休息一下,等待张振山,等待命运的最后的判决。她在床沿上坐下来,垂着头,开始咀嚼刚才的事,尤其是张振山的行为所给予她的印象。下午的山巅上很寂静,风眼厂的机器的有韵律的鼓动声在杂木里昏昏地波荡着。

一种丰裕的狂喜,首先雾一般地在她里面浮动,使她惶恐,随后就坚实地燃烧了起来,将她的面颊变得柔软,红润。她的眼睛发灰,她的呼吸幸福地急喘了。

"回去,不要再摆摊子。"她咀嚼着,"他今天一定会来,恐怕就来了,要不然,晚上……哦呀,我这个女人!"她的眼睛里浮上了泪水。她喃喃着站起来,察看自己的打了好几个小补丁的干净的蓝布衫,然后走近桌子,向屋子的光徒的四壁凄楚地注视着。由于一种不可思议的激动,由于平常总是用劳动来稳定颠簸的心绪的强的习惯,她从桌棱上拖下抹布巾,到门前的水沟里去沾湿，开始专注地擦起桌子来。

在擦桌子之后，她的身体温热，萌生了一种要把整个屋子全收拾一下的欲望。她铺床，以细致的心情扫了泥地。她把破扫帚举到头顶上去，擦着墙壁上的灰尘的波痕和蛛网，就像在这生霉的穷苦的屋子里即将进行一件体面的大事似的。几年来，郭素娥在饥饿穷困里变得粗野而放肆，从不曾有过这样细致的心情；几年来，女人无抵御地跌在险恶的波浪里，所有的一切全溃烂，声音也成为昏狂的，从不曾在心里照耀过这样像田园的早晨阳光似的温煦的光明。一种简单的柔和的音乐在心的深处颤动，把多日的暴乱，淫恶，毒辣全淹没；她的身体浸着汗，她的灵魂浸着善良。一个稀有的欲念攫着了她，使她想立刻冲出屋去，向一切认识她的人招供一切，宣说她的屈辱。最后她掷下扫帚，扑一扑衣服，眩晕地吸了一口气。

"这屋子里要只我一个人就好，没有那鬼……"她坦率地想，走近窗洞，以一个长长的凝视迎着烟雾似的落山阳光。在山巅上面的低空里，两只翅膀闪耀着乌蓝色的鹞鹰，把锋锐的头向着阳光，骄傲地翔过蒙烟的林丛。风眼机器的颤动声和平地传过来，此外，还可以听到山峡里上行煤车的笨重的震声和它的汽笛的挑战的吼叫。当郭素娥跨出门的时候，一个中年的庄稼汉正荷着牛轭经过石板路，下到另一边山峡里去。他仔细地撸起他的衣裳，望着下面的安详的田地，牡牛一样慢慢地摩着下颚。一经过削壁，他就吐出了嘴里的什么，扬起尖厉的嗓子，唱起山歌来：

> 天晴落雨不要埋怨天，
> 天干米贵甲子年；
> 十字街头无米卖……

把搁在轭头上的手放下来以后，他依石壁站住，猛烈地昂起头，在声音里充满了烈性的悲愤：

> 饿死多少美姣年！

没有多久，从昏暗的峡谷底下，冲破梦境似的沉郁和疲劳，另一个更锐利更昂扬的声音应和着飞扑了出来，使得黄昏的空气似乎在破裂，在猛烈地闪灼。在这声音划然中断之后，是工厂的汽笛的五点钟的怒吼。

傍着一株扁柏树，站在草坡顶上的郭素娥，被这锐利的歌声逗得焦灼起来。她不安地搓着手，歪着褐色的颈子，微微张着充血的唇，向底下的厂区渴望着。在她后面，从邻家的毗连的屋子的门洞和窗口，浓烈的干柴烟带着盛夏的气息喷了出来，凝滞在草坡上。现在，郭素娥淹没在自己的欲求里，升腾在这平常的晚餐的辛苦的柴烟之上，对自己的邻人更冷淡，而且因为他们永远在臭泥沼里面爬，障碍自己的幸福，对他们怀着骄狂的憎恶。她仰视着对面蓝色的山峰，和山峰后面天空上悬挂着的深紫色的云柱，希望在这仰视里，张振山会不知不觉地走近她，向她伸出允诺的手臂。

但她失望了。两只乌鸦掠过她的头顶，做着低旋，向扁柏林里栖去，它们的突发的尖叫把她惊醒。显然地，张振山在晚餐以前没有来的希望了。但刘寿春今天一整天到哪里了呢？他还有什么地方可以骗钱用呢？

"他总要有诡计的。这样的人也能在世上活……"她喃喃地说，用来安慰自己奇异的焦灼，走进屋子，在黑暗里摸索，煮起苞谷羹来。

但她没有吃一点点。她的心绪变得险恶，那些在一点钟以前她为了使她的幸福的自觉持久所做的努力，现在除了疲劳以外，什么效果也没有留下。她感到周围的一切，这黄昏，这山巅，那风眼机的昏沉的晕响，那喜爱人家不幸的邻人，都不给予一点呼吸的空隙似的，向她不吉地迫来。她从窗洞茫然地向外面张望；那升浮在山坳里的厂区的灯火的眩晕，在她，仿佛是一场无声的火灾的映照。不幸决不会离开她这样一个女人的，她想，同时感到不幸正在像凶横的军队似的向她围拢来。她紧紧地扳住窗洞的木柱，就像一个落水的人情急地攫牢一根枝条似的，仿佛这世界是这样地迫害她，她除了这一根窗洞的木柱就别无所依似的。她在锐烈的失望，不，被摒弃的打击里，发出痛苦的呻吟。

她不大清楚她是怎样挨过这几个钟点的。她焦苦地坐着，守着油灯，张振山没有来，现在已拉过九点钟的汽笛了。她开始盼望任何一个人来，不管是魏海清或是刘寿春，由他们的来，她会更感到那种绝望的希望的变态的欢乐；她会奋身哭号，咒骂，声言她要永远脱离这种生活的，不管到哪里去，纵然去死，去了也就算了。但现在，埋在屋子的荒凉的空虚里，由焦急而糊涂，她逐渐不能明白自己的处境了。

"人家骂我，关我屁事——这样才受不了啦！"好久之后，张振山的思想，以她的声音在她里面不可捉摸地浮荡了起来，"一个人活在世上，一生总在挨骂，遭打，这是凭啥子！为啥子要挨下去呀，我恨煞他们，这次再不成，吃不饱，挨穷，我就杀死……哎哟，我的姆妈呀！"

门板轰然的碰响，惊得她跳起。接着是短促的寂静。

"啊，他——来……了！"

她奋力扬起手臂，像挣脱什么东西似的，然后跃到门前。但当她看见跨进门来的是刘寿春和别的几个镇上的人的时候，她就浑身凉却了。

刘寿春用手里的灯笼照着门槛，恶毒地俯身向地下张望着；轻轻地跨进门之后，他把灯笼提到嘴边，从肮脏的短须里吹熄。

"进来！"他向站在门口的人招手。

顶前面跨进门来的，是绰号叫黄毛，黄色的眉毛在扁平的额上连起，在粗黑的胶黏的下垂的眼皮底下闪出一对含着恶意的窥探神情的眼睛的，场上有名的光棍。第二个是刘寿春的高大的年青的堂侄，一个简单的长工，他到这里来，并不起什么作用，只纯粹地探听一下，看这个被所有的人憎恨的漂亮女人究竟是怎样，以确定自己的飘摇不定的道义心。第三个，是保长陆福生，当他跨进门来的时候，他庄严地除下他的新礼帽，把平板的黄脸仰一仰，露出两颗金牙，向主人带着毫无意义的严肃说："就这吗？"

刘寿春狡猾地转动一下眼睛算作回答，同时，他挺直身躯，用手在空中画了一个大圈向郭素娥狠恶地说："替我跪下来！"——在说话的时候，他顺着手势吃力地俯下腰。

女人动着失色的嘴唇，摇着头，明白了自己的绝望。在喉管里震响了一下之后，用一个郭素娥这样的女人在最后的绝望里所能有的愤怒的一击，她以一种充满不可侵犯的尊严的声音叫："哪个敢动我！"

黄毛展开阔肩，抖着手里的绳索，就像郭素娥的话是一个邀请似的带着惬意的微笑走近来："对不起！"

女人跃向桌子，攫着盛满冷汤的大碗。

"我是女人，不准动我！"她伸直嗓子狂喊，接着就将大碗猛力砸过去。这碗击中了刘寿春的脑部，使他呻吟了一声，带着汤水和碗的碎裂声一同向壁角翻倒下去。

黄毛扬起胶黏的眼皮，跃过来，用绳索鞭打郭素娥，在保长和长工的帮助里将她紧紧地捆起。在捆绑的时候，不管他的颊上怎样被抓破，他把大手伸到女人的衣襟下去，使劲地，狠毒地捏着她的乳房，以至于使她疼痛得厉叫起来。

"你们是畜生，你们要遭雷殛火烧；你妈的×，我被你们害死，你们这批吃人不吐骨的东西！"她的惨厉的、燃烧的吼叫从小木屋子里扑出来，冲过围在屋前的邻人们的头顶，在黑夜里，在杂木林上回荡，"好些年我看透了你们，你们不会想到一个女人的日子……她挨不下，她痛苦……"最后，她侧身向刘寿春的堂侄："哦，你是怎样的人呀，你也变成这样……"

在屋外的土坪上，一个老头子从嘴上拿下烟杆，在众人的沉默里批评：

"好厉害的女人啊！……确实，确实如此！"

"我早知道这手哩！"那个郭素娥曾经向她借水的新媳妇说。

"岁月坏，尽出这些事；要是不穷苦呢，这女人也不坏。"

"黄毛一来就无好事！"这是一个中年男子的奋激的声音，"陆福生专门顶王八。刘寿春尝得吗？"

而在屋子里，当女人的叫声裂断了之后，临到了一个仅仅一瞬间的紧张的沉默，可以听到昏暗的空气的颤动。刘寿春的堂侄，那单纯的长工，从黄毛捏着女人乳房的时候她的号叫，尤其是她的最后的一句话里，体会到一种不属于目前这毒辣的小屋子里的世界的、使他的心冷凝的东西，惶悚地把手从她的发烫的手臂上移下来，然后独自走到屋角去，蹲下来抽着烟。从此他不曾触动郭素娥一下，而在以后的日子里，当郭素娥事件的真相明白地被宣露出来之后，对于他的简单的道义心他就变得疑虑。

女人正叫骂得激烈的时候，因昨夜的热病而衰弱的魏海清爬上了山巅，挤在观看的邻人们中间。就在今天下午，他从一个路过这里的亲戚那里，知道了鸦片鬼受着黄毛和陆福生的怂恿，要抓郭素娥，假若她不答应把她卖给一个因为一种生理病态，死去了四个女人的绅粮这件事的话，就要以家族的名义，仿照上一代的残酷的实例来惩罚她。这事情后一步可以公开，但前一步，即出卖，是守着秘密的。

魏海清，听着这不幸的消息，在起初，是异常快意的，但到了晚饭之后，这快意就变得苦涩。他睡下去又爬起来，苦闷地在煤渣路上彷徨，思虑这件事的各方面，思虑他的内心；他对女人的怨恨是不可战胜的，但更不可能战胜的是他对那曾经在他家里做过工的绅粮，对保长陆福生和地痞黄毛的憎恨。最后，他不再让自己继续想，发蒙地拄着木棍爬上山巅，决定向郭素娥告发。

怀着一种暧昧的激动奔上山来的魏海清，现在是落在失望里了。他挤在一个抱着手臂的男人背后，从后者的肩上探出他的紧绷的长脸，向屋子里愤怒地凝视。在郭素娥的叫喊中止之后，他排开前面的人，尊严地提着木棍走进屋子。他的直视的长脸上战栗着愤怒，显得坚决，丑陋。

"告诉我，你们做啥子！"他低而急迫地问，拄定木棍。从屋角里，年青的长工坦率地望着他，当保长陆福生把手抄在大衣里，朝他走来的时候，向他做了一个切断的、但不是他所有暇理解的手势。

保长仰着平板的黄脸，屈尊地拍了一拍魏海清的肩头。

"一向好?"他低低地说,吹着气,"你顶晓得这个女人的,这是地方上的事,我们负责在身,不能容许。"

"她做了一些啥子事?"

保长望望坐在床沿上抱着头的刘寿春,微微显出困窘。同一瞬间,被绑在凳子上精疲力尽的郭素娥,以一个悲愤绝望的凝视向魏海清投来。

"这明明是家事,保长,怎么是公事呀!"魏海清粗壮地跨上一步,叫。

保长陆福生把礼帽从头上取下来,威胁地望着他。

"地方上一直如此,你不懂。"

"她是我的亲戚!"

"哎呀,不要这样甜!"黄毛冷冷地插进来说。同时,刘寿春奋舞着手臂,喷着口沫,在床铺那里毒喊起来了:"我不承认你们,你们平常不认得我。……我要重整她呀!我要叫你们全看看……"

"不要叫吧。"保长严肃地转向他说。但他在吞了两个字之后,还是继续叫完:"看你们以后欺不欺我。"他转向女人:"看你,哼,你可朗个办我!"

"做鬼也杀死你!"郭素娥咬着牙齿回答。

黄毛侧身走向她,从眉毛底下瞟着她的脑部。

"我们走!"

魏海清在窘迫和孤单里挣扎着,横着木棍走到门口,突然向

门外咆哮:

"各位看哪,天下有这种事!他们要把这女人卖给绅粮吴朗厚;我在他家干过活,我知道底细……"

当门外像狂风啸过森林似的,腾起一阵兴奋的、惋惜的呼喊的时候,郭素娥从凳子上跃了起来,把身体疯狂地击向刘寿春,和他一同滚在地下,发出她的最后的、令人战栗的厉叫:"我们都可以死了!"

同时黄毛走向魏海清,险恶地扬起左眼皮,喷着恶臭的酒气说:"还有话说么?这与你何相干——不卖给你么?哈,改天请你喝一杯!"

魏海清抑制着自己,倾斜着身体握紧拳头站住。但他的身体还是摆动的,就像他立刻就要摔倒一般。他昏迷地告诉自己,他已经尽了最大的力,不要再干涉下去了,但是当郭素娥的含着明显的要求的眼睛射向他时,他就为自己的这样的想头战颤起来,退到门板上。

"要我去喊——张振山吗?"他在心里怯懦地说,"我不……来不及了,那要闯多大的祸!"

郭素娥失望地望着门外的人群。当保长命令黄毛拖她走的时候,她迅速地退了一步,倚在桌子上,使劲地在绳索里扭动丰满的肩膀,像在替决心和杀戮找寻力量似的。走过门边,她给了她的邻人和魏海清以仇恨的一瞥。这一瞥在魏海清的以后做苦工的日子里,将永远从内心怨毒地照耀,不会被忘掉。

女人跟着刘寿春的一群,走上石板路,走上她十年地梦想着从它走开去的石板路,下到峡谷里去了。在他们后面远远地跟着,不停地吸着烟的,是那年青的长工。

一个老头子走向呆站在落了锁的门板前面的魏海清,愁虑地问:

"究竟朗个回事,你说说看!"

"他们卖她,她不肯就杀死她!"魏海清举起木棍,以麻木的大声回答。

"可以报官吗?"

"官今天就来了一个!"

"狗×的!"

邻人们逐渐走散了,吮吸着烈性的痛苦,魏海清拄着白木棍在落了锁的门前,在黑暗的土坪上蹒跚地徘徊着。以后就抱着头,把木棍夹在膝盖中间,坐在枯树桩上。

"要是张振山那混蛋来了会怎样呢?"他自己问。接着回答:"不成的。张振山也不是比他们好一些的人。况且他一个人有锤子用!……他们是贱狗狼群,可杀!"

他倏然站起,望向黑暗的山峡。

"那是一个瘟臭的地方,我魏海清决不回去,宁愿在外面饥饿而死,啊!"他摊开手,喘息,想起女人的刚才的惨叫来:"'你们不晓得一个女人的日子,她挨不下去,她痛苦!'啊,确实如此!"

## 十

从酒铺的茅屋的矮门上端,透过窒闷的油烟,可以看见远远煤场上的灯火的绚烂的环节。坐在伙伴们中间的张振山,用手支着面颊,把肌肉狠狠地挤到眼部,使眼睛显出一种沉思的半闭神情,尖锐地穿过对面吴新明的高耸的肩头,射向门外,射向隐在煤场的灯火背后的、郭素娥所在的山巅。

当伙伴们举起酒杯来的时候,他急剧地从颊上松下手来,俯头到自己的杯子上去,贪婪地吮光。以后,他咂嘴,又恢复他的姿势。

"老弟们,不用心焦!"吴新明舐一舐嘴唇,用老练的、激越的声音开始说:"哪个都不在乎这狗地方的!我们湖海漂泊,是到处可去的人!……"他吹了一口气,继续说:"他们先前说待遇如何之好,但一来了,也还是如此。我们难道会被高帽子压碎么,哈,"他得意地笑,"我们的脑袋并不小!老张,我比你岁数大些,你此去的时候,我劝你心要放宽……"

张振山放下手耸一耸肩,把变暗的眼睛从烟雾里瞧向他:"为什么?"

"一个人生活了几十年,总要看透一个真理的。老张,我把我的经验奉劝你。请酒?"

所有的手在委顿的灯光底下晃动着。但是当吴新明愉快地擦了一下嘴唇,正要继续往下说的时候,张振山的深沉的、洪大的声音震响起来了。

"老哥，我不想和你讨论真理。"他把眼光向伙伴们扫了一圈，"我谢谢你们替我送行。这是我的光荣。真的我很惭愧，对大家这两年毫无好处。……我想说，"顿了一下之后，他把脸锋锐地朝着他的对手，"看吧，我的真理和你的，一定是不同的东西！真正的我们的真理是怎么样？那当然是：一个工人要认识他自己，他的朋友，他的工作关系；他不要单独一个人捣鬼。他们要发展工作关系，自己团结，休戚相关。你的真理如何呢？你要第一，吓，讲义气，讲尊严。义气一空，你就可要到老婆肚子上去歇凉了！"（话在几声抑制住的大笑里中断了一下）"至于我，我是一个会犯规矩的。我明白一切，老弟们，只是我心里面有多少坏的东西呀！……时常说不要这样，不要这样，结果又这样了……多糟，我希望你们过得好，不像我这样！……"

"我不是说的这些空意思呀！"吴新明带着显明的不满，说。

"你说的是——？"

"待人接物，机警理智。"

张振山站起来，吞下嘴里的嚼烂的肉片，打了一个狂妄的呵欠。

"买一本酬世大全看看吧。喂，你们也相信我老张么？"他抓住身边陈东天的手，又把它摔开，他的浓眉头在凸出的额上游动，向眼睛覆压了下来，"我这回是定将又要做一件坏事了。真不甘心呀！"

"你从哪里不甘心？"吴新明露出企图再试锋芒的样子，站起来，在凳子上踏着一只脚。但他的话被嘴里包满了酱肉的杨福成的嗡嗡的大声遮没了。

"你是先上城去……明天，一早？"

"打算这样。"

"你那三百块钱够么？"陈东天仰着脸问。

"不够也只有这样。看吧，马华甫刚才敢不拿出两百来么？什么费什么费，你扣吧，做工的总是做工的，我们……"

"我们一共同要求，他就没法了。"

"记好这个教训，老哥们！……"

吴新明从柜桌那里端了一壶酒过来，站在杨福成身后，尖厉地说：

"就是你自己会忘记这个教训，刚才说过的。"

"我认错！不，我并不这样无理智，这样糊涂！"张振山的大脸灼烧，当他扭曲着颈子往下说的时候，可以看见他的尖锐的大喉核的可怕的痉挛，"我一下有点事，要走了。我想再说几句话。我在这里做了两年，干了不少叫人恨的事，这叫我高兴，但是最后，我自己要笑我自己，恼火……无聊……带走一个不相干的女人！"他的粗肥的大手指在烟雾里比画着，"隔几年我们又可以相见了！那时候你们看我姓张的究竟是怎样吧。够不够朋友。我会倒霉，看不见……"他在眉毛底下愤恨地凝视，"但是……兄弟，我们是不会倒霉的！"

"你还要说什么？"一个沉默了好久的伙伴问。

张振山严厉地，带着深深的藐视和坚冷的热爱，从鸭舌帽底下凝望着在他的前面变得像黄色的斑渍似的山坡上的灯火。

"你还要说什么？"

张振山把大手急剧地扬到和鼻子一样高。

"你还有什么话说？"

激昂地，悲痛地，张振山把鸭舌帽狠狠地从头上撕下来。

"你就走么？"

"是。"

"再喝三杯！"

从俯头在膝盖上的杨福成嘴里，像在夜风里缓缓拉动的二胡的弦音一样，歌声和谐地，凄楚地，带着向渺茫的远方的深的倾慕，流了出来：

哥子呀……
你不必再回来。

当他甩着头发，把头猛然抬起的时候，在昏疲的油灯的映照下，他的平常老是浑浊的眼睛是明亮的，潮湿的；另外两个声音渗了进来，歌声起着奋激的波浪，拍击着烟雾，掀到茅屋外面去。

灾难遍地黎民苦，

家乡的疮痍呀——妹难数！

张振山把鸭舌帽紧紧捏在手里，嘴唇尖着，含着一个坚决的、慈和的微笑，在墙壁前面张开腿凝然站立着。歌唱的半途，郭素娥的丰满的形象在他眼前浮现，使他体会到辛酸的屈服和稀奇的悲凄。

"我做错了吗？"

他微微摇头，脸相变得乖戾，不自觉地涌出一个自恕的微笑。

"兄弟们，"他亲切地说，声音温暖，"我先走一步了！"

所有的人从凳子上站起来，发出一阵惋惜的喧哗。

"祝你得胜归来！"

"明天早上我们送你！"

他大步跨出酒铺的茅屋，跃下土坪，把鸭舌帽摔在头上，在铁道旁边微微凝了一下神之后，就匆促地向煤场奔去。

他预备把女人夺出小屋子来，立刻赶煤车离开这里，到江边的镇上去下宿，明天黎明搭船下城。这个念头是在走出酒馆之后才突然决定的。——他现在不得不这么决定了；他现在终于不能以恶毒的翼越过一个女人的爱情，预备带走她了。这屈服，这温情，在以前，他是以为决不会在他的险恶的世界里出现的，所以使他感到苦闷和极端的焦躁。

在奔上山巅的时候，酒精的力量发作了起来，使他微微地昏晕。他扒开胸前的绿工衣，露出凸出肌肉的山峰的多毛的胸膛，跃到一块巨石上去，转身凝望着山下的、他即将离开的精疲力尽的劳动世界，猛烈地吐了一口气。

"不要追我！"从内面迸发的一个无声的咆哮使他自己的耳鼓鸣响，"我还要——再来！"

失去了惯常的镇定，他跨着蹒跚的步子走近了小屋子前面的土坪，但一个突然从土坪侧面升起来的长长的黑影使他惊愕地站住了。

"谁？"把拳头掣到胸前，他低厉地问。

黑影响着木棍静静地，骄傲地走近来，不回答。

"谁？"他把声音变得深沉，恢复了镇定。

黑影踱到离他一步的地方站住，弯下腰，怠慢地察看他。

"是张振山吗？"

"魏海清！"张振山残酷地喊。

"来找她吗？"魏海清的手指着屋子。

"对！"

"你打算做什么呢，老哥？"

在灰色的微光里，可以看见张振山的眼睛的愤怒的闪光。

"那么，"魏海清依然骄傲地说，但声音有些颤抖了，"请去找吧！"

一瞬间，张振山无理性地跃上去，给魏海清的下颚以猛烈可怕的一击。木棍从手里飞落，它的主人无声地张开手，翻跌到枯树桩背后去了。在这使力的一击里，张振山全身震动，被盲目的毁坏欲望所鼓跃，向屋门冲去。

但是，他的猛扑过去的坚硬的大手落在更坚硬的黄铜锁上。

"魏海清，"停了好久，他凶恶地叫，但显然地，这声音里含有强烈而苦楚的失望。

回答的是从山坡上的杂木林里呼啸而来的寒凉的夜风。于是，他在烈风里倾斜着大身躯，向魏海清从那里倒下的枯树桩跨去。

"喂，魏海清！"他俯下腰，伸出手。

魏海清痛楚地呻吟着，用手在空中抓扑，抱住了他的粗腿。奇异的是，他除了向这被自己伤害的人更凑近身体以外，没有想到别的。

"说，魏海清，发生了什么事？"

魏海清咒骂着，用一种吮吸的声音在风里回答：

"她——完——了！"

"什么？"张振山失望地叫，同时弯下腰，把大手扶住了对方的战悸的肩膀。

在张振山的帮助下站起来的魏海清，突然在风里掀动着手，发出了儿童的、冲动的哭泣。

"她完了。……她怕再不会回到这里。十几年，一个女人……好难挨啊！"

张振山在这哭诉里战栗。他的大脸灼热，胸脯麻痹而寒冷。他开始抽烟，焦急地在土坪上徘徊。

"这有屁用!……"他责备地嚷,接着又以抚慰似的大声加上说,"你讲吧,怎么一回事?"

于是,魏海清制止了哭泣,坐到树桩上去,把跟邻人说过的话夹着咒骂重说了一遍。说完了之后,他感到疲劳和寒冷,逐渐糊涂,什么情感也没有遗留。当张振山抱着膝盖坐在门前石块上恶意地思索着的时候,他站起来,寻到了白木棍,预备走开。

"慢点。他们带她到哪里去了,你知道吗?"

"不知。"魏海清大声回答。"你去寻她吧。"他说,用白木棍指着山峡底下,"我作难些什么呢?我决不……告诉你,那些全是贱狗狼群,不讲人性!"

"他们有些什么把戏?"

"他们比你还贱毒!"

张振山跳了起来。

"什么,我贱毒?这是真的吗?"他嘶哑地叫,笨重地转动他的躯体,"看,我不是完全失败了!我失败,并不是我……"他的腮部可怕地战栗。

"好,她会怎样?——会从不会?"

"她?不会的!"

"为什么?"

"她会死的!"

一阵风猛扑过来,将魏海清的痛苦而甜蜜的叫喊夹带到漆黑的山峡里去。这叫喊像一个胶质的突体似的碰在山壁上,发出强韧的,在中间被风击断的回声来。

张振山耸一下肩膀,走近来,递给魏海清一根香烟,但魏海清严正地拒绝了。

"我去了。老哥。……我想告诉你,你有很多地方是坏透了的。"

"你说得对!"张振山无表情地回答。当魏海清的身影艰难地摇晃着,隐没在土坡后面的黑暗里之后,他衔着烟,把手抱在胸前,在土坪上急剧地踱着。

"现在完了。狗×的,你自以为行,你满意吧。你可以奔开去,没有责任,一个人炒辣椒吃。……你现在说你同情这个女人,又说她靠不住,你究竟说些什么?终归,她牺牲了在你的笨手里……你无知狠毒,你胡为……为什么这样说?"他大步跨走,晃动拳头,"啊,活了二十五年的张振山,你的苦痛就在这里!……"他站住,向风眼厂那边的光晕凝视,发响地咬牙,"好走吧,向前向前,……她葬身在那边了,为了自由的生活……你也要在机器底下灭亡吗?向前去吧,领受你应得的报酬!……再来一次,为什么不!"

他拉了一下鸭舌帽,转身向低矮的小屋子。一瞬间,像面对着仇敌似的,他的喉咙鸣响,白色的大牙齿在卷缩的唇皮间突了出来。……

于是,向前面阴险地望了一望,他奋身跃近小屋,搬开屋门,进到里面去。

一刻钟以后,这阴湿,矮塌,破陋的小屋子在山风的煽炽里狂烈地燃烧起来了。火焰从树丛里涌出来,昂奋地舞踊着。火灾照亮了两个峡谷,以完全不同的感奋给予了两个峡谷里的居民。

## 十一

这是一个位置在房屋旧朽而麇集,人烟相当稠密的五里镇镇尾的张飞庙的积满灰尘的后殿。插在神座背后的墙壁缝里的一支红蜡烛,从仿佛溃烂的肌肉似的烛头里,流下胶黏的泪,在布满蜘蛛网和垂挂着乌黑的烟尘絮的顶板下,摇闪着昏晕的黄圈。正对着神座背的厚笨而腐朽的后门被大木柱牢牢地顶住了,但通到那黄毛的巢穴,一间阴森的房间的门却洞开着,里面浮动着诡秘,人语,不时从炉灶底被拉开的膛口里闪出熊熊的、猩红色的火光。郭素娥躺倒在神座侧面临时搭的板床上,一只手蒙着眼睛,一只手则恐惧似的在胸前扭曲着。她的头发在木板的边沿披散,像是一大绺陈旧的干燥的黑纱。她的软软下垂的腿不时在轻微的抽搐里颤动;只有还颤动,表示生命尚未离开她。

从侧房里,送出来刘寿春的堂姐,一个阴鸷,猥小的老寡妇的像沙粒似的干燥的声音。

"不能再捶打她……我说些……好哪,"声音在这里变得决断,"你去再问一道!不要打!"

刘寿春的干瘦的身影在门框中出现了。他拖着烂布鞋,发出粗涩的声音,兴奋地用猛力佝偻着腰,慢慢向前移动,一面神秘似的向烛光窥察着。他的阴毒的、蕴蓄着陈旧的力量和新异的决心的面容使人家感觉到他现在已不再是一个无能的、好哭的鸦片鬼,而是一个替郭素娥的命运安排下的,一直都被掩蔽着,到现在才显露出本相来的最刮毒,最贪婪的幽灵。当这幽灵无思想地考虑着,走近女人,在她的脸上使劲地摇着他的手的时候,小眼睛里就爆射着一种在暑热里快要倒毙的人的昏狂而猩热的光芒。

"怎样,装不装?"他从齿缝里说。

在被小老人移开的手底下,郭素娥的憔悴可怕的脸在烛光下显露。浮肿的眼睑无知觉地半合着。

"瞧打二更以后,最后……说!"

"进来,老刘!"房里黄毛大声喊。

刘寿春狞笑了一声,走进房去了。这狞笑仿佛得意他现在竟然也发现了自己的权威和用途,发现了自己除了是一个渺小的鸦片鬼以外,还是一个有价值的、被自己的一群所重视的人,仿佛向这以前践踏他的人报复似的。

"你怪叫些啥!"堂姐严厉地责备,闪着残忍的呆钝的小眼睛,把干瘪的胸膛压在桌沿上,"朗个,她不肯?……"

"哎哟哟,以我的见解,明天清早送她去,干干净净!"保长陆福生烦闷地说,摇着收拾得很干净的头,一面把左手掌抬到鼻孔上,狠狠地嗅了一下,"问呀,打呀不中用的;这个女人吃软不吃硬。"他又嗅了一下仿佛有女人的肉体的暖气的手掌,缩起短上唇,把金牙齿露出来,并且习惯地用舌尖舐一舐。显然地,现在即使他自己也明了他不是在办公事了。在办公事的时候，他是决不用这声音说话，这样的姿势表情的。他现在的确很坦率，敢于承认他所以参加在这里，是因为这里需要公家的力量，从而他可以得到够给他的美貌的女人扯一件绸衣料的酬劳。

虽然房间异常小，但四个人挤在里面，各人打着各人自己算盘的时候，还是显得空虚。默默地相对了一下之后，黄毛用发怒的大步一步跨到灶边，打起一盆热水，烫得嘘着气地洗起自己的手来。在这瞬间，老太婆的薄嘴皮被凶恶的决心所扭曲，鹰一样地耸起肩头，望定刘寿春说：

"我去！"

于是，她迅速地，像飞扑一般地闪晃着她的重重叠叠，长短不一的衣服，走出门去，坐到郭素娥旁边。有两分钟工夫，她眯起眼睛，在耸起的肩上侧着头，仔细地端详着毫无防御的郭素娥；最后，她用尖锐的小声开始说话了。

"你醒一醒，女人，听一听，是我这个老人对你说话，"她摇着郭素娥的肩膀，"往常老人的话是不能不听的，现在可好，把老人都丢开了，我说一说，看你听不听。我是再明白不过的人了，在我们刘家里头。你自己作孽，又有啥方法呢？"她微微仰起头，咳嗽着，"你自己触犯了菩萨，人不能做主。"

郭素娥的胸脯震颤着，像有一个疼痛的叹息在里面回旋，当她突然睁开眼睛来的时候，她就以一种绝望的愤怒的目光射向像玩偶一般在指画着空气的老女人。

"说，朗个主意？"收回干枯的手，老女人说。

郭素娥又闭上眼睛。她的嘴唇微弱地颤动，发出无声的诅咒。

"你算狠，你败坏门风的女人！"老妇人挺起胸膛，残酷地扬高了声音，"刘家自然不要你，哼，有吃有活你不去！……"

突然，一个恶魔出现了。这恶魔甩着头发，喷着口沫，张牙舞爪地扑在老妇人的颈子上，扼住她的脆弱的喉管。

"哎哟！……你们！"她窒息地喊，"这贱×造反了。整她整……她！"当三个男人奔出来把她解救回来之后，她哭泣似的蒙住眼睛，跳着小脚怪叫："不让她活，整死整死她！"

跃起来去夺蜡烛的郭素娥，被刘寿春一拳头击倒在门板上。

"现在？……"刘寿春急迫地问。

"不行的，她一定要闯大祸，先整她，隔几天再看风！……"老妇人呻吟，奔到房里去，一分钟不到，擎着预备好了的烧红的火铲奔了出来。火铲碰在门框上，迸出鲜红的火星。

这是他们的家族用来惩罚犯罪的女人的刑法中间的一种。它是在郭素娥一被推倒在床板上的时候就预备好了的；不过，在这一瞬间以前，他们除了把它当作恐吓的方法以外，并没有想到它有，而且也不希望它有实际的用途。但现在，那里是被捆起手脚的犯罪的女人，这里是不知多少年以来就擎在严酷的家长手里的火铲，在火铲的暗红的灼热的光焰里，族人们和不是族人的外人们都迷失了理性，甚至迷失了利欲打算的自身，变得疯狂了！

黄毛剥去郭素娥的衣服，用它包裹着她的头，塞住她的嘴。

在她的赤裸的胸膛上,她的巨大的、丰满的乳房恐怖地颤抖着。

刘寿春平举着火铲,伏到木板上去,磨着牙齿,他的长长的从乱须间垂下来的唾液,落在女人身上。在火铲的灼烧的热力里,女人的陷凹的黝黑的腹部收缩,一直到胸口浸着汗液,显出黑色的纹路和棱角。

正当火铲晃动,将要落到郭素娥的胸膛上去的时候,老妇人磕响牙齿,残酷地叫了出来:

"不行,这里不行,大腿!"

黄毛带着难看的庄重与喜悦混合的神情,望了望矮得只到他胸部的老妇人,然后把呆钝的贪婪的眼光落到女人的乳房上去。刘寿春转侧了一下身躯,手臂在过度的紧张里神经衰弱地颤抖着,猛烈地从腹部下面拉下女人的裤子来。火铲在他手里起初慢慢降落,有些闪动,最后就迅速地贴到女人的大腿肌肉上去,使丰满的肌肉嘶嘶发响,变黑,冒出一股混着血的焦气。女人无声地痉挛着,每一块肌肉浸着汗,像石子一般可怕地突起。

保长陆福生嫌恶地吐着唾液,极端严厉地皱起短眉毛。

"呀,不要烧焦那地方!"歪着嘴的黄毛,在身侧勾曲起手指,以一种苦闷的声音说。

⋯⋯刘寿春从短髭里喷着气,摔下火铲,奔进房去了。当陆福生摸着制服的纽扣冷冷地走进房来的时候,他正昏迷地扶着桌子耸起肩膀,向积着烟尘的屋顶张开小黑洞一般的口,接连吞下三颗烟泡。

"这事情……"沉默了好久之后保长说,声音缓慢而阴冷,含着不可思议的权威,"我看你们弄糟了,你们能养她一辈子吗?"

刘寿春撅出肮脏的尖须,忘记把吞烟的手收下来,用呆钝的眼睛望着他。但不一会儿,他的眼睛忽然直直地转动,他把手臂伸直,带着可怜的假装的兴奋叫:"她伤不了。……死也算,我姓刘的在五里场不在乎……"当他把手收缩到扁平而多毛,给人以一种溃烂的印象的脸上来的时候,他就打了一个喷嚏似的,冲动地哭泣起来了,"我对不起祖宗,……我对不起姓刘的祖……你们看,你们看我……"

老妇人用手抵住桌角,阴鸷地向他凝视着。

"你这狗×不要脸的!"她突然跃起,凌乱地奋舞着手臂,"看你不要脸的怎么办!这样一大笔……"

"是你要我用火的呀……"半蹲下身体,跺着脚,刘寿春号啕大哭了。

"我是尽我老人的心。我走了。"

保长假装愤怒地望了刘寿春,转过身子,在殿堂口追上了老女人。

"不要紧,隔两天就成,她会答应的。"他在黑暗里大声向她说。

"陆保长,这门槛我看不见,你拉我。"

"讨厌!"保长用同样的大声回答,把手伸给她。

"保长,你借五块钱给我,我想扯……"走出张飞庙,老妇人用甜甜的小声要求保长，但保长没有回答，喷了一下鼻息，便向场口烦躁地走去了。

"这些雷劈火烧的！"她骂，酸毒地狞笑了一声。

人一走光，刘寿春在嘶哑地喊了两声之后，就不想再哭了。他望着打开的灶门里的熊熊的火焰，呻吟着，躺到黄毛的床上去。

"我们这家人……从此完了……"

而在房外，在神座背后，蜡烛已经熄灭了。郭素娥昏晕着，全身冰冷，在烧伤的地方淌着血水。但黄毛的大手却从血水中间，在她的赤裸的身体上摸索着。他带着一种胆怯的昏狂，注视着她的肌肉的白色，一面向自己说着暧昧的话，但当他突然想起什么一件东西来的时候，他就伏下身子悄悄爬到她的身体上去。

没有多久，刘寿春的瘦身影在门缝间出现，停留了一下，又移开去。但黄毛没有注意到。

## 十二

在农历一月初旬，强劲而潮湿的山风三昼夜地吹扑着，使天穹低沉，变得铅块一般阴郁。风止息了的时候，云的蠢笨的大帐幕覆盖了天空，峡谷里又灰茫茫地飘起冷雨来。在雨里嗅不到春天的尘埃的气息；土堰上的柳树摆着细弱的光枝，没有抽芽的意思；鸟雀也飞不高，只是在灰绿色的竹丛里凄苦地抖擞着稀湿的羽毛。它们召唤春天，但春天还得隔一些时候才会来！

人们在整个灰暗的、狡猾的山地的冬天里给弄得异常疲劳，生活变得更重,像装载了五吨煤的小车子;脸丑陋下去,青下去,憔悴下去了。即使那些顽健的、怠慢的机器工人,也沉闷地抖着肩膀,忧郁地诅咒着。酒和烟消耗得很多,因此,像郭素娥所摆的那种摊子现在繁衍起来了。矿工们几乎睡完了一个冬天;在做工的时候他们打盹睡,在不做工的时候他们就无论在什么地方都贪婪地睡眠。但他们的睡眠是惊悸的,发着谵语,就仿佛他们再得不着睡眠了,一只大手正立刻要把他们攫到另一个可怕的世界里去似的。到处生着火,在卸煤台上,筛煤机旁,矿洞口,煤火的小堆积冒着青烟,人们在冷风里偷偷地聚在一起,擦着鼻涕,拼命地抽烟。而在夜里,无枝可栖的临时工,那些异乡的或本地的流浪汉们,就把他们的从破裤子里露出来的屁股向着猩红的火苗,在岚炭炉边沿上睡觉。当女人的惨厉的哭泣突破劳动的颤音,突破死板的天空从山坡上飞扬开来的时候,人们就彼此交换一下麻木的眼光,表示说:"你知道吧,她的丈夫昨天在炉子里烧死了;一不小心,连蓑衣一起滚下去。但他是一个很老成、很能做的人啊!"

很老成、很能做的人的薄木棺材被抬到工人坟区,其实是乱葬坑去。

一到十二月底,人们就忙碌一些了,就仿佛在生活的怠惰的外表下,原来就存在着某种秘密的力量似的。穷人和单身汉用他们的眼睛忙碌着,从这个厂房卖力地踱到那个厂房,望望天空,嗅嗅鼻子又望望地面,似乎在等待奇迹发生。除夕的夜里,很多单身汉在酒醉之后拥在一起不害羞地哭泣。哭泣也是用力的。这时候，厂区上笼罩着安详的烟云，鞭炮在每个山坡上轰响；这时候，异乡的蜡烛闪晃在祖先的旧画像面前，老祖母虔诚地跪拜，孙儿则扬起拳头向天空诅咒。最后，哭泣完毕的流浪汉们开始在破陋的屋子里豪兴地跳跃起来。他们唱着，变得悲伤——唱着生活的无穷的痛苦和希望的美丽，农村的荒凉、战争的创伤和姑娘的忧愁……

黄昏，天就开始落雪。初一黎明，雪止了，迎接戏班子的特派车，倾斜地、迅速地、喜悦地从覆雪的轨道上滚过去，喷出鲜丽的浓烟。天空是晴朗的，阳光闪耀着，人是喧嚣的，在融雪的辉煌的寒冷里，他们呼叫、歌唱，把雪踏成泥浆。彩娘船、化装高跷队、机电工人的武术班，它们拖着撒野的群众，红红绿绿地在雪地里流去，一面招展大衣袖，做媚眼尖声地叫：

"看哪，幺妹来了！"

"幺妹在家里想哪，明年回去！"杨福成吼。

"幺妹替日本人养儿子呀！"

最后，特派车载来了汉戏班。好几年来都是如此。好几年来都搭起松柏牌坊，挂起写着"春节劳军游艺大会"的红布裆，在装置得颇为华丽的芦席棚子里由高级职员领头敬太上老君，然后点戏谢神。但是在台子上唱起《苏三起解》，人们跺脚吼叫，批评着青衣的时候，太上老君，除了有两个矿警不耐烦地守卫着以外，就被所有的人遗忘了。虚伪、恐惧，最后，属于那些老矿工的微微的一点虔诚,落在泥泞里,踩得稀烂。

公司当局是庄严的。他们的脸每每变得那样严峻,像窑子里着了火或是发了水的时候一样。但工人们晓得,他们是等候大老板的来临。

以后是工人演高脚狮子给大老板看。以后是每个大职员和本地大地主住宅的欢迎,让工人演员们在雪地里翻滚,流汗。但最后,终于来了狂妄的风和悄然的冷雨。

冷雨继续了一星期了。过年的情热扫兴地完结了。人们把手抄在裤袋里,懒懒地向工作走去,偶然地把今年和去年比一比,想起去年的事,想起放火的张振山和摆摊子的好看的女人来。

曾经被刘寿春的邻人疑为放火者的魏海清,在整整的一个冬天,衰老了十年,落在自愿的寂寞和孤伶里,仿佛负荷着什么重大的隐秘的痛苦似的。在他的长方形的脸上,黄色的疲倦的皱纹向呆钝的眼睛聚拢,胡须从下颚暴躁地突出。他说话很少,声调每每阴沉得像一个怀疑一切的人。从特异地温柔变得神经衰弱地愤怒和从卖力地劳动突然变得疲懒的次数一天一天地增多了。他也偶然跟伙伴们一起喝酒,也笑闹;但他的笑声是被扼住的,令人难堪的。在笑过之后,他的眼睛里就流露出悔恨和盲目的愤怒来。

当人们看到这个刻板而又贫穷的人怎样宽纵他的横暴、狡猾的儿子的时候,他们是多么地惊奇!他时常望着他温和地笑,不再责骂一句。在过年的时候,他花去一个月工资的伙食以外的剩余,八块四角,替他买了糖糕和鸡蛋;当他在煤场上打伤了鼻子回来的时候,他用颤抖的手替他揩擦,不说一句话,仅仅自己在事后捶胸,悄然地叹息。

"日子是他自己的。"他说明他的理由。

有一个晚上,孩子探索地望着他,晃动自己的包在破棉袄里的脏手臂向他大声说:"爹,你变种了!"

"你说什么话?"父亲尖细地回答,瞪大眼睛。

"你不是不想做工?"孩子在腰上叉起手。

"小冲!"

小冲霎了一下突出的眼睛,严肃地,像大人一样地跨到桌子旁边,把手举到肩膀高,搁在桌沿上。

"你钱不够用,我来下井!"

做父亲的沉默着,眯起眼睛。他的胸膛痛苦地收缩起来了。

"少说胡话,下年我……"但他没有说下去。他歪过颈子,从渍湿的冒烟的眼睛里望着黑暗的窗洞外。

"我不在乎!"小冲敏捷地翻身,用颈项抵住桌角,一面抡着拳头,"他们骂你哩。我要逞强!"

魏海清看着他的头顶,严肃地命令。

"过来!"

小冲走近两步,叉开腿停住。

"你想做什么?"

"做工。"

"答得好。"魏海清站直,在手里敲着烟杆,"答得好,儿子。"父亲的嘴唇战栗,眼睛变细,里面藏着病态的狂喜。"我们也是无家无地的人,你懂不?你懂的!你要争气,你要替人家敲石头,替人家挖地,替人家……折断筋骨!"在他的瞪大的眼睛里浮上了热烈的、愤怒的泪,"你答得好。你走你的路,我过我的桥!"他的声音突然猛力地扬高,转成激越,"老子吃亏一生,有你这个儿子算……好,你说你记着我的话!"

儿子被他的暴烈的状态所惊吓,长久地抱手站着,带着单纯的敬畏望向他。最后,他使劲地挥了一下手臂,跃起来,向他迅奋地叫:

"爹,有便宜油你买不买?"(谁也不知道他怎么会叫出这句话来的,但随后他就用同样的声音加上叫)"你说得对!……你说得不差池,你说得……"

过年以后,杨福成曾来访问过他的木屋子一次,说及张振山,主要的是探问郭素娥的结果。

"他托我告诉你,"杨福成庄重地说,面孔拉长,坐到床沿上去,把鸭舌帽(他也学张振山,戴起愈油污便愈好的鸭舌帽来了)在手里微微挥了一下,"他讲,'告诉魏海清,我问候他;那个女人,他帮点忙吧,我不管了'。他在失火以后就走了,背一包东西,我一直送他到江边;他不叫我送,我说不送不行,就是这样。"他停住,把鸭舌帽摔在桌子上,凝想着。"他说他并不曾对不住人,打了你老哥一拳,也是一时气急。打职员倒顶乐意，"他放低声音说，直视魏海清，眼睛变亮，"不过他认为他有时候也不挺对，像流氓……这可不容易呀！"杨福成气喘，在鼻子前面摆着手，"他，承认一个人向一个人里面钻，做不出事来，反而碍大家。……以后大家穷朋友要互相帮忙。"他结束他的话，像卸脱一个过重的负荷似的，站起来，抖着肩胛。

"他怎么样了呢？"魏海清搓着手，困惑地问。

"他？无消息。走了。"杨福成失望地说，又坐下。"他这个家伙是有些火。"隔了一下他说，用粗涩的、兴奋的喉音，在"家伙"两个字那里拉长，并且点缀着一个贴切的微笑。这两个字把他和张振山拉得很近，因此使他的年青的、因为过年刚刚修饰过的脸上闪耀着神经质的鲜明的快乐。"但是他是一个很能行的人，"他挺直腰，严峻起来了，"有知识，敢作敢为，不责朋友！"

"请烟。"魏海清递过烟杆来。不知为什么，他的脸上牵动着一个虚伪的微笑。

"女人怎样了？"

魏海清在半途缩回烟杆，皱起脸，变得难看。

"她遭惨死，死了！"他大声说，竖起耳朵听自己的声音。

"瘟天气，看你下到哪一天！"在临走的时候，杨福成望着门外的浸在雨里的峡谷说；并不是真的诅咒天，只是为了说一说。"这个年过得好呀！肉是人家吃的，戏是人家看的。老哥，我跌伤了腿。"他急遽地笑，牵起裤管来让魏海清看他的腿。以后，他就蹒跚在泥泞里，用拳头威胁着天空，向坡下走去了。在坡底下，不知遇到了什么事，使他发出了假装的惊呼和一串冲动的大笑。

魏海清知道郭素娥是怎么死的。在张飞庙那个可怕的晚上的第三天，她苏醒，向殿门外摸索走去。她走，因为她觉得张振山在等她；因为她觉得自己还可以活，最后，因为她饥饿。但她刚摸到院子里，便惨叫了一声，腹部以下淌着脓水倒下去了。魏海清也知道刘寿春是怎么活着的。他失去了一笔横财，招惹了祸患，被所有的人摒弃，弄得连栖身的洞穴也没有。当他被黄毛从小房子里骗走，到别的什么地方游荡了几天又在五里场上出现的时候，他就提着篾篮，哭哭啼啼，开始沿街讨饭。

魏海清所不知道，也不想知道的，是张振山。他对他的态度是暧昧的。他嫉妒他，痛恨他，惧怕他，也乐意他，钦佩他。前者，因为他截断他的路，无情地夺去他的希望；后者，因为他明白自己只会一味地守着自己的褊狭和软弱，永不能在郭素娥周围扮一个严重的角色。但不管是嫉妒，痛恨，或是钦佩，都带着无比强烈的热力，不像他过去所经历的那么迟缓；相反地，却像在夜风里被点燃的不幸的小屋子的鲜明的火焰那样蓬勃。

杨福成为了探知郭素娥所带来的话，他是竭力使自己不相信的。机器工人，外省人的话，他认为是没有可信的理由的。但这些话却给他以极深刻极难忘的印象，竟至于到最后他自己都不能辨别他究竟相信了没有。但无论如何——虽然女人已经死去，再不能帮什么忙，他觉得他应该回五里场去转一趟了。

正月十五的早晨，天气放晴。新剃了头，穿着干净蓝布衫和新草帽的魏海清，黯然地越过山巅上的陈旧的瓦砾场，回到五里场去。他奔走得很急剧，很匆忙；越过田坝中间的水沟的时候，他扭动腰，愤怒似的高扬起手臂。

镇上正当场。在镇口的土坡上，一条破旧的龙在锣鼓的疲乏的喧闹里懒惰地胡乱地翻舞着，人们密密地围住它成为一个大圈。

魏海清心情紧张地站住，向人群，和人群两侧的他所熟悉的水田凝视，把手掌展开在短眉毛上。随后，他怀着秘密的不安，跃过被阳光暖暖地照着的石桥，挤到人群里去。两分钟后，他的长长的躯体暴露在人群中间的空场上。曲着长腿，在额上喜悦地闪耀着滋润的阳光，他向龙头走去，抓住了偶然被他发现的他的朋友的肩头。

"你不行。"他的眼睛微笑着说。

"那么看你行。"这朋友兴奋地嘲弄地回答，把木杆高高地在手里举了起来，一面眨着单薄的、汗湿的眼皮。但是当他从濡湿的眼皮底下看见了对方是魏海清的时候，他就跳着脚，痛切地欢呼："啊哈，你龟儿子呀，你过另外一种日子了！你怎么……喂，你们看，"这兴奋的朋友用儿童的尖音向街坊叫，"这就是魏海清。他是崭新的呀！看他的，他顶会耍花门的！"

"呜呜——呀！"人丛里有人尖声无意义地叫。

魏海清佝偻着腰，长脸上充血，浮着一个歉疚的、自觉有罪的微笑，但却毫无犹豫地把长衫解了开来，向舞龙的伙伴和人群确信地鞠了一个躬之后，他把龙头的把柄接过来，高擎在手里。

"来，敲起来！"朋友拍手，带着无邪的欢乐嘶声叫。

魏海清向太阳霎了一下眼睛，仿佛决意牺牲似的绷紧脸，咬着嘴唇，转动了强有力的、习于做苦工的手臂。于是，在锣鼓的喧嚣里，破旧得成为黑色，而且失去了一只蛋壳做成的眼睛的穷苦的龙昂起头，忍耐地，奋迅地翻舞起来了。它逐渐迅速地缠绕着舞着它的汗流浃背的汉子们，冲上炫耀着阳光的天空又滚在地下，扇起春天的醉人的尘埃，从远方望去，仿佛在骚乱的斑斓的群众上奔腾着一团紫黑色的、风暴的、狂响的浓云。

"着力呀，魏海清！"

"晚上等你斗空柳。呀花呀！"

"喃喃，这就是我们的魏海清！"

使平静的明亮的阳光颤抖，喝彩的春雷轰滚过人群。

## 十三

魏海清红着脸，坦率地幸福地微笑着，用长衫的襟幅揩擦额上的汗珠，从人群里，从众人的闪灼的目光里挤了出来。从这他凄苦地，带着孤儿亡命出去的乡镇，他意外地得到分内的迎迓了。他又被淹没在他的同胞，他的朋友们的热烈的欢呼里了。没有什么比这更使他幸福的。他的三十几岁的胸膛为了欢喜而像少年人一样慌张地颤抖着。

带着深深的热切的注意，他挤过沸腾喧闹的乡民们，在街上走着，向四面看望。似乎他所以要回到五里场来，只是为了受迎迓，然后再这样善意地向一切他所熟知的，所热爱的看望似的。那些低垂的蒙着烟尘的屋檐，那些闪耀着颜色的货摊，那些残破的石柱、石碑、烧焦的店家的门板，最后，那些叫嚷的、脸上愠怒或带着并无目的的昂奋的和他同一类的人们，对他是多么亲切呀！他们让路给他，像他让路给他们一样，彼此都满足，毫不妨碍；彼此都有着过多的精力，对极细微的事物都给予注意，彼此都互相从属，争吵仿佛是假装的，或者唯其争吵着细微的事物，所以就像家庭里一样。魏海清几乎想叫喊了，他想叫给山那边的那些异省工人听，现在，在五里场，所有的一切颜色，一切耀动、光彩，都是属于他贫穷的魏海清的。这一切不要一毛钱去买，什么人都买不到。

他在一个脏臭的茅厕巷口站住，让开挤到他胸膛上来的一个卖灯芯草的老妇人；所有的地方都可以去，因此他不晓得到底怎样处置自己才合适了。

最后，他带着异样和善的安静（面孔却是严肃的），走向壁角的皮匠摊。

"红瘤，近来生意好？"他低沉地问，狡猾地但善意地眯起眼睛，望着佝偻在膝盖上的老皮匠的眉峰中间的一个深红色的大肉瘤。

皮匠迟缓地抬头望他，像望着一个刚才还见面的人一样，用锁柄敲敲手里的鞋底算作回答，同时快意地，报复地歪了歪干枯的嘴唇。

魏海清仔细地撩起长衫蹲下去，摸着皮匠手里的鞋底，嘲弄地问他做好多钱。

"我的小鞋（孩）当壮丁去了。"皮匠对起眼珠，望着自己的肉瘤说，并不直接回答魏海清。"瘟气得很。这场上多背霉呀！"他咳嗽，把手背抖索地移到唇边。"你怎么混这多久还穿草鞋？"他用钻子指着魏海清的脚，嘲笑地诙谐地说，"你这草鞋倒不错，不比布鞋贵我不信。"他猛烈地咳嗽，喷出绿鼻涕。

"真的贵，你不姓红。"魏海清讥笑，用粗手指按着鼻子。"你做多少钱？"他认真起来。

"一角半，老弟。"皮匠懒惰地回答，随后便艰难地仰起脸，让满脸的黑皱纹迎着光变得明亮，从肉瘤的两侧庄严地望着茅厕巷上面的狭窄的天空。"唉唉，太阳不在这边，人不能知道时辰——几点钟了呀？"他动着嘴，慢慢地说。

"有十大十点。"

"这巷子真臭。"

魏海清突然也觉得真臭。他转头向侧面，发现一个穿破制服的小学教师在不远的地方丑陋地小便。

"我要骂绝五里场！"皮匠说，"杀人谋财，包庇壮丁。不给地方老子，说老子不缴捐，赶到臭巷里头来！"

"要缴多少捐？"

"还是你们轻一些啊！"皮匠摇头，同时迅速地回到他的工作上去，在鞋底上锤，恨恨地磨着钻尖，仿佛突然觉得时间已经不早,他还一味偷懒,连一件活都没有完成似的。但不久,他又不赞成地眨着狡猾的眼睛,伸直瘦手臂,放下了工作。"那个女人,听说你知道得详细,有些关系,"他诡秘地说,叹息,浮上一个枯燥无味的笑。"她死得惨,大十五连烧香上坟的都没有。"

凝了一下神之后,他又俯下脸上的肉瘤,工作起来,不再理魏海清。

魏海清痛恨地望着老皮匠,嘴里变得苦涩。当他悄然地离开对方,往臭巷的腹部走去的时候,他的脸拉长,成为难看的、不幸的、呈显着黑绿色的斑点。

啊,五里场的确是可憎恶的,无望的,他不该回来!似乎为了证实他的悔恨似的,当他走到菜场前端的土坡上的时候,他看见了一件令他痛苦得颤抖的事。

保长陆福生和另外一个穿着短得只到胸口的黄制服的、像壮丁一样的人,凶横地、猥琐地从菜摊的排列中间走过,向每一个菜箩伸手,像取自己的东西似的,攫取里面的蔬菜。他们每一个人手里提着一个大篾篮,在篮子里,绿色的菜叶和从去年冬天贮藏下来的红萝卜闪耀着潮湿的光泽,像在淌汗。

"你不能拿,你不要拿,保长,我捐你别的,捐你六把莴苣,"一个矮小,丑陋的农妇叫,召唤着陆福生手里的五个鸡蛋,"鸡蛋,它们一冬天才四十,你打捐打多了,保长,保长,它们八块钱十,它们……"她急剧地挥手,跨过蛋箩,绝望地跺脚,"保长,菩萨看见好保长,今天大十五,我捐莴苣添一把。……五个……我男人要打死我呀,保长……捐……呜呜呜……"她哭,用手盖住已经哭枯了的脸。

整个菜场寂静。保长和他的伙计走近一个在阴沉地等待着的强壮的老头子。

"你这里好多豆?"保长用自己也料不到的焦急的声音问,仿佛他正处在极危险的境地中。

老人在石块上盘起腿,阴鸷地、安闲地望了他一眼。

"七斤一两三钱差一点点吧。"他嘶哑地说,望着篮里的黄豆;他应该报几升几合的,但他装作蠢笨,故意报一个下江人(他以为)的量法。

"打半合。"保长愠怒地命令,挥手。他的伙计弯下腰来。

"保长,十斤才打半斤,你算多了!"老人向左右眨眼,仍然说斤。

"胡说,你有十斤。量一量。"保长吩咐伙计。

"没带合子。"

"那就称一称。"

"也没秤呀!"伙计说,四面张望。

"不带秤,保长,"老人说,半合起眼皮,在健康的褶皱的脸上露出强有力的、明亮的讥刺,"你可用手抓不准。你们手大,一抓就八两。"

"借一个合子,借一个秤来!"陆福生咆吼,单薄的脸涨红了。

所有的农妇的合子和秤都藏到菜箩底下去了。

陆福生奔向捐鸡蛋的女人,因为他曾经见到她的放在莴苣堆上的秤。但她低着头,凄苦地,仔细地,丑陋地数鸡蛋,没有看见他。

"嘿……太婆,收起秤!"邻摊的姑娘捣她的背脊,压抑地叫。

但保长的手已经伸向莴苣堆了。女人恐怖地从鸡蛋上抬起头来,对陆福生的白手发出了尖厉的叫喊。于是,开始争夺秤。

"我的秤,我的……"

保长说不清楚话,脸战栗。这时候,魏海清乖戾地,愤恨地,违反本意地走进菜场,掏出钞票,向邻摊的姑娘大声喊:"买两个鸡蛋!"

活泼的姑娘代接了钱。魏海清捡了蛋,搁到保长和已经夺回了秤的女人中间去。

"陆保长,我请你吃蛋。"他阴惨地笑,说。但保长愤怒地喘气,不回答。

"回镇公所找一杆秤来!"最后,他跃了一步,向他的伙计叫。

但在这争秤、叫骂、回去拿秤的一段时间里,那卖黄豆的老人,却不知道以哪一种奇异的方法,把黄豆藏起了一半而在篮子里的另一半里面掺进了足够的沙土。眼睛闪得更狡猾,更明亮,他伸直腿抽烟,愉快地等待着愚蠢可怜的保长。……

魏海清,像有什么紧要的事似的,伸直腰,大步跨出菜场。他在场外草坡顶上的一块石碑上坐下,把两个鸡蛋放在被踏平的黄绿色的草上,开始抽烟,收缩面颊,向鲜明地闪耀着颜色,浮漂着烟雾的菜场痛恨地凝视。在他不远的后面,破烂的龙拥簇在人流上，响着疲乏的锣鼓，隐到一个富裕的庄院的竹篱里去。

"我跑来做什么？吓，看看老人的坟！死了早就算了，死去……"他在心里大叫，使他的起皱的扁额冒汗，想起了郭素娥，"呀呀，造孽呀！这叫作什么，这些混蛋！"

他站起，望着在紧紧编织起来的草上互相可爱地挨着的两个圆润的、干净的鸡蛋。

"她擦它多洁净呀！她哭，那样丑！一冬天，有两只咯咯母鸡。"他歪着嘴，眼睛皱起，变得深沉而湿润。"狗×的，老子走！"他突然叫，咬牙切齿。

但狗的恶叫使他止住。一个瘦小、衰老、狼狈的形体从菜场中间被狗逐了出来。他跌踬地在石板路上旋舞，摇闪着他身上的布片，在地上急促地敲着一根下端破裂的竹竿，等到这也无效的时候，他就用膝盖爬跑着逃上草坡，在地上抓了一大把草根和泥沙向狗们摔去。他在草坡上昂奋地，仇恨地旋舞，最后仰首向天，唱着破败的歌，号哭了起来。

"啊呜……狗×陆福生，我的篮子，我的肺呀……"他狂叫。显然地，丢失在菜场里的他的破篮，尤其是刚偷到的猪肺使他痛苦。

魏海清拾起鸡蛋，严峻得可怕地从他的侧面走过。但乞丐忽然在眼睛里露出迟钝的喜悦，拦住了他。

"走开！"他气急地叫，望着对方的垂挂在肮脏的胸前的一块鲜艳的、奇特的三角形红布。

乞丐则贪婪地望着他手里的鸡蛋。

"鸡蛋……鸡蛋……老哥!"他仰头向他。

"滚开!"魏海清大叫,忘记了自己也能够走动。

"哎呀呀,我今日是落在冤府里了……"乞丐微弱地、模糊地说,抽搐着肩头,装得更可怜,"我刘寿春活不得,做了坏事,做了坏事。……"

魏海清不看他,退了一步,预备绕开。

"不看僧面看佛面,小哥,"刘寿春一只手按着胸前的红布,一只手按着赤裸的肚皮,弯下腰,吃力地转动着狡猾的、凄苦的眼球,"看我可怜的女人面上,给……鸡蛋!"魏海清站住,带着安静的愤怒望向他,随后跨向前,脸色发白,向他的胸上阴鸷地击了一拳。但同时,刘寿春向前冲跌,挥落他的鸡蛋。

当他痛恶地、失望地走到草坡下去的时候,他听见刘寿春欢乐地骂:

"鸡蛋,鸡蛋……你们这些狗×的鸡蛋呀!"

他告诉自己今天不吉利,应该迅速走开,不要掉头,但还是掉了头。刘寿春在太阳下撅起屁股,用手在地上抓爬,舐吃鸡蛋。

他又进到场里,而且又走到茅厕巷口来了。老皮匠还坐在那里,在膝盖上异常严肃,异常勤奋地忙碌。发觉他走近,他微微抬头,发出一种无意义的鼻音招呼他。

"我就收摊了。"以后,他庄重地说,用老年人的声音。"老弟,我们好些年不在一起了,"他说,一面在手里熟稔地工作,"今天大年，我们等下喝一杯，稍午后我得去还债，看女儿。"他说，缓缓地揩擦发红的鼻子，停止了工作。

"大妹过得还好？有苞谷……"魏海清向巷口张望，声音晦涩，脸涨红。

"她男人脾气倒好！"老人简要地说，咂嘴，带着看透一切的人的表情嘲弄地摇头。"喂，你看什么呀！"他望着不安的魏海清，从胸膛里喊出强壮的、讥讽的声音，似乎突然间把对五里场，对整个世界的讥讽和对魏海清的讥讽混淆在一起了。

魏海清在追瞧一个闪过布摊的漂亮的女人。脸色狼狈。

"我看到一个朋友。"他向老人懒懒地说。

"一个朋友，那是万成宏，对吗？"红瘤快活地说，用响朗的声音笑，仿佛所提到的名字要求他这样，"旁边还有一个，那是谁？"他突然把手指间夹着钻子的手举到小耳朵上，歪嘴，做了一个丑陋的歪脸，"你的鼻子掉在场口，你快捡回来！"

"红瘤，我今天请你！"魏海清走近摊子，艰难地说。

老皮匠俯下头，又锤了两下。"我早知道你要请我。"他用古怪的声调说，拧一拧自己的耳朵，仿佛这声音是从耳朵里出来的。"你现在好了，不一钱如命了。"红瘤叹息，声音又转成老年人的，"做工究竟哪些好，我说……"但他没有说下去。把鞋面摔在篓子里，他开始用一种假声唱起歌来。

"天圆地方，五里场的皮匠啊……儿子啊……"他佝偻着老年的腰，一件一件地仔细收拾东西，但为了不妨碍唱歌，他又不时把脖子鹅一般地伸直,"儿子呀,泪汪汪……"他嘶哑地快乐地叫了出来,"他娘走进尼姑庙……"

望着他的滑稽的、多精力的姿态,魏海清想起二十年前的那个闹事,酗酒,嫖女人,被外省的军队抓到一千里外又勇敢地逃回家乡,一个人能做十个人的事,但常常不去做事的红瘤来。

"红瘤红瘤,"他大步跨上去,牵动脸颊和眼角,甜蜜地笑,像十岁的魏海清奔近二十六岁的红瘤向他报告好消息一样,"郑毛说会来看你。他记挂老朋友。"

"哈哈哈,我们穿连裆裤的老朋友!老朋友,他偷媳妇不带我,让我老子光屁股。哈哈哈!"

## 十四

下午一点钟以后。场上停滞着温暖、昏倦,烟尘在从互相垂头拉拢的屋宇中间直射下来的耀眼的阳光里迟钝地回旋,有小苍蝇在中间盲目地飞舞,发出可嫌的、黏腻的小声。魏海清在红瘤之后不久从小酒铺里昏晕地撞了出来,经过疲劳的、无期待的人群,走向菜场所在的场口,在那里犹豫地站定。他的两颊发红,松弛,下颚战栗,眼睛眯细,朦胧地闪着贪求的野光。

他摸索着裤腰,带着朦胧的屈辱感,懊恼他花去了借来的钱里的最后的十块。懊恼红瘤,红瘤的女婿蔡金贵比他生活得好。他现在特别地感到自己的生活糊涂,特别地感到自己无依归,是没得家的人。他原想去看看家坟,看看几个亲戚,但现在因为买不起香烛，因为不必要，所有的亲戚都不欢迎他的穷苦，立意不去了。但他也不想回转，仿佛在这块土地，这些人里面，他还有某些怂然的期待，或者，还有什么细小的东西遗留着似的。他在午后沉寂的菜场里走，绕过几株蒸发着暖香的槐树，无力地爬上草坡的土路。遇到几个熟识的人的时候，他和他们慌乱地，昂奋地打招呼，那样子，就仿佛他企图掩藏他袖子里的什么东西似的。

他为自己的糊涂，迷醉而恼怒。

"今天十五，有龙吗？你妈的×，我为什么要来呀！"

在草坡后面，他看见一条向张飞庙走去的、破烂但却快乐的龙。快乐，因为今天是大节日，因为舞龙的都是心胸赤裸的少年人。这条老龙魏海清是认识的。十年前，他在龙头底下欢乐地打滚，烫焦皮肤，博得全街坊的喝彩；十年前，他修饰它，望着它笑，敬它三杯老曲酒。但他突然觉得，这一切隔得并不远，像昨天和今天。舞龙的不都还是少年人么？龙也并没有旧。

他被吸引，向张飞庙走去。在半途，他不断地提醒自己，郭素娥是在那里死去的。

龙在庙前的大黄桷树下歇息，等待最后的装饰，少年们快乐地吼叫着。当魏海清怀着戒备和异样苦涩的心绪走近的时候，一个披着短衫，包着蓝头巾的青年起先显得犹豫。最后便带着坦率的欢乐跃近他。他认得他是刘寿春的堂侄，那长工。

"魏叔，有空来！"

魏海清变得阴沉。

"今天晚上不走吧。"长工说,歉疚地望着他的眼睛。他想拉倒,但因为现在谁都快乐,又变得不相称地活泼。"我们刚才在讲你,这条龙……"他叉着腿,做手势,"今天晚上斗空柳,有五条,三百朵花。"

魏海清被抬举,望望倚在庙墙上的龙,嘴部不动,在眼睛里闪着一个迷惑的微笑。

"太少。"他摇头,故意叹息,"那年子有一千。"

"什么时分啊!"长工快乐地感慨,"一朵花五块钱,那年子就几个铜圆……"

魏海清和善地向少年们点头,迅速地跨进庙门,企图在不知忧愁的人们面前表现出他有多么急迫的、繁重的事。

但他有什么事呢?经过几个月前郭素娥在那里惨死的院子,他有昏狂的兴奋;经过烟雾迷蒙,人影杂沓的殿堂,望着粗暴的神像,望着磕拜下去的女人的鲜艳的腰,他有迷惘和锋锐的痛恶。他笨拙地跨过殿堂,在侧门的旧朽的门框上倚着肩膀阴沉地站住,向面前的摇摆的人影注视。似乎他所以要到这里来,并没有别的事,除了用这样的姿势看一看。

他微微张嘴,口边上留着暗淡的表情,半闭起变绿的眼睛,显得苦闷、焦灼。那个肥胖,在苍白的脸上抹着黄胭脂,穿着红色的新颖的绸旗袍的女人从蒲垫上爬了起来,在肩上偏着洁白的颈子,向两边虚荣地看望。他认识她是保长陆福生的女人。

通过女人的肩膀,他望了一下布满阳光的院落,嘴唇颤抖,似乎在喃喃说了些什么。

"放他妈火……"他的脸歪曲,露出凶横,"一样……一样……"

女人转身,扭着腰走出,但这时候,从魏海清背后,一个兴奋的大声叫了出来:"陆太太,走了么,嘻嘻……"

女人回头,骄傲地诱惑地微笑,仿佛回答:"他在等我!"

黄毛露出猩红的牙花,手里捧着一大堆花爆,出现在魏海清面前了。迎着魏海清的恶意的视线,他的脸怪异地歪曲了一下,肩膀耸起。

"喂喂,老哥,这叫作有缘才相逢。有空过来耍的?"他跨过门槛,站住,声音含着压倒的轻蔑,"这一阵子好?"

魏海清想和他敷衍一下,但立刻又改变了主意,在长而尖削的脸上难看地浮上一个艰难的冷笑。

"你好!"他威胁地说,忘记把眼睛从对方的大鼻子上收回来。

"听说你在厂上加了钱了!"

魏海清突然离开门柱,站直身躯。

"你今天来得巧,大十五。"黄毛响朗地说,让殿堂里的人都听见,露出所以还要和这不值价的人说话,只是为了逗弄他一下的样子,"你来烧香吧。……我近来……"

"你近来肥。"魏海清替他说。显然地,在他的热烈的声音里,鼓跃着不可抑止的冲动,虽然在他的脸上还僵凝着同样难看的冷笑。

黄毛向香桌走了一步,放下花爆。魏海清的容颜改变,露出可怕的决心。

"我说过我要请你一杯。你太不懂礼。你……"黄毛高叫,一面撸衣袖。

魏海清伸出战栗的手去,指着院落。

"就是,在那里……死了一个人!"

两个中年妇人屏息,从香桌的另一端向这边看望。

"今天大正月十五!"黄毛叫。

殿堂紧张。魏海清一瞬间冷却,明白了自己现在所处的可怕的绝望。但迅速地,复仇的烈火在他里面燃烧了起来,毁去了他的恐惧。

"你怕鬼!"他吼,声音极端昂奋与冷酷。

"你上坟去吧。"黄毛甩着头,走上一步。说底下的话的时候,他每个字中断一下,同时有节奏地在左手心里敲着右手的食指:"她,葬,在,草,场,坝!"

魏海清的脸转成青灰。他闭起眼睛,仿佛凝想了一下他的生活,仿佛下了一个艰巨的决心向缠绕着他的什么东西辞别。他遇到在世界上他所最怕的东西了。这就是黄毛,这就是殿堂里的这种兽性的紧张。但他的本能鼓跃他向前。

"你们害死一个女人……卖她!我看着你的下场!"他用闷住的声音回答。

"看着，对！我该你妈十块钱你要不要！"黄毛愤怒地颤抖，狂妄地张开手臂，"十块钱一个老×，她也葬在草场坝。"他在脸前拍手，像拍倒一个蚊子似的。他的声音波动，失去了它的强旺和平稳。"你上坟去，有油舐。……"

魏海清立意先下手，破裂这根难堪地紧张着的弦。但他不能从站立的地方移动。他向四面张望，眼睛里闪出困苦的、绝望的黑光。他吼叫了一声。黄毛扑上来了。

殿堂里的妇人们奔近来又恐惧地逃开去，发出难于理解的尖叫。一个老妇人在供桌被翻倒的时候给打伤了脚，在地上爬滚哭喊，好久不知道怎样才能逃开去。竹凳跳过空中，蜡烛和烛叉横飞，生锈的铁香炉猛烈地颤抖，最后从香板上跌下来，摔在地上。在火辣的烟雾里，两匹野兽互相追逐，挥着拳头，闪着流血的、青灰色的脸。

当舞龙的青年们和别的一些男人涌进院落来的时候，殴斗已处于绝望的境地，无法接近，无法排解了。起初，两个人还互相咒骂，希望用咒骂来占去殴打的工夫，但现在已完全沉默。只彼此用眼睛里的血腥的光相望，渴望着对方的生命。他们奔突、旋转、冲击，撕破脸上的皮肉，彼此努力不让对方抓住，而渴想抓住对方。

咆哮又起来。一瞬间，两个人各抓住一片从对方衣服上撕下来的破片，躬着身躯，隔着被推倒的桌子互相交换了疯狂的一瞥。

四只眼睛移开去的时候，同时发现了殿角的那曾用来灼死郭素娥的火铲，于是，它们突然在血污的额下明亮，爆射出黑色的、狞恶的、欢乐的光焰。

"不要给他抢到，魏海清！"殿门口人涌进来，努力迫近，一个壮年的声音叫。

"嗤……拉开他们，狗黄毛！"老郑毛在人丛中间挤着，挥着手臂。他喘气，向周围所有的人发怒。显然，他刚刚偶然走到这里。

"哎呀……好惨，"一个农妇尖叫，"他们——打——死——了呀……"她啼哭，掩住脸。

但正在这些吆喝发出来的时候，两个人已经同时向火铲奔去。在中途，魏海清因为急迫，在一张四脚朝天的凳子上绊倒了。黄毛夺到了武器。

三个青年，那长工也在内，在这之间绕着圈子奔了过去。人群里滚过一阵失望的、恐惧的、痛苦的呼喊。火铲发出沉闷的残忍的声音，击在正在挣扎爬起的魏海清的脑门上，同时也从黄毛手里震落；在殿门这里，一个小竹凳从郑毛手里猛力地摔了过去，击中了黄毛的脸。踉跄欲倒的黄毛被一个阔肩的青年从背后抱住。

"捆他起来！"老郑毛吼叫，敏捷地解下了有四尺长的布裤带，把裤腰卷好。在他的发绿的左腮上，那一丛微褐的长毛映成黑色战栗着。人围拢去，察看着血泊里的软软的魏海清。青年的猛烈的拳头落在黄毛的从灰色破衣下赤裸出来的、生着稀疏的黄毛的胸膛上。

"他作恶为歹，占镇公所的势。你们见死不救！"郑毛发怒，磕响着结实的大黄牙。

沉默。

"他强奸了十几个女人!"

"天哪天哪!"女人的惨厉的声音,她舞手,跺脚,"整死他!"

黄毛迷糊地睁开粘血的眼皮;一种眩晕的、无人性的笑哭一般地在他脸上爬过。他向人吐口沫,痛恶地用含血的嘶声叫:

"黄毛生来吃人,从来不怕!你们打死——他?"

"陆保长,人命案子!"一个青年从人丛中伸直脖子,眼睛奇特地放亮,向走进殿门来的陆福生压迫地嚷。人群的骚扰低抑了下去。

"什么……什么?"保长问,用一种微弱的大声,一面向四面窥探,仿佛他另有目的,为了这个在这里达不到的目的,他的装出失望的神情来的眼睛表示,他即将走开。

"打死人了!"

"黄毛……"

陆福生的脸收缩,左腮不住地发颤。他走近,骇异地观看。

"陆保长,你,陆保长……"黄毛抬头望他,声音突然颤抖,无力,含着失望,"你看这事,我要声明……"他在青年的手臂里挣扎。

"你要声明……"保长转开脸,不看他,露出恐惧的神情,"人命案子,要县里才办得了!"

"要县里?……公所不行么?"黄毛说,怯弱地战栗着嘴唇,眼睛里涌出了大粒的泪珠,"我……"

"诸位,我去报告镇公所!"保长用空洞的声音叫,低下眉毛,不看人群。

"镇公所有花头,我们自己报县!"郑毛坚决地抗议。

"陆福生是混蛋!"人丛里吼。

"他们要串通!"

走向殿门去的陆福生突然转身,下了决心似的向火辣的群众凝视,用闷住的、难堪而残忍的尖声叫,指画着手:"我陆福生决不如此,各位。"(他的眼睛里含着卑微的乞求)"这是冤仇,我知道底细。"他努力说,"黄毛要除掉!"

"狗×陆福生,你变种!"黄毛重新恶叫,"老子帮你弄那个女人……他那个女人是骗来的呀,人家的老婆呀!"陆福生张嘴,想叫喊,但是终于转身逃开去了。

"你们全是混蛋!你们霸占庙产,骗兵捐,卖女人……"

"打扁他的嘴!"

"你们亲眼看见!"黄毛仇恶地顽抗。

"我看见……"从殿角传来已经恶意地观望了好久的刘寿春的哭泣一般的叫号。他躬着破烂的小身躯,舞着手臂,昏迷地,急剧地冲过来,挤进人丛,瞪大眼睛望着在血泊里抽搐的魏海清。

"鸡蛋……魏海清,你要死了呀!"他叫,眼睛里迟钝地闪过疯狂的恐怖。"我看你这个狗黄毛,"他奔向黄毛,揪住他的衣服,"我看见,你奸死我那女人,我那可怜的……"他咧开嘴,大声嚷哭，击打着黄毛的脸颊。黄毛徒然地躲闪着，吐口沫。

"我，我担当！"黄毛凶横地眨眼，发出破碎的声音，"起先你们要卖她，卖给那个大鸡巴……你们烧死……有陆福生！"他喘息，多量混血的唾液从嘴角垂了下来。

人群严肃地沉默，为这意外的供述所骇异，做着兴奋的思索，但一瞬间之后，又爆发了愤怒的、深沉的、痛苦的呼喊。

"揍死他！"

老郑毛鹰一般地张开手臂，粗大的拳头击在黄毛的鼻子上。这时候，魏海清苏醒，撕去了包在他破碎的头颅上的血布，在地上痉挛，用胛肘和膝盖爬行。

"包好他的头，不能叫他动！"一个妇人急叫，四面找寻帮手。

魏海清垂下头，向地上流注着深红的热血。从齿缝里，他喷着灼热的呼吸，无声地，痛苦地哭泣着。最后，手断折了似的向外撇开，发出骨头碎裂的声音，他又倒到地上。郑毛轻轻跨向他，屏住呼吸。两个妇人，一个年老的，一个年少的——尤其在那年少的丰满的苍白的脸上呈显着不可侵犯的、有教养的庄严，弯腰向他，接了一个青年抛过来的白帕子，重新替他包裹头颅。

"魏海清，"老郑毛喊，声音深沉，"魏海清！"

魏海清在妇人的手底下睁开昏狂的、染血的眼睛。老郑毛俯腰，眉毛和手指战栗。

"魏海清！"

"你的女人死得早，好苦啊！"年老的妇人说，揩眼睛。年少的一个可怕地严峻起来，脸变得尖削。

"魏海清！"老郑毛吹气，喷着鼻涕。他的老眼充血，被泪水湿润了。

"哦……呜……郑毛！"魏海清微弱地回答，嘴唇作着狂喜的歪曲，"你来了。你看见了，郑毛……我悔……"他的手指在地上抓着泥污，"记挂小冲，让他去上工……"

"办得到！"

## 十五

穿中山服，眼睛烟黄而细小，面颊松弛的矮镇长带着四名壮丁走了进来，仔细地讯问了事情的始末，然后以不可侵犯的下了大决心的神情向人群声明，这事情非到县里去办不可。于是，捆走了黄毛，抬起了魏海清。魏海清被抬出庙门的时候就死去了。

以后的事情是，黄毛判了十年徒刑；因为没有亲人领尸，魏海清就以公款安葬。在举行简单的葬仪的那个明亮的春天下午，郑毛、长工、魏海清的儿子小冲，都到了场。

已经到了在西方不远的蓝紫色的五里山上闪耀着落日的金光的微寒的黄昏。人从张飞庙里散出来，向进行节日的场上去。青年们擎起了龙，起初严酷地沉默，接着开始叹息，谈魏海清，最后便恢复了正常的喧嚣。

乡民们从荒僻的山里来，沿着狭窄的田垄去，在水田底白色的、沉静的积水里，映着他们的兴奋的、愉快的、蓝色和红色的影子。在街上，人拥簇在一起，闪着烟火的红光，向亲戚致候，高声议论。女人们谈难解的郭素娥，男人们交换着对于魏海清的意见，在等待龙的行列出现的时候，有足够的时间让他们聚拢情绪，想起往昔的、他们曾在各种处境里度过的十几个或者几十个节日来。龙将要在焰火里飞舞，像往年一样；年青人将要被绅粮的火爆烧焦皮肤，愉快地高喊，然后喝完所有的酒，像往年一样；像往年一样，许多人死去了，流徙开去了，刚刚成长的年青人阔步加了进来；像往年一样，有的女人要触景生情，躲在破棚屋里啼哭，有的女人要打扮得异常妖冶，向年青的绅粮递眉眼。在固定的节日，人们有着不同的命运。

烟雾滚腾到屋檐上。火爆到处发响，被孩子们掷到空中，因为没有空隙落下去，便在人们的肩膀上爆炸，引起咒骂。三个女人在街角里谈论郭素娥，其中的有胖而暂白的脸庞的一个，因为把自己的对于节日的感动误认作完全属于郭素娥，便快乐地诉说着自己的同情，流下泪来。

"我们不谈这些，不谈这些……今天打得那凶，怎么人不救呀！……"最后，她负疚地笑，抚摩着自己孩子的干净的头顶，向丈夫追去。

龙出现了。它在人群上颠簸，摇摆着它的已经被挤毁一半的巨大的头。在它前面，火灯笼引导着，上面写着暗红色的方体字：

"五里镇老黄龙。"

另外几条出现在街道的另一端。看不见灯笼上的番号。

"空柳的来了呀,后面那一条!"

"大家使劲,啊喝!"

龙旋舞了起来,火花嘶嘶发响,向街心美丽地迸射了过去,人群被冲击到屋檐下。那些手里高擎着火花筒的衣着堂皇的年青的绅粮,他们的面色严峻,仿佛并没有节日的欢乐;仿佛他们所以要向舞龙的赤膊的年青人喷射火花,只不过尽一尽与自己的地位相称的法官执刑似的义务而已。露出洁白的牙齿,眼睛在火花的强光里眯细,他们的整个的脸部有一种冷淡的甚至残酷的表情,仿佛舞龙的人果真是他们的仇敌似的。但那些年青人,他们的心就像他们的赤裸的胸膛一样,却并不曾注意到这个。他们只是注意自己,逐渐陶醉。以一种昂奋的、不知疲劳的大力,他们使自己的龙迎着另一条在身边的空中疯狂地旋绕。他们高叫,善意地咒骂,在地上跳脚抖落灼人的火星。于是,在火花的狂乱交织的白色的壮丽的光焰里,龙的大破布条带着醉人的、令人抛掷自己的轰响急速地狂舞起来了。那残破的龙头奋迅地升上去,似乎带着一种巨大的焦渴,一种甜蜜的狂喜在沉默地发笑哦,它似乎就要突然脱离木杆,脱离白色的焰火和群众的哄闹飞升到黑暗而深邃的高空里去,把自己舞得迸裂!

……一直到十二点,人们才逐渐散去。在凉风吹拂着的黑暗的田野里,人们疲劳地走着,又开始谈及每年过年都要发生的不幸,谈及郭素娥,小屋的火灾和魏海清。但谈话兴奋不起来,它以叹息结束。郭素娥的事是去年的事,去年过去了。它将和前年的事，大前年的事放置在一起，传为以后训诫儿孙的故事或茶馆里的谈资；它将在夏天的多蚊蚋的夜晚，当人们苦重地劳动以后，由一个喜爱说话的女人增加一些装饰复述出来，使整个的院落充满情欲、咒骂，和感慨自己幸而没有堕落的叹息。

几朵火把的猩红的光焰在山峡的黑暗里摇闪，迟缓地隐没在林丛背后。

最后，两个青年的黑影从镇口的菜场出来，在草坡上的石碑旁站住。其中的一个向草坡下摔去烟蒂，用说服的大声叫："哪里，你喝醉了！"

"哪里。……你知道魏海清想那女人想了好几年么？"后一个用泄露秘密的口气说，但违反本意，他的声音是响朗的。

这是刘寿春堂侄，今天舞老龙的长工。"我们坐一坐。老弟，我做了怎样倒霉的事啊！"他的声音朦胧而奋激，"我悔我上了当……"

"你喝醉了。回家去。"另一个说，但显然地，他也并不像自己的声音那样坚持。

"不。我今天臂膊烫破了。魏海清想那女人，所以怀恨。他是一个厚道人。……就是这样，打死了。黄毛是恶性的。"

"郑毛哪里去了？"

"跟到镇公所作证，闹了好久，转去了。说是要到县里去探底细。"

"郑毛偷媳妇。……"另一个说，怪异地笑，一面坐在草地上点烟。"你抽。"他笨拙地递烟给长工。

"今天真是想不到，魏海清就死了。"长工说，望着奔驰着黑云的队伍的天空，不变声调，"他少跟人家闹的。这半年变些，耐不住。"

"死了也痛快，这些日子……好吧，我就要入队，当壮丁，到下江去打仗。……我今年二十一岁……明年我不得在家过年了。"他放低声音，努力地冷笑了一声，"吓吓，什么时候才回来！"他叫。

"在家里也没得好蹲头，一个人总要在外面跑。"

"对的。当兵我一些也不在乎。只要有的吃，有指望，哪些不好，强于在家里遭瘟。瘟呀！"他举起手臂，在变得潮湿起来的空中使力地画了一个大圈，"没田没地，没钱做生意，没得老婆没得……"

"我也要去。"长工性急地截断他。

"哪里去。"

"……我要去做工。"

"堂客也带上？"

"唉——过日子艰难，物价涨，米谷贵，你自然比我轻多了。"长工停顿叹息，"哪个问黎民疾苦呢？把人烧死、奸死、打死、卖掉……这一批狗种！……"他咬牙切齿，"我倒了多大的霉啊！魏海清怕还要怨我呢。"

"那女人也不好。"这一个说，突然下决心站起来。

"哪个又好些？"

"走吧。你喝多了。"

"没有。天怕要落雨。……"

"他要是死在战场……"这青年人说，指魏海清，"倒划算些。……唉，走吧。"他急躁地说，在黑暗里皱起脸。

"看不见星星。我们赶上那个火把。"长工突然站起，指着张飞庙侧面的一朵火把底迸射着火星的光焰，"赶上它。它一定也到弯里去。快些。"他向自己催促。

春天真的到来了。在农历二月初旬，有过一次持续了三天的气候的骤然的转变，意外的寒冷侵袭着峡谷，使人们重新翻出了脏污的冬衣，但随后天气便又突然辉煌、明亮、和煦了起来。太阳每天确切地从山谷左边升起，射出逐渐强烈的白光。在峡谷上空高远地行走过去的白云，是轻淡而透明的。鹞鹰在云片下停翅，傲慢地凝视峡谷，然后猛然高飞，没入云片里。从山谷的年青的怀抱里，槐花的幽暗而强烈的香气向工厂飘过来，充满引诱。地主的庄园里有橘柑花的暖香在蒸腾，桑树叶油绿。在工厂水池畔的土堰上，柳枝丰满了。芙蓉开始含苞。芙蓉丛后面的水田里，鸭子们成天吼叫，追逐伴侣。

工人的老婆在水浅的堰塘里用篾篓捕鱼。她们高卷袖，把手臂浸在水里，用赤裸的、强壮的腿在泥水中跋走，一面彼此愉快地泼水，尖叫。从山坡上，男人们的粗野的、放肆的笑声掷了下来。爬上坡顶的时候，他们唱着女人的歌。在机器房里，电灯一直亮到深夜，马达咆哮，油烟滚腾，人们在赶做又一次的火车头包工。

魏海清葬后，小冲，如他所渴求的，被送到窑子里上工，管理风门，拿三块半钱一天去了。因为父亲的死，他哭泣了一次。但这哭泣是凶横的，愤怒的，他捶打跑来安慰他的老郑毛，把凳子踢翻。此后，他便充满兴趣去上工，和小伙伴打架，晚上回来住在老郑毛床边的地上。他剃光了头，脸部长得浑圆。在肮脏的眼眶里，他的突出的小眼球闪着惊愕的、戒备的光。

在这孩子的早熟的容颜上，时常呈显出不正常的狂喜和难于理解的对一切的敌意。他酷爱窥探一切秘密，已经知道了很多工人男女间的猥亵的故事。……

在一天早晨，在一个太阳特别荣耀地升起，每一个人都用大声说着并无特别的意义的话，甚至想高喊的早晨，带着他的年青，丰腴，一向忧戚的面孔因新奇的环境而活泼，穿着起皱的蓝布衣的女人，那瘦长、面孔俊秀的年青的长工，刘寿春的堂侄，来到矿区里了。用乡里人赶路的方法，他们是二更的时候就离开五里场的。

年青的夫妇脸上淋着汗，男的卖力地担着篾箩，前面是一口旧锅，几只碗，后面是一床红花的沾着煤污的（这是在经过煤场的时候被弄脏的）刚刚洗过的旧被盖。在女的所艰难地背负着的箩兜里，放置有日常的农民衣服。当男的用兴奋而严峻的脸望向蹒跚行走的女的的时候，女的，回答他的"你背得动吗？"的目光，摇一摇手，皱起淡黑的短眉，仿佛说："我自己有数，不要管我！"

他到土木股里来当里工了。介绍的是老郑毛。老婆是从顺的、生命力强旺的女人,为了离开她的可留恋的五里场,她独自向她的妹妹哭了一次,但丈夫的暴躁的坚决,使她和眼泪一同充满了新的意向。她向她的和蔼的、未出嫁的妹妹说:"那里也一样过生活。一种不同的生活……他说,我们每个月都可以拿到钱。不愁年岁……"

老郑毛从山坡上迎下来,身后跟着魏海清的儿子小冲。"你……来了!"他低沉地说,站住,仿佛吃惊他真的会来。

长工严肃地笑,不自然地看一看脸颊红润,眼光乞求的女人。

"我来了!"他大声回答。

小冲跨到郑毛前面,望着年青的夫妇,像在考验他们是否合他的意。

"那就成,带他去报工!"他老练地说,挥动手臂。郑毛的多皱纹的、憔悴的太阳穴在阳光下战栗着。战栗停止,他的脸变得洗练而坚决。腮上的黑毛异样地发亮。

"成。你们先把家伙,"他说,咂嘴,迅速地瞥了一眼他们的行李,"放在我那里。以后要分宿舍,得出一些租。"

"得租吗?"女人嘶哑地说,放下箩兜,望丈夫。

"你们是有家眷的。就是这个规矩。"小冲痛恨地叫,在这一点上,他像他父亲。

走进老郑毛所住的宿舍,观察了虽然给人的感觉全然两样,却也并不比自己的佃来的棚屋坏多少的房子,而且被丈夫的突然的温和所安慰，年青的女人又竭力在老人和小人面前做出活泼的面容来。她谈话，问老郑毛伙食怎样，夸赞小冲的结实，最后挥着手，脸红地宣说要老人和小人以后都在她家里搭伙食。

"你家里！"郑毛弯着阔腰，用老年人的低声说，脸上浮起愉快的、讽刺的笑。

"你今年好大？"长工问小冲。

"哼哼，不比你们吃的盐巴少！"小冲喊叫。

"你想爹？"

"不想。"思索了一下之后，小冲回答。

"他一点也不像他爹，一点也不像……只有一丁点像……不，小冲，他不像，是不是？"妇人转向丈夫，又望望自己的堆在郑毛床上的行李，眼睛里浮上了晶亮的泪珠，"哦，他要行些呀！"

他们就要和面前的这顽健的老人与结实的小人一同开始他们的新生活了。他们就要投入这不可思议的、庞大的劳动世界里去了。在她的含泪的单纯的眼睛里，她看见死去的魏海清和郭素娥，她丈夫的强壮的手臂和坚持、冷淡的面容，她自己的善良的心地和污黑的窗洞外的辉煌的天空。"我们会好些的。"她想。

第二天，年青人开始上工了。

一九四二年四月

# 蜗牛在荆棘上

/// 路翎

## 一

黄述泰,由于各种原因,离开家庭,走入捍卫祖国的、穷苦的队伍后,他的女人秀姑的处境便明显地恶劣起来。由于嫂嫂的虐待,由于昧于世故,或如乡场的说法,由于年轻,想男人——她为什么要这样年轻呢?——秀姑便落在忧郁中。黄述泰,虽然驻扎得离村庄很近,也从不带一个信回来:好像这个年轻的家伙是有着那种漂泊者的壮烈的对于孤独的抱负似的。但据人们知道,他们夫妇原是很怕羞的:他们结婚还不到半年。

黄述泰是种田的,哥哥则做棉花生意,大家和年老的母亲住在一起。秀姑懒惰而且沉默;丈夫离去后,就更懒惰,更沉默。在这种穷苦的家庭里,人们有一个原则,就是不生产者不得食;

援用这个原则,嫂嫂便打击秀姑,断绝了她的粮食。于是秀姑逃亡了。她永远记得,在她离家的那天早晨,黄述泰买来的那口母猪生产了十二口小猪;黎明时她走过猪棚,走进去,在灰暗中蹲下来,照料,并爱抚那些小猪。

秀姑在乡间流浪、挨饿,想念着小猪们。对于她的流浪,她的对小猪们的遗弃,她怕黄述泰知道,又怕他不知道。总之,她不敢去找高傲的黄述泰。她娘家无人,无处可去,终于,在好多天之后——她自己也不知道是怎样生活过来的——她被介绍到三十里外的某个工程师家里来当女仆。

于是秀姑改称黄嫂,在异乡人的家庭里开始了她的新生活。工程师夫妇都是忧郁而又潇洒的年轻人,境遇很好,因此秀姑依然可以偷懒。秀姑,像多半年轻的男女们一样,是不知道,也没有能力知道这个世界对她的逃亡——她被遗弃,因此她遗弃了小猪们——以及对她的新的职业的议论和批评的。秀姑是蠢笨得可惊,是像一个软弱的生物。在她的新的生活里,她能够安然,像在一切种类的生活里一样。秀姑是玩弄着小小的狡猾,小小的愚蠢,小小的懒惰,在心里沉睡着可怜的、畏怯的爱情,而生活着。

秀姑在离开家乡三十里的"异乡"生活着。对于故乡,她是有怅然的思念;对于丈夫,她是有恐惧的思念。她很悲痛,觉得她是被遗弃了——但她还是很糊涂的;如人们常常看见的,秀姑是很糊涂的。人们认为秀姑决不会从悲痛得到经验。她是很多年,蒙受了大的羞辱,还不能认识方向,甚至不知道本乡的某些地名。

她是很多年，蒙受了大的羞辱，还不能数清八双筷子。她是不知道离开故乡的人们是到哪里去了的；她以为任何别的地方，都是和她所生活的这个场合一模一样，她是不相信别的地方，别样的生活，别样的情感会存在的——即在今天，她也不以为工程师夫妇的生活是存在的：她以为它是好玩的，马上便会不见了。总之，假如人们深深地走到山野里去，随便地走进一个场镇，不寻找什么，而在白天的烟雾和夜晚的灯光下坐下来，那么便会经历到这个古国的某种深邃的情感，而理解纯洁的秀姑了。

冬日的晴朗的早晨。秀姑坐在台阶旁的石凳上，抄着手，并且闭着眼睛，在晒太阳。在她的闭着眼睛的神情上，在她的面部的轻微的颤动上，以及在她的呼吸上，这样地晒太阳，是完全像一头猫。女主人送工程师走出时，秀姑睁开眼睛：看见女主人伏在工程师肩膀上，而工程师在阳光里忧郁地，温柔地微笑着。显然，工程师夫妇在荒凉的山中相爱，有某种感伤。秀姑赶快又闭上眼睛，假装未看见。秀姑在心里替工程师夫妇担忧，轻轻地叹息着。年轻的工程师理好围巾，轻轻地走下了台阶。工程师夫人走了进去。在寂静中听见雄鸡的啼鸣。秀姑动弹了一下，睁开眼睛站起来。

秀姑听见房内有风琴声。她觉得这是一种奇怪的声音。接着她听见女主人的低低的歌声。

秀姑走至门边，看见长发的、纤弱的女主人垂头在琴键上，低声唱歌。阳光照进窗户，在花瓶和穿衣镜上辉耀着。女主人是在那样深沉的、痴迷的情感里，未注意秀姑；她的长发披在琴键上。这是现代人最爱好的图景之一；这种图景，在现代，是最迷人的。这是漂流到荒凉的山中来的不知世故的小雏们的感伤的痴迷。秀姑在门前呆站着，直到这个天仙——秀姑觉得她是天仙——走进后房。

工程师夫人毅然抬头，起立，走进后房，好像对于这种感伤的恋情她已获得了结论。在寂静中，冬日的阳光在崭新的穿衣镜上辉耀着。秀姑被引诱，好像在伊甸园中夏娃被引诱，走到风琴前，按了一下。踏着风板，又按了一下。被奇异的声音迷惑，秀姑用力踏风板，把两个粗大的巴掌压到琴键上去。秀姑笑着，听着骇人的声音。

工程师夫人换了水绿色的睡衣，拖着拖鞋，在腋下挟着书本，显然准备睡觉的，走出来，以明亮的眼睛凝视着秀姑。

秀姑放了手。但即刻又用食指按最高音。

"太太，我轻轻地。"秀姑谄媚地笑着说，以为自己会博得女主人的欢心。

"我看你轻轻……"纤弱的工程师夫人恼怒地说，嘴唇战栗着，"放手！我看你轻轻地！"

秀姑脸红了——红到耳根，尴尬地笑着走出门。"太太，要烧火不要？"在门外她突然停住了，叫，狡猾而又忠实。

秀姑叹息着，走下了台阶，走到门前的树下。她站住，凝望阳光中的山野。秀姑，这个爱情和生活中的无知的小雏，她站在这里的现在，心中有一种忧郁的感情：这种忧郁的感情，是另一个小雏,工程师夫人,在那种优美的布置中所表现的。

但秀姑很快便复原了。她在树下坐下来,抱着腿,看着蚂蚁打仗。在她的精神完全集中起来的时候,她便以奇特的资格参加到蚂蚁的战争里去了。

蚂蚁的队伍从荆棘丛中出来。太阳照在含露的草叶上,并照在蚂蚁们身上,使那些乌黑的小身体发亮。蚂蚁们在荆棘旁边交锋,秀姑看见有一个大的蚂蚁在愤怒地颤抖着。另一个则在笑——秀姑觉得是如此。秀姑突然觉得荆棘丛是大森林,阳光照进这个森林,并觉得蚂蚁是巨大而有力的动物。秀姑脸发红,笑着,伸手拨弄着那个她觉得在愤怒的负伤了的蚂蚁。秀姑感到敬畏与欢喜。

"嘘,你看哪!生气,是没得用的哪!呀,呀,你!你,好吧,你瞧!"她说。于是秀姑自己突然变成了蚂蚁。

当这个大的蚂蚁在荆棘丛中沉醉于战争的时候,当这个秀姑糊涂地忘记了一切,在阳光下做着小儿的嬉戏的时候,当伟大的世界照耀着阳光赐给这个痴呆的年轻女子以幸福的时候——当战争和幸福都最浓烈的时候,有一个穿旧军服的、神情顽强的年轻的家伙走上土坡,环顾了一下,向这边的房屋走来,而在看见秀姑的时候站住了,脱下了军帽。

这就是英雄黄述泰。

黄述泰听到了人们对于秀姑的议论——这些议论是很可怕的——昨天请假回家。在家里证实了这些议论,今天早晨便动身来找秀姑。像大半的年轻人一样，因为要做英雄，黄述泰是对这些议论丝毫也不怀疑的。他的奇怪的坚决的表情显示了他的动机和目的都相当可怕，它们显然不是他的力量所能承担得起的。

黄述泰倚着槐树站下了，他的光头冒热气，在手里提着军帽，愤怒地凝视着秀姑。

"喂！"终于他喊。

秀姑打寒战，转身，认出了黄述泰。面部有轻微的战栗，眼睛发亮，蹲在荆棘上，没有站起来。

"喂！"黄述泰克服那种在女人面前惯有的生怯的感情，喊，并露出冷酷的笑容。

秀姑突然站起，但又向下看，奇怪地担心踩着蚂蚁。

她低下头来。但她失去了蚂蚁。她非常地犹豫起来。突然黄述泰奔向她，一拳击在她脸上。她的犹豫使黄述泰的激情找到了理由：黄述泰奔向她，把她击倒了。

秀姑迷茫、糊涂，倒在荆棘上。依然想着蚂蚁。

"蚂蚁呀！蚂蚁虫子呀！"她突然高声喊。

听见这样奇怪的叫喊，黄述泰以为秀姑在玩弄狡猾，于是揪住秀姑的头发拼命捶打。这是一场残酷的、无声的捶打，这是乡下小夫妇的一场恋爱，人类对于他们自己是惯于无知。黄述泰是狂热而蛮横，扬起了农人和兵士的大拳头。秀姑衣服被撕破，脸都青肿了；不理解自己为什么挨打，但觉得一切都不会错：阳光、蚂蚁、丈夫、荆棘，都不会错。在黄述泰的拳头的闪耀下，秀姑看见了淡蓝色的辉煌的天空,并看见一只云雀轻盈地翔过天空。秀姑看见,于是凝视,觉得神圣。秀姑咬着牙打颤,挣扎着,企图使丈夫注意阳光和天空,而领受她心中的严肃和怜惜。在她的痛苦中,她是得到了虔敬的感情。她停止了挣扎。黄述泰放开她的时候,她闭上眼睛,躺在荆棘上,觉得为了她所受的苦,那个温柔、辉煌、严肃的天空是突然降低,轻轻地覆盖了她了。她觉得云雀翔过低空,发出歌声来。

在她嘴边出现了不可觉察的笑纹。

"起来!"大兵叉着腰,喊。这个大兵,在依照祖先的法律,惩罚了他的有罪的女人之后,喊。

秀姑坐起来,眩晕着,痛苦而悲伤地向丈夫微笑了,不知道自己犯了什么罪,但希望丈夫饶恕她。而突然地,不管被饶恕与否,她在疲劳中感到那个温柔的、辉煌的天空,觉得异常地满足。她叹息了一声。

黄述泰希望她抗议,或者质问。冷酷的、敌意的笑容留在黄述泰的大脸上。

"你干啥子……走,找媒人去!"黄述泰大声喊。

秀姑看着他。

"找张学文!走,替我走!"黄述泰向前走了一步,喊,"不要脸的!不要说……你看吧,我叫你有本领!一刀两断,我当我的兵,干脆!"他站住,咬着牙,撸起了衣袖。

秀姑是突然明白了什么了。她明白了她的孤苦无依,明白了丈夫的感情，于是小孩般啼哭了起来。她带着流血的手臂和青肿的脸，哭着向丈夫走来。

"我哪些错！哪些错……哪些错……呀……我没得吃呀……"

"没得吃就偷人！"大兵吼着。

秀姑看着他，沉默，不敢再哭了。秀姑堕入黑暗，失去了刚才的阳光、天空、荆棘和云雀。那种由糊涂而来的虔敬和严肃，是被糊涂的恐惧和顺从代替了。

"叫你跟我走！"黄述泰冷酷地说。

"你说究竟……"

"走了就晓得！"

"我问太太……"秀姑可怜地说，用眼光征求丈夫的同意。

黄述泰冷笑着，做出蛮横的大兵的态度来，表示什么都不怕，走进门，站在台阶下。

"你家主人干什么？"他轻蔑地问。

"我不晓得……"

"快点滚出来！"大兵吼，叉着腰。

邻人们，伸头观看着。邻家的肥胖的张嫂快步从厨房跑出。工程师夫人走出内房，贴脸在玻璃窗上。

"太太！"秀姑喊。

"哎呀，你……"工程师夫人惊骇地叫，"那个兵是谁？"她问。

"我……男人，我的男人，太太。"

"他打你？"

秀姑不答，看着美丽的、惊骇而恼怒的女主人。

"他为什么打你？"

"不晓得。"

夫人严厉地皱着眉。

"那么他来干什么？"她抛开腋下的小说书，"说呀！做什么？不会说话吗？——我又没有听你说过你有个丈夫，啊！"

秀姑，在女主人走动的时候，想到了一个计谋。她突然跪下来，抓住了女主人睡衣的边沿，哭起来了。

"太太，救我，太太！"

工程师夫人皱眉看着她。显然地，她是不惯这种崇拜的。

"到底怎样呢？说呀！"

"救我！他打死我，打死我……"

"他还要打你？他是什么队伍？"夫人愤怒地说。

"不是……太太呀，他是要我回去！他不要我了呀！不要我了呀！"秀姑大哭了，"我跟你磕一万个头，太太呀！"

工程师夫人，突然发觉自己没有叫秀姑起来，脸红了。

"起来，不像样，——他不要你，为什么？"

"我不晓得。"

"多么糊涂！你去问问他！"

秀姑走出来，迟疑地，恳求地看黄述泰，他叉腰站在阳光下。

"太太问你为什么要找媒人不要我？"她怯弱地，但确信地问。

"叫你太太出来！"黄述泰高声喊。

工程师夫人皱着眉头走出来，红着小脸，愤怒地看着他们。

"你这个人怎么这样没有礼貌！"她高声说。

黄述泰看了她一眼，即刻看着旁边，冷笑着。

"你为什么打你女人？她完全不错！她在我这里安分守己，邻居都知道！"工程师夫人站在台阶上严厉地说。

"是的，太太！"邻家张嫂大声说。"你打错了人！"她向大兵说。

工程师夫人走下台阶。太阳灿烂地照在她的优美的身体上。秀姑感激而不安。黄述泰皱眉，生怯地盼顾——大兵怕女人。

黄述泰退下台阶，除下了军帽。

"太太，不是我这个样子！太太你有所不知！"他说，帮助表白，他晃动身体，"……我是抽去当兵的！我哥哥……就是这样，我是不怕的！但是我一去，我这个女人就不规矩！她跑出来了，她又为何不在家里呢？"黄述泰，用乡场上说理的态度大声说——这种雄辩，是几千年的生活所放射的光华。"这都有证明。"黄述泰摇摆头颅，说，"我黄述泰为人刚直！我请了假——请假不容易啊！"他说，以为工程师夫人认为请假容易。黄述泰，在入伍训练里是过着极其艰苦的生活的，现在，获得了一点成绩，感到得意了。"我是回来解决这件事的！然后我去前方杀敌，一无牵挂。这都有证明。"

"太太,他们是信任我,才让我请假的!我们就要开拔到万县去了!"他加上说,满意自己的军队生活,满意自己能够忍受那种艰苦,动着嘴唇看了工程师夫人一眼。

"那么,秀姑?"工程师夫人说。"他瞎说!"秀姑以为被女主人支持,突然大声说,"你信不过我,我自信不过你!我出来,嫂嫂要整死我啦!亏你是个男人!"

黄述泰战栗而苍白。

"你闭嘴!"他痛苦地叫,"跟我走!"

"我不走!"秀姑回答,哀求地看着女主人。

"既然这样,去弄清楚好了。"工程师夫人低声说。

秀姑猛然绝望了,恐惧地看牢女主人。她明白黄述泰的可怕的蛮横,明白她的故乡的险恶,并明白自己的软弱。

"我不……去!"她痛苦地说。

黄述泰以发火的眼睛看着她。他记得她凭着女主人所做的反抗的。在她的恐惧里,他看出了乡场上所传闻的她的不洁。仇恨燃烧起来,他尖锐地冷笑了一声。

"那么,你们去吧。"工程师夫人淡漠地说。

黄述泰吼叫了一声。秀姑灰白了,沉默地站着。

"好,去吧。"忽然她简单地说,张开了嘴,伸出舌头,昏迷地笑着,跳下了台阶。她再未说什么。在她的这个简单的态度里,是露出了乡下女儿对于命运的顺从和认识——人们常常在山野中看到的那种顺从和认识。人们常常要为这种态度苦恼,因为在这种态度里，生灭于荒凉的草野中的生命和它的附属的一切是显得特别地简单。

## 二

黄述泰是傲岸而艰辛地疾视着他的故乡的，这种疾视，是这个时代的大半的年轻人所经历到的。黄述泰熟悉故乡的一切丑行和黑暗，在故乡蒙受着羞辱和损害，因此，在离开了以后便决未想到回来。因为在故乡，不能像一个男子一样地站起来，并因为好多朋友都蒙冤而离开了，所以在抽丁的阴谋落在他身上的时候，他便豪爽地承担了；多年的动乱生活使他相信一个男子的事业是在宽阔的天地中，并使他相信，以他的年轻，他将在异乡获得他在故乡决不能获得的壮烈的生涯。这种壮烈的生涯，漂泊者的凄凉而英勇的歌，在他是成了无上的光明。于是他离开，诅咒故乡毁灭；期待多年后以漂泊者的身份回来，凭吊故乡的毁灭。

假若他心中还有对于亲人的爱情，假若他还有依恋，他便觉得可羞：这是在他的蛰伏在山野中的祖先们便如此的。黄述泰认为，一个男子，一个兵士，是应该疾视女人的，于是他便这样做了。在兵营中，黄述泰受着各种痛苦，但在未来的光明的慰藉下轻易地忍受了。经过几个月的内心的训练，他便确信自己是一个漂泊者了。

在现在这件事里，他的漂泊的抱负是要经受试验了——这是他自己很明白的。听到镇上所传闻的秀姑的不洁，他是愤怒而满意；于是冷酷，并满意这冷酷，确信自己是一个漂泊者。人们知道，山野中的英雄的青年们，是依照祖先的立法，把女人视为奴隶，把爱情视为羞辱的：经过严格的训练，黄述泰是更信仰这个，而乐于相信谣言，相信秀姑的堕落了。

黄述泰是要回来当着故乡的面——这个故乡侮辱他——做一件豪壮的行动的。他相信，在他的豪壮的行动里，故乡要战栗。他要先尝漂泊者的醉人的滋味。他的心中是燃烧着恶毒的激情。

走进场镇的时候，他是完全浸在对这个故乡的仇恨中，想到要杀死秀姑。黄述泰觉得，一个兵——他相信自己是一个兵——是可以杀人的，因为他是要被杀的。

黄述泰，为了对故乡的刻毒的仇恨，企图做一件豪壮的行动，杀死他的亲人和奴隶。年轻的激情是惯于向自己的心复仇的；黄述泰以为，他对自己的心愈残酷，故乡便愈要战栗。

黄述泰，计算着怎样才能惊动乡场，领着他的奴隶走近媒人张学文家。

张学文这种人，在乡场上，虽然贫穷，却有着奇特的位置。这个张学文现在是坐在门槛上抽烟。他伸长了颈子，眯起眼睛看着走近来的黄述泰和秀姑，然后站起来，忧愁地摇着头。他细瘦、病弱，长衫没有扣，露出干瘪的颈子。显然他还未洗脸。门槛上放着一副旧污的纸牌：他刚才在研究纸牌。这个人的半生的决心，便是要在赌博上胜利：他是常常失败的。他拾起纸牌，数出两张，眯起眼睛来喷出了烟子。他这样对待黄述泰，好像刚才还见过面；

好像黄述泰并不是兵士和漂泊者。

张学文,很迅速地,用他的气味和声音,拖黄述泰跌进昏沉的、无聊的故乡,而暂时地磨去了黄述泰的英雄的锋芒了。

"我来找你,张学文。"黄述泰振作了一下,大声说。

张学文的小眼讥剌地发闪着。

"啊,你逃出来的?"他秘密地小声问,希望博得黄述泰的欢心。他才想起来,黄述泰是一个兵。

"我请假。"大兵冷冷地说。

"啊,对了,听说过!"张学文说,看秀姑,然后,显然希望活泼——他的锐利的眼睛已看出了一切,但对于他,世界上的任何事情都是无所谓的——他摸着纸牌,"我开了三张门,今天早上,不容易啊!一、二、三!"他挑出三张牌,"你看这个牌如何?"他踮着脚,用大指头按紧了牌,白眼看牌。忽然他大声叹息:"好,就是这叫好!"他摇摆头颅,说,同时看了面目青肿的秀姑一眼。

黄述泰明白他在装假——向严重的大兵讲牌——阴沉地看着他。

"我女人出街去了!"张学文忽然沮丧地说,看着黄述泰。"我近来时运不佳……喂,你们两个说话呀!"他说,露出了活泼的、嘲讽的微笑。

黄述泰手抄在裤袋里,皱眉看看草鞋;为了娱乐自己的眼睛,他扭动着冻红了的大足指。

秀姑机械地看着他的扭动着的大足指,好像他们可以从这里找出关于他们的命运的解答来似的。

"张学文,你做的这个媒!"黄述泰抬头,说,嘴唇打抖。

"怎样?"张学文假装吃惊说——他惯于如此,"我看你们两个是发生了关系啰!"他大声说,非常得意这句话。

"张学文,由你结的由你解!她不规矩,我要整她!"黄述泰严厉地说,看了秀姑一眼。

"怎样?说清醒点。"张学文拢起袖来,保留着假装吃惊的表情,简单地说。

黄述泰动怒了。

"张学文,我说你装佯!你这个人就是这点虚伪,不漂亮!"黄述泰以激越的高声说,"我看出来你装佯!你岂有不知道!现在我请你作证,我要整死她!我当我的兵,我当兵遭死,由我自愿!"

张学文——这个乡下的老滑头,是明了黄述泰的,浮上安闲的、生动的微笑,磕去了烟灰。

但在磕了烟灰之后,他放下了面孔。

"我不知道。我张学文做媒,讲的是义气。"

"张学文,你有人心没有?"

张学文不答,专心吸烟。

黄述泰看着秀姑,不理解自己,但下了决心。

"张学文,你要有人心!要不是地方上的面子家乡的情谊,我才不求你。"黄述泰动情地大声说，眼圈发红；他脱下军帽，豪迈地抱着手向猪栏走了两步；这种动作使他心里有奇特的欢乐，于是他追求这个欢乐，"我当兵的人就是死了一半！我要终生漂流，那么我决不甘心让人侮辱！我当兵的人还有哪一点不想，家乡欺凌我，我是什么都丢掉，所以我要在家乡面前站出来，洗刷清白，张学文，你听好！"他停顿。他倚着猪栏站立，垂下光头。那种奇特的欢乐，是逐渐增强，在他心中歌唱着。在这种突如其来的安命的、牺牲的欢乐下，先前所怀的恶毒的激情是被冲淡了，而对秀姑的某种深沉的感情抬起头来——这是他决未想到的，"我不管这一切是不是真的，我是漂泊的人，我不要她。"他说，迅速地瞥了秀姑一眼。"我从来就不欢喜她，从来就不欢喜她！"黄述泰回答自己心中的对秀姑的深沉的感情，欢乐地、顽强地大声说。

如人们所知道，在爱情里面，说着不欢喜，就是欢喜。但同时，因为这种欢喜或不欢喜，那些关于秀姑的不洁的谣言在他心里真正地刺痛起来了：在先前，这些谣言是不曾刺痛他的；如大家所看到的，它们只是满足了他的激情。

"我不要她！我要整死——她！"黄述泰咬牙，颤抖，眼圈发红，大声说。

秀姑是非常地糊涂，在想着女主人唱歌。但突然听明白了这句话，失声啼哭起来了。

"哭也不中用，全是你自己，女子！"黄述泰兴奋地大声说。

黄述泰倚在猪栏上，抬头望着明亮的天空；在他心里，唱起了漂泊者的悲壮的歌。

张学文不停地抽烟，无表情地看着地面，不停地从齿缝里吐着痰。

"我说两句你们小夫妻参考参考。"他忽然用安静的细声说，搔着颈子，浮上冷冷的、讥讽的微笑，"这一切，依我看来，全是误会！人心里面有恶气！你黄述泰穿上这件老虎皮，心中有恶气！黄述泰，你听人家拨了是非，苦苦害得夫妻分离！啊！"他摇头，"人生不长久，黄述泰，夫妇间要心心相印，闲言最最听不得！否则在这个场上，我张学文也活不上三十岁！啊，要不然，心心相印，这是什么意义，老弟？"他笑着止住。

"我不问闲言不闲言，我就是如此！我总要一个水落石出！我要在这个场上洗刷清白！"黄述泰梦幻地大声说。"何苦辜负她的青春呢？"他妒嫉地大声说。

张学文沉思着，微笑了。

"水落石出很容易啊！我现在不便说，你要后悔。"

"当兵的黄述泰决不后悔！"

张学文看他很久，嘲讽地笑着点头。

"好吧，那么你站开些——我不听一面之词。我问你啊！"他向秀姑说。

秀姑哭着。

"黄述泰！"张学文抱歉地说。

黄述泰愤怒地看着他们，豪爽地转身走过了猪栏。

"好，女子，我们还沾亲，一定帮忙的——你这两个月赚的有钱么？"张学文诚恳地问，同时放任了脸上的狡猾的表情，如大人们在骗小孩的时候所做的。

秀姑含泪怀疑地看他，点了一下头。

"拿三十元给我。"张学文说。

"我……我只有二十元，张，张学文……"秀姑哭着，说。

"就是二十元，快些。唉，女子！"

秀姑明白张学文需要贿赂。她甘心贿赂，取出钱来——打开一层又一层的纸包——同时装出不懂事的模样。

"唉，女子！"张学文笑着说，迅速地抢过钱来藏起了。

"二天弄到钱，我再补你十元。"秀姑诚实地说。

"笑话，女子！我们还沾亲，我岂要你的钱！"张学文说，冷笑了一声，"我拿这二十元，是替你买个帖子到镇公所告状！说黄述泰行凶打人，又要遗弃你，懂吗？就是不要你！等会儿在镇公所你要说话，我再帮你说！你没有做错，一定打得赢！那要得，我去买帖子，还做文章！今天是我身上没得钱，不然我替你垫了！我和你老人是知交……"他发出笑声，走到旁边去，拢起衣袖来。

秀姑觉得上镇公所是可怕的，想说什么。但黄述泰已从猪棚后面走出。黄述泰躲在猪棚旁边听见了他们的话，暴怒地走出，狞笑着。

"怎样,要打官司吗?"他恶毒地大声说。打官司这件事重新煽起了他的恶劣的激情,并助长了他的对全场复仇的愿望。

秀姑面色死白。但张学文静静地微笑着。

"老弟,公说公有理,婆说婆有理,还是上镇公所的好!"张学文指手画脚,"而且,你把她打成这个样子呀!"他说,异常满意地指秀姑。

"放屁!你骗她的血汗钱!"黄述泰叫。

张学文威胁地笑着,不答。沉默来临,冬日的阳光在破瓦屋和草地上辉耀着。黄述泰露出牙齿如野兽。

"好吧。"他冷酷地说,"你怎样,狗东西!"他大步跨向秀姑,妒嫉地叫。

秀姑嘴唇打抖。黄述泰挥拳把她击到土墙上。

"老子杀死你!——辜负你的青春!"

秀姑贴在土墙上,垂头啼哭起来……

## 三

黄述泰气势凶猛地进入乡场。他回来,为了复仇和破坏,为了在复仇和破坏之后成为一个真正的士兵。如人们所看到了的,这个傻瓜,以年轻的盛气酷爱豪迈的人生;忠实地当兵,预感到漂泊的长途的一切辛辣悲壮,认为此刻的刻毒的创痛将在回忆里给予哀矜的慰藉。

如常有的情形一样,他此刻已经领有了这种哀矜的慰藉。喧哗的、肮脏狭小的、旧破的乡场使他激动而又阴沉。他满意自己从此永远是这个乡场的毒辣的敌人；他满意他驱除了对秀姑的某种感情——他是异常骄傲，浸在对光荣的英雄的自觉中。他确定他要以对秀姑的残酷手段使镇公所战栗。他走在街上，蔑视任何人；他是曾在这条街上被这些人侮辱的，就在半年前，他还挨过镇公所的流氓的毒打，他走在街上，如那些带着英雄的生涯回来的，在心中感觉着怜悯和骄傲的孤独，在身边藏着金钱或刀枪的悍厉的家伙。

这个乡场是不留余地地教育了他，黄述泰，如喧嚣的城市，不留余地地教育了另外的一些年轻人。但因为他是第一次做这种英雄的举动，他是显得太激烈，太不留余地了；从他的态度中，老练的人们是看出一种怯懦来，显然黄述泰从自己的生涯和人世的各种经营还不能获得那种哲学，如悍厉的漂泊者所获得的。

黄述泰走进茶馆，被熟人们招呼——大家都知道他回来干什么——骄傲地坐下。黄述泰皱着眉，冷淡地注视着熟人们。

于是，带着乡下人们的愉快的、好奇的态度，大家询问起来了。黄述泰的一个朋友，叫作刘应成的、瘦小的、卖针线的家伙走了进来，带着那种小的禽类的顽强的表情，在黄述泰左边坐下。他笑了一笑，但即刻严肃地，强硬地，僵直地歪歪头，如听到声音的母鸡。显然他是和他的光荣的朋友一同有着敌意；他是异常傲慢，不停地在嗅着鼻子。

但大家不注意他。大家为当兵的事发议论，又询问黄述泰。

"各位，休要替我伤心！"黄述泰皱眉，大声说，手腕战栗，"我杀——杀给你们看！"他发出僵冷的、虚伪的笑声。

"黄述泰，我以为你是过于操切！"刘应成说，即刻又侧头，嗅鼻子。他觉得，这句话，是只有他才有资格说的。

"一点都不！"黄述泰看着大家辛辣地回答，"我已经有很多证据！我是人，我什么都知道！我黄述泰已经在这个太阳底下生活了二十四年，兵荒马乱的年头，谈何容易！各位知道啊！我也曾经种得有一点薄地，也有家庭老母！各位知道这个乡场上尽是畜生，我要生剥他们的皮！"他翘起嘴皮，笑着，脸灰白。他的手在抖动，撕破一块橘子皮。"这些畜生吞吃我们的谷子，又包庇兵役！但是我黄述泰并不在乎！我黄述泰自有抱负！现在是战火连天，各位，没有谁能保得住，发财的不会长久，死了的也不过是先一步！各位，我们亲眼看见什么都被别人吃光，那么今天办完了这件事，我黄述泰不带刀枪是决不回来！"他突然起立，抛下橘子皮，"吓，我黄述泰……"他冷笑，走出茶馆。

黄述泰顺从着自己的激烈的情绪，战颤着走出茶馆。他满意自己的演讲，不愿留给别人以平凡的结尾，豪壮地走出茶馆。刘应成悄悄地跟随着他。

黄述泰走出街道，走到菜花地旁边。稠密的菜花在太阳下散发着气息。菜花地后面，是赤裸的土坡。远处则是淡紫色的、重叠的山峰。黄述泰凝视山峰很久，然后轻轻地走过菜花地，在土坡前的一棵树前坐下。黄述泰，以忧郁的眼光重新凝视山峰。峰顶上，因为太阳的照耀焕发着金光。

黄述泰，在爆发之后，面对着——突然地面对着山峰和菜花地，有了忧郁的、凄凉的感情。坐在树下，他抱着膝盖，脸上露出一种迷惑的表情来。忽然他轻轻地叹息。

刘应成拢着衣袖站在他旁边，听见他叹息，注意地侧头。好像听到声音的小麻雀。

"多好的黄花哟！多香！"黄述泰，忽然用忧郁的、感伤的低声说，带着那种迷惑的表情——这片土地，这些菜花，那些山峰，和周围的、散布在田野中的村落，是否也同意他的漂泊的雄心呢？——凝视着远处。

"黄述泰，你要再三想想。"

"你年轻。"

"总要再三想想呀！"刘应成委屈地叫。

"你年轻。"

刘应成叹息，笑了，兴奋而恍惚地笑，嗅鼻子，走进菜花地。于是突然地，这个尖脸的、影子一般轻悄的小东西，在菜花地中，因为浓烈的香气，活泼了起来。他跳跃，展开破衣，并激动地叫出声音。在村中，刘应成是以讨厌和神经病闻名的。如人们所看到，刘应成是时常有那种轻悄的、鸟雀的、神圣而猥琐的表情；人们觉得，这个小东西，是无重量，并且没有体积的，他的从一个声音或一种气味得来的神圣的感触，是无益而可怜的。人们觉得，这种小东西，是最好去当警察，因为他可以神圣地守卫一个木桶或一张纸达一整天之久,而在被长官痛骂了之后并不灰心;永远带着顽强的、鸟雀的表情,认为自己在尽最重要的职务。但他有时却会突然脱离这种强硬和痴呆,而活泼起来,不可收拾。在菜花田里,这个小东西的某种被压抑的心灵的渴望,是爆发了出来;他因黄述泰在观看自己而快乐,于是尽量地表现自己:人们是有着在亲切的人们的注视下表现一切的欲望的。

他跳跃,叫喊,打拳,学兵士操练,踩躏了一大片菜花。他的这种骚动是完全不像年轻人的调皮;它们宁是由于一个被压抑的孤独者的心灵的病症。这个年轻的家伙,是带着一种神秘的、严肃的、古怪的表情来从事他的跳跃和叫喊的。因此他的身体总像是僵硬的。

他叉腰,在菜花上学兵士正步走,并在嘴里做出军号的声音。他的可怜的小脸发红,流汗了。黄述泰含着忧郁的笑容看着他。黄述泰接近这个人,因为这个人崇拜他,时常给出真诚的奉献。

"我要开拔了!"黄述泰大声说,使他停止。于是他停住,站在菜花中。随即他露出鸟雀的注意的表情来。

"我替你伤心!是呀,伤心,黄述泰!"他说。突然他尖叫了一声,然后笑着,走近黄述泰。"黄述泰啊!"于是他动情地,带着做作出来的媚态,低声说,"你的女人的事我不大清楚,不过又何苦呢?黄述泰啊,你难道不晓得你家里向来不和吗?黄述泰啊,我是伤了心啊!"

黄述泰高兴他这里谈论自己,讥刺地笑着,凝视着菜花田。

太阳迅速地沉没了,一种寒冷的、灰白的光明舒展在田野上。

"你懂什么!"

"我不懂,那么黄述泰啊!"刘应成弯腰,说。

"一个人当了兵,自然就不要家,也不要女人!"黄述泰说,回答自己心里的深深的忧郁。

"你不总要回来,黄述泰啊!"

"决定不回来!辜负一个女人的青春呀,老弟!"

听到这句话,刘应成突然严肃了,嗅鼻子,鸟雀般侧头。

"那么,黄述泰,我是猜着了:你放不下心呀!"他细声说。"你还是和我一般死了心吧?"他用更细的声音说。大家都知道,由于各种原因,他是没有希望要一个女人的。

"菜子花春天要黄,心不能死!"黄述泰,违背他自己的漂泊者的教条,以痴幻的大声说:因为周围的一切,菜花,幽暗了的山岳,以及田野上的寒冷的、灰白的光明要求他如此。

刘应成严肃地坐下来。他们沉默很久。

"在外边,要常常想念故乡啊!"

"当然,祖坟么。"

"这个地带,是也不能说不好!"刘应成用风水家或教书先生的口吻说,做作地笑着——他高兴能和黄述泰这样自由地说话,"你看这山,这土地,何其可爱!唯是人不齐心!我最爱下雨的时候去喝酒!你记得那次在山沟里喝酒回来么?"说完,他向空中吹了一口气,然后又伸手去捕捉这个气。但即刻他警觉了,恭敬地笑着。

"记得。"黄述泰说。

刘应成神圣地沉默很久。

"下雨了,我们……"他继续说起来。

黄述泰点头。

"我们跑到王家的田里放水沟,那是夏季。"刘应成注意地说,神异地凝视着远处的水田。

于是黄述泰被这个刘应成安静的、神奇的力量拖到回忆里去了。黄述泰眼睛发光,凝视着远处。

"我们放水沟。下的好大的雨,你说:苍天哪,我们无罪的小民哪!"刘应成把下巴抵在膝上,说,又向空中吹了一口气,但黄述泰未注意。

"身上全是泥巴。"黄述泰以苍凉的声音说。

"衣服又撕烂了!"

"那个宝贝寡妇骂我们,我们在雨里骂上她几点钟。"黄述泰痴幻地笑着,说。

"有趣呀!"

"这一片土地一百年的生活,百年的人啊!"黄述泰凄凉地大声说,站起来,看着幽暗的田野。

刘应成明白这个谈话已经结束,感到恐惧。他鸟雀般僵硬地侧头嗅鼻子,好像他很愤怒。

"黄述泰呀!"

"兄弟，各人有各人的路子！我是决了心了！"

想到秀姑，想到刚才的情感，想到往昔的徒劳的生活，黄述泰大脸打抖。于是刚才的回忆给他证明了他的决心，他的壮烈的抱负和毒辣的复仇是对的。但面对着故乡的惨淡的黄昏，黄述泰心中再无慰藉；特别刚才的谈话使他心中再无慰藉——他即将永远抛弃刚才所回忆的一切。他感到刺心的痛苦，站住不动，看着远处。

他急于完成一切，把自己交给命运。于是他迅速地越过菜花田走去。

"我到底要怎样办呢？"他，这个英雄，痛苦地想。

"黄述泰呀！"刘应成喊，接着是一声尖厉的、好像是痛心的叫声。在黄昏的空气里留下了惨淡的印象。

但黄述泰未回答，并且未回头。黄述泰突出毒辣的、干燥的、漂泊者的笑声，大步越过菜田走去。乡场蒙着烟雾。场内有了灯火。

## 四

晚上到来，场内就笼罩着安详的空气，好像是一个家庭，室内有炉火和灯光，而把凄凉的冬夜关在门外：这是任何乡民都深深地感觉到的，所以他们爱他们的穷苦的故乡；这并且是一切旅客和漂泊者都感觉到的，所以他们爱这个旧朴的小镇。这些旅客和漂泊者，偶然地停留在这里，望着这些藏在烟雾中的朦胧的灯火，望着移动着的人影，就会怀念什么；在心里藏着他们祖国的冬夜的黑暗和凄凉,而有深邃的感情,好像在恋爱,希望在任何一家这种油污的、嚣闹的小酒馆里醉一次。白天里,人们是惦念着头痛的事务,并且瞥见场外的广漠的田野,觉得不安的;但夜晚,人们就没有这种不安了。好像是,这个家庭虽然穷苦而濒于破灭,但总保留着那种古朴的风习;这是周围的田野,和散布在那上面的劳动所造成的。在这种小镇里,人们只要晚上有一碗面吃,是总会喊叫着:"管他娘!"而使陌生的旅客浮上那种忧愁而文雅的苦笑……

完全像一个漂泊者,黄述泰是醉倒了。他是坐在熟人们中间,头颅沉重地靠在墙壁上,好久好久地凝视着对街,含着那种辛辣的微笑。在酒馆里,从水锅和菜锅里,腾出肥胖的热气来;这些热气朦胧了油灯的光明,朦胧了人声和人影,并且漂浮到街上去,和别家的热气相融和,朦胧了街道。这种热气是朦胧了,并且陶醉了整个的场镇。人们觉得,好多嘴巴都在咀嚼着,好多身体都沉重地躺倒;好多梦幻,凝成一个简单的、可以叫作梦之精髓的梦幻,随着这种热气在村镇里面飘荡。黄述泰是觉得自己在做梦,心里有难以言说的忧伤——他觉得,离开这一切,是不可能的——不知怎样就走到白天所坐的那家茶馆里来了。在茶馆里他看见了秀姑、嫂嫂、张学文,以及乡场的要人们。因为黄述泰明天要离开,镇公所是决定晚上就审判的。这个案件是轰动了全场的人们。

看见这些人,黄述泰就兴奋起来了。镇长拢着衣袖,向他笑着问了什么,他不答,倚在茶馆的木柱上,眼里射出愤怒的光芒。

漂泊者的哀歌是又在他心中唱起来了。那个刘应成，带着禽类的表情，严肃地站在他旁边。

一个老头子，衣着臃肿，带着愤怒而焦灼的表情大声质问黄述泰。黄述泰冷笑，看着张学文。这个张学文在谦虚地笑着。

"请茶呀！"张学文叫。

黄述泰，被众人所注意，兴奋地瞥了垂着头的秀姑一眼。于是有人发笑。

"各位，这不是什么笑话！"黄述泰愤怒地大声叫。野兽般环顾，寻找发笑的人。

有人发笑，嫂嫂做出轻蔑的表情。

"各位！……"黄述泰觉得被开了玩笑，狼狈地顿住。黄述泰皱眉。看着门外，——黄述泰，在众人的笑语中长久地凝视门外。于是他明白：这个故乡是他的仇敌。

流浪者有无穷的天地，万倍于乡场穷人的生涯，有大的痛苦和憎恶，流浪者心灵寂寞而丰富，他在异乡唱家乡的歌，哀顽地荡过风雨平原，黄述泰敞开领口，轻蔑地微笑，凝视门外。黄述泰，这个易于激动的家伙，是有着特殊的懦弱的。刚才，在酒馆里，他是凄凉地依恋着他的故乡，他的土地：他觉得他要哭出来。横在前面的血与死，对于他，像对于一切人一样，是可怕的。但一走进敌人们的集团，他便高举这血与死，轻蔑一切人生了。

因为那种对家乡、对秀姑、对自己的过去的顽强可怕的执着，他才回来的：只有他自己知道家乡、田地、秀姑对他有何意义。

他是为了这些回来,演一个农人的儿子,一个妒嫉的、恋爱着的丈夫的角色的。他是只能演这个角色,但为了对抗仇敌们,他却迅速地变成了漂泊者。像大半年轻人一样,他是只明白他所希望的:成为一个漂泊的英雄,而不能明白那等待着他的痛苦和爱情。

突然有人在茶馆门口大声唱歌。这是一个秃头鹰眼的、豪迈的家伙;他叉腰站立着。黄述泰看着他。

"可怜我呀,恩爱夫妻不到头!"这个家伙以讽刺的、优美的大声唱。

于是黄述泰,为了报复走进茶馆时的狼狈,大步走向这个家伙,难看地笑着。

"发财么?"他愤怒地尖声说,脸打抖。

唱歌的家伙闭紧厚嘴唇,讽刺地摇头。他知道怎样对付黄述泰,给大家寻开心的。

"你这个地痞流氓!"黄述泰愤怒地叫,举起拳头。

背后有声音叫:"算了吧。"

唱歌的家伙闪开,同样地摇头,然后抱着手臂向街心走去。"可怜我呀,恩爱夫妻不到头!"他以欢乐的、洪亮的声音唱。

黄述泰转身,站住凝视大家。于是人们看到了一个疯狂的、绝望的、凶手的黄述泰。他是,由了天意,到了悬崖边沿上了。镇长不看黄述泰,拍灰,庄严地走了出去。秀姑垂着头,跟随着笑着的张学文走出。黄述泰以燃烧的眼睛看着秀姑,这眼光是充满凶杀,但也充满绝望的爱情的呼唤。

黄述泰站着不动。大家走过他身边。

"不要紧,有我!"嫂嫂走过他身边时小声说。

"放你的屁!……你要负责!"黄述泰疯狂地说。

"在这片茫茫的大地上,我黄述泰岂能有别的路走!"黄述泰想,愤怒地转身,脸上有疯狂的微笑,随大家向镇公所走去。他看见,在一扇敞开的门里,一个女人在静静地纺线。他以后永远记得,在朦胧的灯光下,一个女人在静静地纺线。

镇公所里灯光暗淡。长木凳上坐满了人,壁前站着人。镇长坐在桌后静静地吸烟:在桌子上,燃着两支半截的蜡烛。绅粮们没精打采地坐在镇长两边,坐在暗红色的、蒙着灰尘的对联下面。一个胖子在打呵欠,好几次伸懒腰,使对联在墙壁上磨出索索的声音来。

秀姑坐在前排,呆看着镇长桌端的蜡烛:假如她此刻心里有感情,那便是她在离开工程师夫人时所表现的那种简单的东西。张学文站在桌前,有礼地笑着,在镇长说话时走了回来。人们低声议论,在镇长发言时静定。

黄述泰叉腰站着,脸上有疯人的微笑,看定灰白色的、高颧骨的、安静的镇长。

"各位乡亲,这件公案公有公断……"镇长翻纸张,咳嗽,不看大家,好像不大愿意,懒惰地说。于是开始了审判,像人类的祖先曾经做过的那样。"本来这是家事,不过我们的意思,"镇长看两旁的绅粮们,"我们是尊重出征军人。好,大家都风闻了一点，本镇长闲言少赘。这里是女人的状子！……是你的状子么？"他问秀姑。

在张学文的眼光下，秀姑点头。

"状子是媒人张学文书写的。为禀告事，"镇长突然咳嗽，以抑扬顿挫的高声念起来，"窃乡女秀姑，年二十一岁，父母双亡，于大中华民国三十一年春由乡亲张学文做媒许配于本场黄述泰。秋季，黄述泰被征出征，秀姑虽不学无德，然深知国者人之责，在家操劳诸事，未敢有怨。家佃薄田数亩，聊可糊口。唯自儿夫去后，嫂嫂霸占田地家务，百般虐待秀姑。秀姑以齐家为治国之本，事事忍耐，以全大计；唯有空床饮泣而已。"（镇长快乐，摇摆头颅，高声歌唱起来。）"后嫂嫂竟无端停止秀姑饭食达三日之久，秀姑以儿夫在外，深惧非言，不敢相抗，乃只身出走。于复合场告贷于乡亲王氏处，饥饿苦寒，几至绝命。后承王氏介绍于复合场外中央政府机关工程人员朱先生处为仆，乃得安身。虽如此，仍念念不忘儿夫，因一夜夫妻百夜恩也。唯无处寻觅耳。不料儿夫黄述泰听信谣谤，今日突寻至复合场，不交半语，拳脚相加，有伤遍体为证。后即声言遗弃秀姑，盖听信谗谤，以为秀姑有不贞之行为也。嗟夫，我中华礼义之邦，秀姑深明礼义，岂敢有不德之念耶。秀姑深爱儿夫，痛心已极，唯有拜托媒人张学文申诉于吾乡乡座暨显要诸公之前。秀姑平日为人乡里皆知，此种谣言显出于嫂嫂之口，断不可信！秀姑痛心泣血，唯求湔雪耻辱，还得清白之身，与儿夫和好如初，然后儿夫出征杀敌，秀姑死亦瞑目，幸乡座暨诸公明察焉！……幸乡座暨诸公明察焉！好。"镇长摇头，咂嘴，像喝了一口好酒，然后看着黄述泰。

秀姑恐惧着，嘴唇下垂如女孩。黄述泰狞笑。但嫂嫂起立。

"乡长，里面全是瞎说！张学文捣鬼！"嫂嫂比手势，愤怒地，然而伶俐地说。

张学文精神抖擞，向镇长和黄述泰甜蜜地笑着。然后向这个做嫂嫂的女人甜蜜地笑着。

"拿出证据来吧！"他说。

"秀姑不规矩，不然她哪里有钱使？她在家里偷懒，外头勤快！她在复合场认得张家火房，就是他介绍她去做事的！"

"嫂嫂！"秀姑叫，嘴唇战栗着。

"张家火房吴小烟，他那回跟秀姑偷着送东西……"

"好了，定了！"黄述泰疯狂地大声叫，为了打击周围的使他发狂的一切，猛力把秀姑击倒。

黄述泰，被包围在这些人们中间，想着往昔在这个镇公所所受的凌辱，是发狂起来，孤注一掷了。镇长用来念呈文的得意的、唱歌般的声音是使黄述泰愤怒得打颤，所以他一时说不出话来。这就是说，这个激烈的家伙，是一定要用一个可怕的声音或动作来开场的。在秀姑向凳子中间倒下去的时候，黄述泰狞恶地冲到镇长的桌前，以至于那个打呵欠的肥胖的绅粮吃惊地站起来，伸出了双手。

秀姑，挨了可怕的一击，倒到凳子的间隙中去，于是所有的人全站起来，发出了沉重的呼吸。秀姑感到完全的黑暗，小孩般垂着嘴唇，恐怖地凝视着黄述泰，迅速地爬起来，仍然凝视着她的黄述泰。

但镇长却显得很冷静，抬起苍白的脸，看着喘息着的黄述泰。

人们觉得，有很多人将要说话。沉重的呼吸声继续着。于是发出了那个做嫂嫂的女人的冷酷的声音。

"就是吴小烟，吴小烟！"这个女人说。

人们更觉得将有人要说话。于是在紧张的空气中，传出了一个强大的叫声：

"吴小烟在这里，黄述泰！"

那个叫作吴小烟的强壮的家伙挤着站立的人从门边向内走；他是激烈，愤怒，带着沉痛的友情，理直气壮。他走向黄述泰，愤怒地笑着。

"黄述泰……"他颤抖，咽口沫，"黄述泰认得我么？从小的朋友，认得兄弟么？"

黄述泰，在众人的注视下，浮着疯狂的、狼狈的微笑，看着他。

"兄弟，好兄弟！"吴小烟悲愤地大声说；他的高大的身躯，在暗淡的烛光和所有的眼睛的照耀下，露出一种尊严：这是正直的、准备为正直牺牲性命的人所有的。"黄述泰，你的媳妇受人欺侮，你的朋友不讲义气么？"

"你什么时候来的？"黄述泰以异样的声调问。想到吴小烟是被张学文找来的。

"刚来，来看你，黄述泰！"吴小烟骄傲地笑着说，"你的嫂嫂是什么东西！你自己没有心么！"

黄述泰是有心的，但掩藏了这个心；黄述泰，因为朋友的骄傲的微笑，浮上骄傲的微笑。这个笑容表示，漂泊者，是有权敌视平凡的真理的。

"黄述泰，去年子过年我到你家来过！我欠你二十块钱，交给大嫂的！黄述泰，你难道不知道这个场么？你难道不知道你的女人过着怎样的生活么？黄述泰！"吴小烟大声说，这种大声使所有的观众都愉快。

"你要装腔作势哪，吴小烟！"那个做嫂嫂的女人叫。

吴小烟回头，咬着牙。但黄述泰对他感到敌意，拦住了他。这种敌意显然是因为吴小烟所持的态度，黄述泰此刻是非常疾视这种正直的尊严的态度的。

"不相干！"黄述泰冷冷地说，"与你不相干，吴小烟！"

吴小烟愤怒地看着他。

"与你不相涉，吴小烟。我不要证据，我也不说朋友，我不说别的。"黄述泰严厉地顿住了。于是，带着豪壮与冷酷，他说了下面的于他自己是可怕的话："我凭自己的意思不要我的女人！请镇长听好！"

"好了！"他想，看着镇长。

吴小烟冷笑，走到墙边去，靠着墙站定了。

张学文笑着看大家。

"这是出题了，出题了！"他向镇长鞠躬——他有鞠躬的嗜好——甜蜜地说。

"对了，这又是一回事。"镇长说。

"我看是算了吧，老弟！"张学文向黄述泰愉快地说，并发出笑声来。

"你胡说！"黄述泰吼。

于是张学文静止了一下。然后，这个张学文露出了严肃的、不可亲的表情。

"那么，张学文代表女子，告你的是这件案子，除非你拿出证据来！"

"我不要证据！"黄述泰凶恶地说。

"吴小烟在这里，决不干休，吴小烟名誉要紧！"吴小烟大声说，使大家愉快。

黄述泰，如大家所看到的，是彻底地走到仇敌的地位上去了。不管他自己愿意不愿意，他是一步又一步地下来，不能回头了。于是，在他的面前，是只有漂泊者的那条可哀的道路了，于是，这个多少有点不真的漂泊者，就在众人中间变成真的漂泊者了。于是，他的复仇，就并不如他所想象的那样；他的复仇，就变成被众人所遗弃的孤独者的那种复仇了：这个孤独者，是不甘心被遗弃的。于是黄述泰心里就有了那种特殊的懦弱；但他是非常地骄傲，将为骄傲而死。

黄述泰，在吴小烟喊叫的时候，愤怒地盼顾，随即他向张学文冲去，准备着他的猛烈的一击，但吴小烟大步跨上前，架住他。

黄述泰，如失败的野兽，闪开吴小烟，向他的秀姑冲去：携带着他的猛烈的一击。但吴小烟猛力拖住他，愤怒地向他笑着。

"朋友！"吴小烟说。

"她家无人，我做的媒，现在我做主！"张学文向镇长打躬，高声说，"现在我是原告，我告了你，黄述泰！现在国家讲民主，你无端打了她，侮辱她，我先告你一个遗弃罪！我要告县里去，告到省政府那里去！"他严肃地停顿，"假如你黄述泰不愿意，我当然不叫你们团圆，——秀姑自己也不要你这种男人！她宁可守寡一生！说，如何？否则就先告你一个罪，马上就拆开！"

"马上拆开你们！赔偿损失，拿出证据来！"张学文愤怒地大声说。

黄述泰，明白自己上了嫂嫂的当，明白自己无理可说，含着疯人的笑容看着蜡烛。

"我是遭了骗了！狗×的！"他想，站住不动。

"马上拆开！"那个做嫂嫂的女人愤怒地叫。

黄述泰凶恶地看嫂嫂，看张学文，看一切人，然后站住不动。"我要杀死她！"突然黄述泰吼，跳上前。

"慢点慢点！"镇长大声说，使黄述泰站住——黄述泰，在迷失的痛苦中本能地服从了这个环境的权力——"拆开很容易，先说证据来！先说来！诸位意下如何？"他笑着问绅粮们。绅粮们，是显得漠不关心地坐在壁前的。现在，高兴有发言的机会，笑着欠腰。他们，由于老练于人生，是已经看出了黄述泰的心，虽然未看出这颗心里的被漂泊的壮志所支持着的最严重的一部分。

"小夫小妻的，由他们去吧。"他们，晃动各样的头颅，一致地笑着说，好像谦让酒席的座位。

"他们要拆开呀！"那个串通了大家，并串通了小夫妇们的害羞的爱情的张学文叫，发出了响亮的笑声。

"没有这容易拆开！我要打死！打死！"黄述泰叫。"我怎么这样不成，怎么这样！"他想。

"听我说两句！"那个在茶馆里训斥过黄述泰的，总是愤怒而焦躁的老头子，从众人中间起立，愤怒而焦躁地说，"我知道这都是谣言，不管是哪里的谣言！女子是好人！吴小烟更是正直！黄述泰迷了心！现在我请镇长不问证据，我是证据！现在请镇长问他们夫妻的心！我说的是实在话！"

"诸位以为如何？"老人坐下，镇长问绅粮们。

绅粮们欠腰。

"那么，我做镇长的负责证明，都是谣言。"镇长，不自主地露出那种嘲讽的、为揭破可喜的秘密的人所有的微笑，说。这个微笑表示，那个他们大家都知道的善良的欺骗或愚弄已经完结，现在有趣的收场就要到来了。"我郑重声明，"镇长继续说，"女子是清白女子，黄述泰还是上前方杀敌！那么，你们郑重回答我，"（镇长郑重地向烛光伸头）"是不是要拆开，然后我判决。"

"黄述泰！"镇长翻白眼，喊。

但黄述泰，在这个要紧的关头，却突然坐下来了。他是显然有些沮丧，因为他无论怎样努力，总不能达到他的使镇公所战栗的英雄的目的；为了达到这个目的，在那种英雄的豪壮中，他是愿意牺牲纵然是无罪的秀姑的。所以他现在不知应该怎样做了：他的悲剧的心愿，是被别人当作喜剧娱乐了。这些人所精心造成的嘲弄的、安静的气氛，是把他困住了。

黄述泰，在沮丧中瞥了秀姑一眼：大家都满意地看到了这个。

"我说拆开！"嫂嫂大声叫。

有人发出嗤声。黄述泰，好像很安静，垂下眼睑。

"黄述泰，啊！"吴小烟说。

黄述泰起立，好像大家要求他如此。于是黄述泰听见了背后的乡人们的沉重的呼吸声。"镇长，我说：拆开！"黄述泰灰白，以战栗的声音说。黄述泰，感到是什么别的东西在自己体内发声，同时瞥见了漂泊者的、在黑夜中显现的惨白的道路。同时，黄述泰绝望地听见背后的庞大的、沉重的呼吸声。

张学文发出干燥的笑声。这笑声令他痛苦。他坐下瞥了秀姑一眼。于是他暴怒地跳起来。

"完了吧！我去了！"他，这个失败者，做了豪壮的姿势，但站住不动。显然他还在等待什么。

"慢点。"镇长皱眉，"女的说。"

秀姑站起来，胆怯地看镇长，看张学文，然后看丈夫。她明白她的绝望,但听见背后的沉重的呼吸声。她含着痛苦和爱情凝视黄述泰,企图使黄述泰明白她背后的沉重的呼吸声,企图使黄述泰明白,正是因为这沉重的呼吸声,她敢于当着全世界有痛苦的爱情。

黄述泰麻木地向她动着下颚。

"不要,不要拆开啊,我的亲人!"在大的寂静中,秀姑以尖锐的声音说,"我从不做坏事,我心中有你!你要这样,我马上就去死,亲人啊!"她说,凄凉地微笑着,眼里有晶莹的光辉,"不管怎样,我不怪你!吴小烟那次送钱来,是二十元钱,我没有告诉嫂嫂,嫂嫂恨我!我没有饭吃!你在家的时候我还有饭吃!本来不该你当兵,你去当兵,你着了迷,我们好命苦啊!"

沉寂了一下。于是秀姑失声啼哭。

"我们一直到死,一直到死,亲人啊!"秀姑举手蒙脸,抽搐着,说。

在所有的脸孔上,出现了严肃的、悲哀的、满足的笑容。在黄述泰的大脸上,出现了严肃的、悲哀的笑容。"够了……"黄述泰以极低的声音说,垂着头。

于是黄述泰心中的火热的熔岩爆发了。他是在绕了一个可怕的圈子之后,成为他所渴望的英雄了。

"当兵,你们!"黄述泰忽然抬头,指着镇长,以激怒的大声说,"你们包庇兵役!你们私贩鸦片!你们土豪劣绅!你们欺凌穷人!"

在寂静中，乡人们的沉重的呼吸波浪般起伏着。

"你骂哪个！"镇长小声问。他的灰白的脸上，和所有的人脸上一样，因秀姑的动人的胜利而有严肃而悲哀的笑容。很奇怪地，黄述泰的叫骂增强了他们这个笑容。

张学文笑着拍手。

"我是家破人亡，哪个敢碰我！"黄述泰叉腰，踏脚在凳子上，大声叫。

"不要吵，不要吵，怎样，拆开么？"镇长笑着问，并笑着盼顾绅粮们。

黄述泰走向吴小烟。吴小烟抱手倚在墙上，正在等待这个，以一个坚定的冷笑迎接了黄述泰。

"吴小烟，等下我请你喝一杯！"

"谢谢你。"吴小烟说，离开了墙。"各位看清白了，我吴小烟对得起朋友！"他大声说，不看黄述泰，笑着走了出去。同时，那个做嫂嫂的女人大声叽咕着，走了出去。

"吴小烟！……"黄述泰喊，有些狼狈。"你们这些剥皮吃肉的混蛋！"他突然转身，指骂绅粮们。"你这个为虎作伥的臭东西！"他骂张学文。

张学文抚摩手掌，大笑了；像旧戏里面的军师。

"如何？如何？镇长你看如何？啊，黄述泰！"张学文说，呀着嘴。

乡民们发出笑声，又沉默，挤到两边的墙壁前，给黄述泰让出位置来。镇长讥刺地微笑着在快要点完的蜡烛后面凝视着黄述泰。绅粮们,坐在他们的位子里,抬着各样的头颅,带着严肃的、稀奇的表情凝视着黄述泰。

黄述泰在大家所让出的位置里蹦跳,慷慨地指骂这些包庇兵役、私贩鸦片、强奸妇女、欺凌穷人、侵吞公款的绅粮们。但这些绅粮们,仿佛和秀姑一同做了那种可惊的爱情表白,仿佛在恋爱,仿佛有些羞怯,对待黄述泰是非常地温和。在先前,他们是懒散,不振作的,但在秀姑的表白里他们却活泼起来了;好像一种清醒的、善良的感情是在他们的蠢笨的躯体里苏醒了。因为这种感情被乡民们的善意的笑声刺激得更强大,他们就乐于被骂,乐于依照乡民们的期望,演起滑稽的、善良的角色来了。

乡民们,从这样的收场里,是得到了一种幸福的感觉。他们不时发出善良的笑声,赞美黄述泰的可笑和英勇,并赞美绅粮们的可笑和英勇。乡民们是沉浸在秀姑所启示的爱情里,绅粮们则是沉浸在乡民们的赞美的笑声中。他们之中,是没有一个人想到黄述泰所骂的话的严重的意义的;仿佛包庇兵役和私贩鸦片都是很有趣的事情。

而在这些动作和笑声中,包庇兵役和私贩鸦片的确就变成很有趣的事情——从这些动作和笑声中,人们就看出来,中国,是以怎样的力量生活下来的了。

但黄述泰却是愤怒而严肃的,没有注意到在周围是这样的笑声。被乡民们的笑声所鼓舞,黄述泰是得志,豪宕而自信。他叉腰站在桌前，愤怒地指名叫骂；他觉得他是胜利了。"你是混蛋！"黄述泰骂镇长旁边的胖子，兴奋得打抖。

胖子拢着衣袖，笑着点头，似乎承认自己是混蛋。"黄述泰，你的媳妇……嘻嘻，嘻嘻。"胖子小孩般说。

"你私贩鸦片，侵吞公产！"黄述泰骂瘦子。

瘦子，像一切瘦子一样，烦恼地皱着眉。

"你太开心了，黄述泰，啊！"瘦子烦恼地笑着，说。然后有趣地看着乡民们，好像说："看哪！他骂我哩！"

乡民们发出善意的笑声。于是黄述泰突然站住不动，有了一种感觉：觉得自己是击在什么空虚的、无形体的、柔软的东西上面；觉得自己的敌手是什么一种有吸力的、不可见的东西。他顿然发觉，他是被吸尽了一切，从骨髓到血液，而站在嘻嘻的笑声中。于是那种在乡民们是善意的、温暖的笑声，对于怀着悲愤的、辛辣的黄述泰，是成为冰冷而可怕的了。好像发怒而击打空气的小孩一般，黄述泰是击打了什么一种东西，突然觉得自己并未打到什么，感到沮丧和烦恼。但他，这个小孩，因为不理解这种东西，所以还要试验一下：他跳起来，做了最后的一击。他撞桌子，使蜡烛倒到地上去：于是镇公所便黑暗了。他高声吼叫，渴望得到敌意的反应；他的嘴唇因渴望流血而颤抖着。这使得乡民们肃静了：大家都从兴奋中理解到一种必要，站到黄述泰一边去，期望绅粮们给出敌意的表现来。绅粮们全体都站了起来。

"嗬，黄述泰，算了吧，你多么高兴啊！"那个瘦子嘲笑地说。

"黄述泰,算是新婚,要请客呢!"镇长开玩笑,说,盼顾绅粮们。

绅粮们点头,笑着,适宜地开始撤退。于是,在他们的这种狼狈而又天真的表现下,乡民们恶意地笑了起来。黄述泰安静了,在黑暗中站着。

"要请客呢!"墙边有人恶意地叫。这恶意,是针对绅粮们,而用来提示黄述泰的。但黄述泰沉默着。

"黄述泰,时间不多啦!"张学文大声说,在黑暗中笑出了嘹亮的声音。

那个刘应成,是一直站在墙边的,现在,走向黄述泰,拉他。他的秘密的小声和黄述泰的沉默使大家又笑了起来。大家觉得黄述泰是在害羞。大家在黑暗中兴奋地移动,碰响凳子。绅粮们退走以后,在黑暗中,大家有一种兴奋:这是在黑暗中聚合的人群常有的。

"大家抓住他,把媳妇儿留了!"张学文,满意自己的功绩,有些依恋,在门口喊。

"把媳妇儿留了!"那个在街上唱歌的男子激昂地喊。"留下!留下!"乡民们,确认黄述泰是在害羞,杂乱地喊。乡民们,是一直在兴奋的情绪中。最初是幸灾乐祸,其次是为秀姑的表白而喜悦;而在喜悦中,是用笑声赞美了黄述泰和绅粮们。最后,有一部分人,在绅粮们退出时,是有了恶意:希望这个精疲力竭的黄述泰行凶。而在绅粮们走后,他们是确认黄述泰害羞,把他们的兴奋集中到黄述泰身上来了。他们是把空气弄得欢乐而单纯，围着他们的黄述泰吼叫起来了。但黄述泰却并不害羞。和沉默一起，黄述泰是感到刺心的悲伤，在黑暗中淌起眼泪来。他自己是不知道有哭泣的可能的：他在黑暗中，在众人的兴奋中沉默，低下了头，于是多量的眼泪涌了出来，滚过发烧的面颊，落到地上去。他长久地无声地哭着。不再感到周围的人们，而在眼泪中凄凉地安慰了自己。

"把媳妇儿留下！留下！"大家喊。

"不要开玩笑！"刘应成以胆怯的小声说，一面触黄述泰。黄述泰抬头，看了秀姑一眼，往外走。秀姑和刘应成跟随着他。

大家发出欢呼，拥到腾满烟雾的、灯火朦胧的街上。大家的兴奋是那样强大，他们的呼喊号召了各处的人们：这些人，从酒馆或店铺中，快乐地跑了出来。于是大家拥着秀姑和黄述泰，组成了奇怪的乌合队伍，纯粹地为了欢乐。这些妇女和男子，是完全不知道，在镇公所的泥地上，是留下了英雄黄述泰的悲伤的眼泪的。

那个唱歌的家伙，摇摆着手臂，叫喊着，走在大家前面。小孩们跑在更前面。

"宣一个布，宣一个布！黄述泰讨新媳妇！"

橘皮和纸团，从各处向黄述泰夫妇抛来。

"戴起花花来，当兵的！"

"天温地厚出情人呀！"张学文，被自己的功绩惊吓，站在酒馆门口喊。

一个肥胖的女子从半开的店门里拼命挤出来——她是过于肥胖——跑到街边,不知何故,兴奋到发狂,蹲下又站起,拼命地拍手,然后以粗哑的大声唱歌:

"班登儿,菜子花儿黄!……"

"花儿黄,花儿黄!"那个唱歌的流氓叫,"如今是,恩爱夫妻又团圆,花儿,登儿,黄!"

人群发出喊声,挤过乡场的街道,挤过被朦胧的灯光所照耀的街道,拥过黄述泰的故乡的街道。黄述泰,是从未想到会在故乡,为了失望的爱情和失败了的英雄心愿,得到这种酬劳的。

黄述泰夫妇被人群拥着前进,以至于真的有些害羞起来。黄述泰,觉得秀姑在身边,觉得她是被拨弄得太痛苦,然后突然想到,他即将离开秀姑和故乡,去蒙受血与死。"这些人与我有什么相干?"他想,站住了。

这个漂泊者,在他的家乡给他造成的喜剧里面,站住了。"各位,不许开玩笑。"他愤怒地喊。

周围发出笑声……

"各位,这是悲伤,非常悲伤!(被叫声和笑声淹没)各位!家破夫妻离散,谁不痛苦!各位全是那些畜生……你们没有人心!"他悲痛地大声喊。

静寂笼罩了人群。但即刻又有笑声出来。他愤怒得发抖,看了秀姑一眼,突然推开面前的人,向空旷的、黑暗的街道奔去。

黄述泰大步奔跑，看见镇长和那个胖子站在路边，跑过去，猛力地把镇长击倒，跑入黑暗，跑出了镇口，初升的月光，在绝对的宁静中，寒冷地照着田野。

看见镇长被击倒，人群发出了快乐的喊声。在这个喊声中，秀姑惶急地盼顾，露出被困的小猫的神情，秀姑偷偷地溜出人群，然后沿黑暗了的路边跑起来，刘应成追随着她。

秀姑在镇口的月光下发出凄惨的喊叫。

"你在哪——里呀！"

没有回答，秀姑跑上石板路，跑过菜花田。

"你在哪里，在哪里呀！"

"在这里。"黄述泰，从土地庙后面出来，阴沉地回答。他望了望场口，放下手里的两块大石头。

刘应成奔了过来，极其严重地站下，鸟雀般侧头。"你发疯！黄述泰，你发疯！"他愤怒地责备着。这种愤怒，如黄述泰常在刘应成身上发现的，是一种谄媚。显然这个小家伙是经历了非常的印象，异常激动了。

黄述泰冷笑，看着场口。一个高大的身影在宁静的月光下沿菜花田走来。黄述泰迅速地迎上去。

"吴小烟！"黄述泰大声说，"吴小烟……"他悲痛地顿住，不知应该说什么。

吴小烟安静地吸着烟，带着健康的男子所有的爽朗的微笑凝视着黄述泰。在月光下，他的强壮的笑脸苍白动人。

"吴小烟,对这个场,老子要斩尽杀绝!"黄述泰激动地、悲愤地大声说。

吴小烟点头,看了秀姑一眼。

"多好的月色啊!——你明天走吗?"

黄述泰激动地向吴小烟的手臂伸手,但又缩回来,因为他的错失,这个深沉的吴小烟令他畏惧。他一瞬间显得扰乱。"兄弟此去关山万里,怕难得回来……"黄述泰以强有力的低声说,眼睛看地,怕显得不诚恳,"兄弟,别无挂念,就只这个女人,她年轻无知啊!"

吴小烟了解地微笑着,安静地抓住了黄述泰的手臂。黄述泰抬头,感到花香、月光、友情和人世的凄凉,含泪凝视着吴小烟。

笑容从吴小烟脸上消失:吴小烟皱眉,痛苦地向着田野。"兄弟!"他微弱地说,笑了一笑。

刘应成神奇地看着他们。

"你回家么?不早了。"吴小烟恢复了,忧郁地问。

"回家。"

"送你一程。"

"不必了。"

刘应成无故地发笑。于是他们向山坡走去。他们在月光下沿菜花田走去。田野寂静,有冷风吹来。侧面的山上有林木的涛声。

"黄述泰,我以为你的事总要安心细想,不要上别人的当!"吴小烟大声说。

黄述泰短促地笑了一声。刘应成也笑了一声。冷风吹过菜花田，发出轻微的声响……

## 五

辞别了吴小烟和刘应成后，黄述泰领着秀姑继续地沉默着向前走。但走到山坡转弯的地方，黄述泰表现出一种意志，在冷风里忧郁地站了下来。

"我们这里歇歇吧。"他简单地说，看看村镇，看了秀姑一眼，跳到石块上去。

他踏着杂草和干枯的苞谷，并在石块上跳跃，爬到山坡上面去。秀姑沉默地跟随着他。他在一棵柏树前面站下，转身，以一个长的凝视投向村镇。村镇蒙着烟雾，安静地蹲伏在月光下。

在村镇左边，黄述泰看见一条弯曲的小河，这条小河从山丛里出来，在地势低落的地方形成瀑布，在此刻的寂静里，黄述泰可以听见水流的激响。在村镇的右边和后面，是布满林木的高大的山峰和峭壁，一些奇怪的树木从峭壁上伸出来，覆盖了村镇的一排低矮的房屋，在冷风吹动的时候，他可以听见一种悠远的、深沉的、浪潮般的声响。月亮是升在左边的山峰上，照耀着这一片洼地，使小河和瀑布闪出晶莹的光芒。那两种声响，瀑布的声响和风吹林木的声响，是结合起来，成了这一片土地的忧郁的歌声。村镇，被小河围绕，蹲伏在山下，蒙着烟雾——在山里，是终年有着烟雾的——宁静地安息了。黄述泰，看不见任何灯光，站在冷风里,感到一种渺茫。但他忽然觉察到秀姑在身边。

"你看那边的河水,我总在那边洗澡的!"他说,在石块上坐下来。

"你坐坐。你冷吗?"他问。

"不冷。"秀姑坐下了,冷风吹起了她的头发。

"脸上的伤好些吗?"黄述泰问。

"好些。……早都好了,真的。"秀姑诚恳地回答。

黄述泰,在秀姑的这种回答下,浮上一个了解的、嘲讽的微笑。于是他乘机把秀姑揽到怀里来。

"我真不忍……"他顿住,笑了一声。

"真的,早都好了!好了一阵子了!"

黄述泰搂抱秀姑,轻轻摇摆,含着凄恻的微笑凝视着他即将离开的故乡的土地。

他凝视着月亮。在满月下面,从山峰上,升起了大片的黑云。

"伤心得很,要走了!"

"不要……不要伤心!"秀姑小声说。

"怎得不伤心呀!被人欺骗,丢下了你,你一个人,在这个世上……说不定,"他沉默,沉思,"我早就说过,辜负你的青春啊!怎样办是好呢,我们是走投无路……啊,你看那黑云遮住了月亮。"

"它遮住了月亮。"

"田地暗起来了。风轻轻地吹。山上的树在响。嘘——你冷?"

"你的军服单。"

"我不冷。我心里是发烫啊！是像那山上的树一样在响啊！"

黄述泰搂抱秀姑——他是从这个世界和他内心的各种险恶里把她抢了回来——轻轻地摇摆着。秀姑眼睛发光，显得幸福而安静。

镶边的云，浓黑的云飘过了月亮。田野明朗了，冷风吹下山坡。

"我这个家糟得很，辜负了你了！你还是出去做事——活着，我就记挂你。"

秀姑在他怀中抬头，严肃地看了他很久，想从他的脸证明他是否会记挂她。

"我想你。"她严肃地说，看入他的眼睛。

"有屁用！"黄述泰苦笑，说，亲她。然后带着爱情的力量苦恼而奋激地看着她。

"你的青春啊！我们这些人就是这样苦酸！"他说，沉默，看着月亮。

"……我们两个好比天上的云，"他低声说，"本来聚在一起是要下雨的，但是风把云吹散了！又好比……好比那星星发光，但是黑云遮住它，很无情，于是天地间就黑暗！"他皱眉看着远处。

"再好比那田地里的菜籽花，去年下了种子，本来要发芽，芽长成菜，开花的，但是让别人踩坏了，就没有花，就很空虚，很荒凉。破坏它的人就是那些绅粮，懂吗？我们的心里很痛苦，互相怨恨不能有爱情。爱情要长远,天地一样长远,四季一样长远,树结果子,就是人的老年,有了儿孙,树不结果子有什么意思呢?而在外面漂流的人,就像是被秋风吹落了的树叶子。"他严厉地长久看着远处。黑云飘至天顶。风吹下山坡,野草发响。在他们后面有森林的深沉悲厉的、浪潮般的啸声。

"这就是我们农人的生活啊!痛苦啊!下了种而不能收获,田地荒凉,心儿黑暗了!"他大声说,浮上了苍白的、轻蔑的微笑。

秀姑严肃地看着他。突然觉得可怕——黄述泰要离去,忘记她,而这个世界要更凶地虐待她——哭了起来。

黄述泰抱紧啼哭的秀姑愤怒地看着远方。

"他们准我的假回来,我是讲信义的,我有前途!"回答秀姑的哭声,他说。

"我喜欢,我喜欢呀!"秀姑哭着,说。

黄述泰沉默了很久。

"天高地远啊!那雪儿飘过山顶!"他说,声音微弱而打抖。

"我等你,到死……"

黄述泰痛苦地笑出了声音。

"能等,你就等!能等,你就等!……"他激烈地颤抖了起来,"啊,可怜啊,你的心跳得这样快,这样快!我的心在这里,在这里,它在这里啊!"

于是黄述泰抓着秀姑的手按在自己的胸上,冲动地哭了起来。

# 长篇存目

沙　汀《困兽记》《还乡记》

路　翎《财主的儿女们》

王西彦《古屋》

碧　野《肥沃的土地》

# 后 记

《百年乡愁：中国乡土小说经典大系》是张丽军教授作为首席专家的2021年度国家社科基金重大项目"百年中国乡土文学与农村建设运动关系研究"的资料选编成果。项目团队核心成员田振华、李君君等参与了全过程选编工作，张娟、沈萍、彭嘉凝、陈嘉慧、姚若凡、胡跃、林雪柔、徐晓文、宣庭祯等参与了编校工作，在此对他们的辛勤劳动表示感谢！

在具体编撰过程中，本套"大系"还得到了张炜、韩少功、周燕芬、王春林、何平、孔会侠、苏北、育邦、刘玉栋、刘青、乔叶、朱山坡、项静等作家与学者的大力支持与帮助，在此深深致谢！

需要特别说明的是，因为选入本套"大系"的作品跨越百年之久，在文字、标点等方面，我们在充分尊重作家初版本的基础上，依据现代语言文字规范统一做了修订。

编 者<br>
2023年7月4日